THE WORKS OF LIANG YUCHUN

梁遇春

著译全集

10
第十卷

李力夫 商昌宝 主编

海峡出版发行集团 | 福建教育出版社

本 卷 总 目

梁遇春信札 …………………………………… 1
梁遇春年谱 …………………………………… 73
梁遇春研究资料索引 ………………………… 405

后　记 ………………………………………… 419

梁遇春信札

郑枕戈　编注

编辑说明

梁遇春信札，目前发现完整的有42封。其中41封是致石民的信，由湖南人民出版社编辑李冰封于1979年发现，并整理成《梁遇春致石民信四十一封》，刊载于1995年第4期《新文学史料》。其发现经过，详见同期李冰封的《发现、整理经过与思考线索——有关梁遇春致石民四十一封信札的两件事》一文。这批给石民的信，其中有部分早在1930年代梁遇春去世后即已被节录刊载过，一是《致石民书六通》，原载于1933年2月1日《现代》第2卷第4期；一是《秋心小札》，由沈海（石民）摘录并刊载于1936年5月1日《西北风》创刊号。另有1封是致胡适的信，由学者陈建军发现，发表于2021年5月26日《中华读书报》第14版，原件现藏于中国社会科学院近代史研究所胡适档案内。此外，梁氏还有零星的书信片段，散见于废名和叶公超的文章中。

此次编辑全集,将以上信札及书信片段全部收录于本卷。所有信札,经编者考证,确定了每封信的大致写作时间(考证过程详见本书所收《梁遇春年谱》),现按照其时间先后编排于后。整理时,所有信件文字基本按原文进行整理,整理者所补之字亦仍其旧,此次编者只做少量补充注释与整理。对李冰封、唐荫荪原注说明,予以原样保留,并标注为"李、唐原注";此次编者另外所作之注释说明,则标注为"戈注"。其原注中的文词注释,为统一体例起见,移入相应文后,与此次编者补充注释一道,统一用〔 〕标示,不另做说明。文中如另有错别字,亦用〔 〕标示;缺字者,则用〈 〉标示。

— 1

影清：

昨夜饮酒逾量，今晨拂晓即醒。无师自通地做出一首香艳的情歌，班门弄斧，乞加斧削，到底成诗与否，尚希见告。少年人到底是少年，枯燥的心总难免沾些朝露，倘编辑先生以为成诗，则用以填《北新》空白可也。但弟自己无甚把握，所以请"勿要客气"（这句苏白，说得不错）。酒意尚在，焉能多说？肃此，敬请

总编辑先生〔石民〕总安

（新年号《北新》可否见赐二三本？）

弟春　顿首
书于办公室

幽会之后

梁遇春

姑娘，请你再多滞一会儿吧！
可憎的太阳还没有起来；
让我们默默地在黑暗里，

---

1 戈注：此为1929年2月25日至3月间写给石民（字影清）的信。据李冰封整理、唐荫荪译校《梁遇春致石民信四十一封》第一部之一整理，信中部分曾收入《致石民书六通》。李、唐原注：此信是毛笔直书，写在印有"国立暨南大学"红字的便笺上。诗是用钢笔直写在小32开道林纸书写本撕下的纸上。信末及诗后均无日期。

多饮些清凉的朝露。

晶晶临风的露珠,
怪像你那醉人的眼儿,
刹那间消灭的朝露,
正好象征我们梦幻的人生。

等会要在粒粒的露儿上,
我们看到我俩痴痴的双影;
恒河沙数的露珠里,
映出恒河沙数挨肩的你我。

再等一会儿太阳招着手请朝露上升,
珠珠的朝露会带我俩的俪影,
同望宇宙的茫茫飞奔,
晴空里顿现出无量数小小的情人。

苍茫的青天张开她的衣裾,
来迎接这还乡的珠儿,
露珠就永在上帝的脚下休息着,
上帝俯下头来对里面的双影微笑。

姑娘,让我们借这小小珠儿的力量,

来实现一对有情人的永生吧!
在千千万万的天真露珠上,
实现千千万万我俩的永生。

姑娘,你再多滞一会儿吧!
别这匆匆地,失丢了我俩的永生。

二[1]

影清:

今天病了,所以写信。病得很不哀感顽艳,既非病酒,与愁绪亦绝不相关,只是鼻子呼呼,头中闷闷。你迁新居后谣诼纷兴,俟我返申实地调查,有何莺声燕语鸭尾高跟隐在屏后否?

(中缺)

……阳〈历〉中秋之约,恐在乎必负之列,良心(交与Nurse)已如风前残烛,一片冰心将赴〔付〕之东流矣。但倘万一负约,此后愿每月代贵刊作三千万字补白,底于永劫。

病中作书,情意实属可感,足下以为如何?

此颂

---

[1] 戈注:此为1929年8月6日写给石民的信。据李冰封整理、唐荫苏译校《梁遇春致石民信四十一封》第一部之二整理,部分曾收入《致石民书六通》。李、唐在后一信中所提及的邮戳为"十八年八月八日"的信封,应属于此信。李、唐原注:此信写在没有印字的毛边纸八行信笺上。

迁安

　　　　　　　　　　弟遇春　顿首
　　　　　　　　　　七夕前五日

三[1]

影清：

　　前几天寄上请帖，想已收到。此中消息，仁兄可想而知矣。日来因良心将次消失，无心攻读经史，只好拿元曲选来消遣，觉得关汉卿、乔孟符等之作品，文清丽而不滥，事缠绵而不俗，实非当代剧曲作家所得望其项背也。近两日更无聊，连元曲亦觉得太正经了，只好看看集古人诗句之联，胡君复选的，中颇有可喜之妙对，择录之如下：

　　我醉如（欲）眠君〔卿〕且去　人〔君〕家有酒我何愁〔集李白《山中与幽人对酌》《对雪醉后赠王历阳》诗句〕

　　三山半落青山〔天〕外　千里相思明月楼〔集李白《登金陵凤凰台》《对雪醉后赠王历阳》诗句〕

　　夫子若有不豫色然　先生何为出此言也〔集《孟子》之《公孙丑》《离娄》章句〕

　　惟女子与小人为难养也　有寡妇见鳏夫而却〔欲〕嫁

1　戈注：此为1929年8月9日在福州写给石民的信。据李冰封整理、唐荫荪译校《梁遇春致石民信四十一封》第一部之三整理。李、唐原注：此信写在没有印字的毛边纸八行信笺上。

之〔纪昀集《论语·阳货》、朱熹《诗集传》句〕

劝君更尽一杯酒　与尔同销万古愁（这对真是浑脱一气！）〔集唐王维《送元二使安西》、李白《将进酒》诗句〕

落叶无端悲壮士　真茶远寄自潜夫〔刘春霖集清汪中《九日江上逢》、周亮工《六安梅花片》诗句〕

凌寒独立怜孤韵　浊饮随方适晚情〔晴〕〔集清恽格《题画诗》、曹溶《静惕堂诗集》诗句〕

昨夜清尊思北海　使君丽句过西昆〔集清阮元《莱州试院晓寒》、朱彝尊《寄胡少参》诗句〕

佳句渐如良友少　残诗都作记游篇〔集清折遇兰《春日杂兴柬刘谦斋》、余鹏年《理少云遗稿》诗句〕

已收长佩趋高座　独闭空斋画大圈〔圜〕〔集清刘开《酬竺堂观察》、阮元《赠周朴斋》诗句〕

扫除文字栖渊默　斟酌元化追精灵〔集清陈廷敬《施愚山见寄长歌和答》、陈维崧《酬许元锡》诗句〕

明月也知千里共　夕阳亲送六朝来〔集清陈维崧《贺新郎·汝州月夜被酒感怀董二》、袁枚《偶成》句〕

岂有文章堪下拜　坐〔生〕来情性不宜官（此联可作贵局客厅中用）〔集清邵长蘅《奉和商丘公见怀诗，有"文章拜布衣"句，吟讽之余，以感以愧，率成长句志谢》、何道生《寄怀幕友杜石笥（奇龄）二首》诗句〕

海棠开后燕子来时黄昏庭院　红粉墙头秋千影里临水人家〔集宋王诜《烛影摇红·春恨》、欧阳修《越溪春》词句〕

睫在眼前长不见　诗传身后亦何荣〔集唐杜牧《登池州九峰楼寄张祜》、薛能《春日使府寓怀》诗句〕

常共酒杯为伴侣　更无书札到公卿〔集唐方干《赠钱塘湖上唐处士》、清张瑞玑《谁园即事》诗句〕

我闻其来喜欲舞　君自不去归何难〔集苏轼《喜刘景文至》《次韵子由与颜长道同游百步洪，相地筑亭种柳》诗句〕

甚欲去为汤饼客　何人生得宁馨儿〔子〕〔集苏轼《贺陈述古弟章生子》《赠王觏》诗句〕

高人读书夜达旦　清溪绕屋花连天〔集苏轼《游道场山何山》《寄吴德仁兼简陈季常》诗句〕

笑有限狂名忏来易尽　问相逢初度试语还难〔集龚自珍《齐天乐》《百字令·投袁大琴南》《意难忘》词句〕

昨日闲愁今朝暗恨　三生慧业万古才华〔集龚自珍《莺啼序·用宋人韵》《人月圆》词句〕

推枰尚恋全输局　开箧重看未见书〔集清蒋士铨《家人》、王宁焯《直庵诗稿》诗句〕

游子何之　阿侬惫矣〔集宋何梦桂《八声甘州·伤春》、清朱彝尊《沁园春·送叶元礼之真州》《清平乐·齐河客舍》词句〕

绿酒乍亲惟欢〔劝〕影　青山看惯转无诗〔集清施闰章《闷》、朱琦《忆昔一首，将至浯溪作》诗句〕

手抄酸了，说些实在的话吧！弟定于阳（历）九月四五号，

偕内子离闽，这是绝不会再延的。把晤匪遥，诸容面罄，即请
撰安

弟遇春　顿首
□□前两天 [1]

子元〔朱森字子元〕兄共此恕不另。

四 [2]

影清：

今天以为你会来，然而现在已经十一时半了，足下之清影尚未照在敝斋，今日你大概是不来了。

大作 De Profundus〔拉丁文，《论深刻》〕捧读，觉得于花香鸟语之中，别有叱咤风云之概，颇有乌江帐里之声。你从前之作稍嫌有肉无骨，比不上近作的力雄万夫了。昔王定国寄诗与苏东坡，坡答书云，新诗篇篇皆奇，老拙此回，真不及矣。穷人之具，辄欲交割与公。我不会做诗，真是穷得连穷人之具

1　李、唐原注：贴这批信件的第二个本子中，贴了五个信封，其中有一封寄自福州，邮戳为"十八年八月八日"（民国十八年为公元 1929 年），查《一百五十年阴阳合历》，八月八日为当年立秋，故此处当为"立秋"二字。戈注：此处空缺二字，应非"立秋"，而是"七夕"。"七夕前两天"，即 1929 年 8 月 9 日，正与前一封信"七夕前五日"落款一致。而李、唐原注所说此信封，也应属于前一封信。

2　戈注：此为 1929 年秋天写给石民的信。据李冰封整理、唐荫苏译校《梁遇春致石民信四十一封》第一部之四整理，部分曾收入《致石民书六通》。李、唐原注：此信用钢笔横书，写在 16 开白道林纸上。信末无日期。

都没有，的确交代不出来，奈何。

杀死妖魔弟总以为不是好办法，除非是台端借到了陆压君之至宝，也请"葫芦转身"一下（这个典故，你知道吧!）。前张督办的"诱敌深入"的确合了老氏"欲取固与"之道。释迦欲逃地狱，故先众人而入地狱，这都可以做他山之石。

前日同子元谈天，慨乎兄之诗怀有加，酒量日减。我们尚希（兄）珍重。

日来博翻（说不上读）各诗集，在《金库》里见到一首Bacon诗，千古权奸，出语到底不差。录一段如下：

Domestic cares afflict the husband's bed,

Or pains his head;

Those that live single, take it for a curse,

Or do things worse;

Some would have children: those that have them moan,

Or wish them gone;

What is it, then, to have, or have no wife,

But single thraldom, or a double strife?

〔家累使丈夫睡梦不稳，

或是头疼；

独身汉把独身当灾难，

或是难堪；

想有儿女，有了又悲叹，

自添麻烦；

究竟讨老婆，还是不讨，

是鳏居还是一对争吵？

——引用戴镏龄教授译文〕

弟近来读诗，不喜流利之艳体，却爱涵有极多之思想的悱怨之作，Herrick〔罗伯特·赫里克，1591－1674，英国诗人〕等深觉不合口味，这或者是老的初步吧。

秋心　顿首

前日朱〔森〕、王〔普〕在我家打牌，打得非常好。你有空很可来一试。子元下礼拜四出外去了。

五[1]

影清：

失迎自然是对不起的，那天阿拉吃酒去也。病酒未愈，又受了风凉，心烦喉干，觉得做人没有啥意思，原来如此。定庵〔龚自珍〕是个真性情的人，诗词都极可喜，文章却太古雅了，阿拉无法懂。西泠风光被博览会糟塌〔蹋〕得一塌糊涂，连冯小青的墓都青白化了，墓碑好似天蟾舞台的广告，几点枫叶，尚觉可人，余则平平又平平耳。湖水快干了，这是我最高兴的

---

[1] 戈注：此为1929年秋天写给石民的信。据李冰封整理、唐荫荪译校《梁遇春致石民信四十一封》第一部之五整理。李、唐原注：此信用钢笔直书，写在16开白道林纸上。信末无写信日期。

事。老妈在楼梯上捧腹大笑,她们的生活是强过我们的,她们是懂得人生的,这话抑何平民化与革命化耶!可惜不晓得老妈是属于第几阶级的!

本星期四上午阿拉办公去,足下可以届时移玉真茹。

"月明花满天如愿,也终有酒阑灯散,不如被冷更香销,独自去,思千遍。"〔出自龚自珍《端正好》〕这是定庵的词,好不好? World 的确是 insipid, tasteless 的〔世界的确是枯燥无味的〕,莎翁说得也不错。

老朱走了,要隔两月才回,王普做官去了,剩得我们这两个 Literary beggars〔文学乞丐〕,无人伴我打牌,苦杀也。

(按:信末签字看不清)

六[1]

(上缺)

未晤,风雨愁人,焉能不念及诗人耶?午夜点滴凄清,更能撩起无端愁绪,回思弟生平谨愿,绝无浪蝶狂蜂之举,更未曾受人翠袖捧钟(友人某君,似曾一度为之酒逢知己饮,博雅如兄,当能考据其底蕴,勿容弟之饶舌也),自更谈不到失恋,

---

[1] 戈注:此为1929年秋末或冬初写给石民的信。据李冰封整理、唐荫荪译校《梁遇春致石民信四十一封》第一部之六整理,部分曾收入《致石民书六通》,删改较多。李、唐原注:此信钢笔直书,写在道林纸稿纸背面。信末无日期。

然每觉具有失恋者之苦衷，前生注定，该当挨苦，才华尚浅，福薄如斯。昨宵雨声不绝，兄当亦为之起坐，或已诗成二字矣。

今日细君归宁，重温年前生活，独酌于某酒楼，醉后挑灯，惜无剑可看，亦别有一番风味也。

暇时过我一谈何如？万勿吝步。老朱回来了，他请你这星期日来我这里玩。

秋心

七[1]

影清：

"燕子不来花著雨"〔出自唐韩偓《宫词》〕，元旦弟等了整天（你那封信是七号才收到）。前星期日中饭，炒了三个荷包蛋。这星期日请你来吧，我近来大念俄国小说，前日还到书店赊一本 Goncharov〔冈察洛夫，1812—1891，俄国作家〕的 Oblomov〔《奥勃洛莫夫》〕，请你于星期日把 Best Russia Short Stories〔《俄国短篇小说杰作集》〕、World's Classic〔《世界名著》〕顺便带下，来这儿口谈手谈，急急如律令。此贺

新年

弟　秋心
七号

---

1 戈注：此为1930年1月7日写给石民的信。据李冰封整理、唐荫苏译校《梁遇春致石民信四十一封》第一部之七整理。李、唐原注：此信写在16开白道林纸上，钢笔直写。

八[1]

影清：

　　别已逾旬日矣，弟于八日安抵此间，无日不忙，办工搬家，双管齐下，加以心绪不佳，是以迟迟未致一函。总之，木已成舟，弟深悔北上之失计也，此中一言难尽，无非种种烦恼而已，做人要吃饭，吃饭要做事，这真是悲剧。弟之所以离上海，大原因在乎暨南无事干，白拿钱，自己深觉无味，现在到此间事情太多，亦觉万分难受。做人总是处处被小烦恼磨难着，这真是无可奈何。现在一切尚未定，但是已经有些不妙神气，弟只得自认晦气而已。因此更注意于译事，诗注一月后总可寄上，《荡妇传》坚决按月五万字（译出），你把 Dead Souls〔《死魂灵》〕看完没有？广告做好未曾？请先与小峰兄说一下，报酬系照弟（译）其它百种名著办法。弟现与钟〔作猷〕君同住东城报房胡同五十六号，来信可寄此。总之，深深感到自己的不学和无能力，处在不好的环境里，连（发）牢骚都没有充分的理由，只好自视为该饿饭的弱者而已，奈何奈何，乞赐覆，免得愁闷得发狂。顷接子元兄来信。他大概已出去了，所以不写信

---

1 戈注：此为1930年2月16日写给石民的信。据李冰封整理、唐荫荪译校《梁遇春致石民信四十一封》第一部之八整理。李、唐原注：此信写在"国立北京大学图书部"的道林纸信笺上。开始一行用毛笔写，第二行第三个字起，用钢笔写。直书。

给他。此请

撰安

弟　遇春　顿首

十六号

九[1]

影清：

　　信去，杳然不得一覆，想足下必沉迷于 Baudelaire，Marion Davies，Cafe，Bebe Daniels，My Dear〔波德莱尔、马里恩·戴维斯、咖啡馆、贝比·丹尼尔、"My Dear"牌香烟〕（refers to tobacco, not human being）〔仅指香烟，不指人〕之中矣。弟整天过 treadmill 式的 clerk 生活〔单调刻板的办事员生活〕，烦闷仍然，找办半天"工"的事情是很不容易的，诗人其三复斯言。春天已经到北京了，海上的柳影桃魂如何？昨日偕内子往万牲园，象尚健在，虎已作古，虎死留皮，皮尚用破棉絮实着，摆在玻璃柜。好在 Eroshenko〔爱罗先珂，1889—1952，俄国盲诗人，曾来中国的大学教过书〕已经不知去向，别个瞎子也不会到"自然博物院"（这是它的新头衔）去，就是无虎可叫也是

1　戈注：此为 1930 年 3 月 10 日写给石民的信。据李冰封整理、唐荫荪译校《梁遇春致石民信四十一封》第一部之九整理。李、唐原注：此信系用毛笔横书，写在"国立北京大学图书部"道林纸信笺上。

无妨的。北平一切依旧，不过不交学费变为一切大学生的天经地义，后生可畏，我们只好认晦气，为什么早进大学几年。前日读乡前辈姜白石诗："已拚新年舟中〔上〕过，倩人和雪洗征衣。"〔出自姜夔《除夜自石湖归苕溪》十首其五〕这两句真可为弟此次北上写照。（按：南宋词人姜夔是江西波阳人，梁遇春是福建福州人，如果梁祖籍不是江西，"乡前辈"一说，疑有误）编辑先生以为如何？此外，"自作新词韵最娇，小红低唱我吹箫"〔出自姜夔《过垂虹》〕，亦艳绝。弟觉（得）白石之诗不下于词，犹刘禹锡之词不下于诗也。可惜都做得太少。Thilly's〔梯利，美国哲学家〕哲学史已收到否？子元已返申否？都在念中。足下近来酒量何如？有甚新诗没有？北海图书馆馆长为人势利，馆中人员已经不少，同 George T. Yeh〔叶公超〕谈两回，恐无从着手。弟日来精神恍惚，颇不妙，前得梁老板信云，弟走后几天，霞飞路 1014 弄内 5 号被劫，家姐颇有损失。年来 Avenue Joffre〔霞飞路〕真可谓多灾多难。不管暇不暇，都请即覆。干吗这样姗姗来迟呢！

小峰兄处代问好。

来函寄东城报房胡同 56 号。

弟　遇春　顿首
三月十日

十[1]

影清：

前得来函，不胜怅怅，"太太"尤为难过，我们颇有"我虽不杀伯仁"之感，因为我们觉得这么一走，刘妈不是失业了？所以把她荐给老朱，想不到反使她蒙了大祸。弟思必定因为刘妈在朱森家里时常去访问1014号（弄）内同事，如家姐之乳媪等，所以犯了嫌疑。但是我们相信刘妈绝不是引盗之人，彼性情和蔼，的确是个老实的乡下人。现在这事情如何结果？老朱有办法没有？请你告诉我们吧！

北大近来也多"故"得很，德国教授卫礼贤死了，这个人弟不知道，所以也无感于衷。单不庵先生也于最近死了，而且身后萧条，人们都说他是好人，我也看他是个很诚恳的人，不过太不讲卫生一点。他为人很有幽默情调，（在）这点上，他是强过梁漱溟的，虽然他们都是宋学家。刘子庚（毓盘）先生也死了，他是弟所爱听讲的教授，他教词，总说句句话有影射，拿了许多史实来引证，这自然是无聊的，但是他那种风流倜傥的神情，虽然年届花甲了，总深印在弟心中，弟觉得他颇具有中国式名士之风，总胜过假诚恳的疑古君〔钱玄同〕及朱胡子

---

1 戈注：此为1930年3月21日写给石民的信。据李冰封整理、唐荫荪译校《梁遇春致石民信四十一封》第一部之十整理。李、唐原注：此信系毛笔直书，写在印有"国立北京大学图书部用笺"的毛边纸八行信笺上。

〔朱希祖〕等多矣。还有诲人不倦之关老夫子〔关应麟〕也于前日作古了,你听着也会觉得惋惜吗!这几天里,弟心中只摆了一个"死"字,觉得世事真太无谓了,一切事情几乎都是同弟现在所办的"工"一样无味的。

谈些好听(的)话吧,马裕藻之女马珏〔珏〕(你认得这个字吗?)在北大预科念书,有枯零 Queen〔皇后〕之称,弟尚未曾识荆。

日来忙于替友人做媒,恐怕不能成功,自己几乎染上失恋,不如说不得恋的悲哀,这真未免太 Sentimental〔伤感〕了。

诗注于下星期内准可寄与老板〔李小峰,北新书局老板〕,劳你代为招呼一下,有重复的删去,与原文意思有冲突的改去,这自然是要说谢谢的。

弟近来替人教四小时作文,每次上课,如临死刑,昔 Cowper〔科伯,1731—1800,英国诗人〕因友人荐彼为议院中书记,但须试验一下,彼一面怕考试,一面又觉友人盛意难却,想到没有法子,顿萌短见,拿根绳子上吊去了,后来被女房东救活。弟现常有 Cowper 同类之心情,做教员是现在中国智识阶级唯一路子,弟又这样畏讲台如猛虎,既无 Poetical halo〔诗的灵光〕围在四旁,像精神的悲哀那样,还可慰情,只是死板板地压在心上,真是无话可说。

近来想写一篇《无梦的人》,但是写了一个多月,还写不上五百字,大概(才思之泉)是已经涸了。

这封信请拿给老朱看,若使他还在上海的话。

你近况如何？喝酒没有？别的话下回再说吧！

弟　遇春顿首
三、廿一

十一[1]

影清：

久不写信给你了，也有好久没有得到你的信。你近来怎么样呢？听说许久以前上海白昼昏黑，你那天大概可以不办工吧，我们这里没有这么好的幸运，天天晴朗。

你从前不是送我一本《曼郎〔侬〕》吗？有好几位朋友借去看，他们都称赞你的译笔能（表）达原文意境，我颇有"君有奇才我不贫"〔出自清郑燮《赠袁枚》〕之感。但是弟却始终没有瞧一个字。朋友，请你别怪我。我知道那是一部哀感顽艳的浪漫故事，心情已枯老的已娶少年的我，实在不忍读这类的东西。这还是一个小理由，最大的理由是近来对于自己心理分析（孤桐先生〔章士钊〕所谓"心解"）的结果，顿然发现自己是一个 Sentimental〔伤感〕有余而 Passionate〔热情〕不足的人，所以生命老是这么不生不死的挨着，永远不会开出花来——甚

1　戈注：此为 1930 年 5 月 5 日写给石民的信。据李冰封整理、唐荫荪译校《梁遇春致石民信四十一封》第一部之十一整理，部分曾收入《秋心小札》。李、唐原注：此信系毛笔直书，写在印有"国立北京大学图书部用笺"的毛边纸八行信笺上。

至于"的的鸡"（按：福州话谐音，意为"一点点"）的小花。我喜欢读 Essay 和维多利亚时代的诗歌，也是因为我的情感始终在于微温（Lukewarm）的状态里的缘故吧！这样的人老是过着灰色的生活，天天都在"小人物的忏悔"之中，爱自己，讨厌自己，顾惜自己，憎恶自己，想把自己赶到自己之外，想换一个自己，可是又舍不得同没有勇气去掉这个二十几年来形影相依、深夜拥背（这句话好像是在一本无谓的小说《绿林女豪》中的，十几年以前看的，今日忽然浮在办工桌旁边的我的心上来）的自己，结果是自己杀死了自己。总之，我怕看热情沸腾的东西，因为很有针针见血之痛，此事足下或有同慨也。比来思作一文，题目是"一个无情的多情人"，不过恐免不了流产。弟一生迷信"怀疑主义"，一举一动均受此魔之支配，大概因为自己因循苟且的根性和这一派的口头禅相合，所以才相视而笑，莫逆于心，假使要说做是为主义而牺牲，那又未免近乎呓语，有些夸大狂了。废名近来入市了，他现正办着《骆驼草》，好像很有兴致，弟与他谈了几次，自来水笔的苦衷早已说过了。北平，北大，太太，一切均照常。太太快生产了，怎么得了。弟现入北大做事，才发现北大是藏污纳垢之区，对于人世又减少了一些留恋，弟从前常以为自己是个已失天真的人（不如沈从文先生那么有志），现在却发现自己和世故还隔得远哩！（这个字，足下必得会打个圈圈，）也许在此发现之中，自己就失丢了以前认为失丢，实在并没有失丢，现在以为尚存，实在却已不存的天真了。这句（话）未免太麻烦，但是人生和人心实在是更麻烦的东西。请你回信。

弟秋心顿首
总理就非常大总统纪念日 [1]

又：日来为《英国诗歌选》做一篇序，不知不觉写得太长了，大概将到二万字，这真是无聊，不过自己因此对于英诗的发展有个模糊的概念，这也未始不是好处。说到这里，记起一件事了，前月弟寄与老板的英诗注，想早已收到，劳你代为编上原稿，实在谢谢得很，现已付印否？

十二 [2]

影清：

从跟你吵架的那位编辑那里，听到你有些不满意于我的久不写信给你，仿佛想同我也吵一阵，但是小弟困于家室之累，不如那位编辑那么清风明月，已经够悲哀了，是经不起骂的。

你的诗〔指刊于《骆驼草》十一期上的石民作《机器，这时代之巨灵》〕的意思我十分赞成（你看见《骆驼草》上署"秋心"这个名字所做的《破晓》没有？里面不是也有一段惊叹机

---

[1] 戈注：此日即5月5日，为1921年5月5日国民党总理孙中山在广州就任非常大总统之纪念日。

[2] 戈注：此为1930年6月16日写给石民的信。据李冰封整理、唐荫荪译校《梁遇春致石民信四十一封》第一部之十二整理。李、唐原注：此信系钢笔横书，写在"国立北京大学图书部"的道林纸信纸上。

械的魔力的话吗?)但是,我觉得里面的音调太流利些,所以不宜于歌咏那毫无人性,冷冰冰的铁轮。你的译诗何时告竣?我真是跂足而望。

第六期的《骆驼草》上徐玉诺的诗〔指玉诺《谁的哭声》〕真做得好,你以为如何?

前日弟寄给老板一篇散文《救火夫》("新土地"的稿子),那是"流浪汉"一流的文字,弟想足下看着也许会喜欢,那篇里面的意思,蕴在心里已经三年了。和《骆驼草》里的《破晓》一样,我自己的情绪总是如是矛盾着,这么乱七八糟,固然可以苦笑地说:"夫子之道一以贯之,矛盾而已矣!"但是的确使我心里闷得难受,这也许是出于我的懦弱性所做成的怀疑主义吧?

最近有些小波浪,于是乎产生了两篇不上两千字的文字(一篇叫做《她走了》,一篇叫做《苦笑》,在《骆驼草》七、八期上),那些文字的代价的确太大了,不谈别的,单提到写时要不给太太看见,然后偷偷地送到废名那里,就已经够苦了。万想不到已届中年的我,还写出那么儿女的东西。

说到太太,记起一件事了,太太快产小孩,而北大经费却又 Romantic〔在此处有不切实际或落空的含义〕起来了,所以前一星期我寄五万字(那还剩四万字)的 *Moll Flanders*〔《荡妇自传》〕给老板,请老板将那一百元汇下,若使做得到,并请他把那全部翻完时所拿的一半款(bitter half)先汇一百元来,那是说一共汇二百元,不知道老板汇了没有?劳驾你问一声,若使还未，请代催一下，我真是穷得利害，太太生儿子又非花钱不可。我恐怕你会骂我说，若使没有这件事，还不会写信给你，但是我不是已早说过，我经不起骂吗？请你留在心里骂我吧！

作猷兄丁忧回川，他的妻女弟弟托我招呼，他的太太整天叹气，我每天办工之后就回家，听这无法劝慰的叹声，一面还老是提防着太太生儿子，此外心头还搁着无数的烦恼，就是所谓的"她走了"和"苦笑"的悲哀，你看你还忍心骂我吗？还是替我催钱吧！

跟你吵架的那位编辑，替你预备一间房子，不知你何时可以动身，来这儿同弟作竟日之谈？还可以打一下牌。

子元又跑到安徽，他真是云中鹤，他太太同福琳都好吗？

限即回信。

弟秋心顿首　六月十六日

十三[1]

影清：

久未得来函，你的 Affaire d'Amour〔法语，恋爱事件〕近

---

[1] 戈注：此为1930年7月27日写给石民的信。据李冰封整理、唐荫荪译校《梁遇春致石民信四十一封》第一部之十四整理。李、唐原注：此信是钢笔直书，写在印有"THE NATIONAL UNIVERSITY OF PE-KING"的道林纸信纸上。

来如何？我愿将灵魂卖给 Satan〔恶魔〕，要看一看做 Lover 的石诗人是怎么样子。

前日温源宁对弟说，石民漂亮得很，生得很像 Angel，当时废名兄也在旁，这话大概是你所乐闻的吧！

近来因为放假，只办半天工，闲暇较多，常在家里无事此静坐，但是总坐不久，结果又是找人谈天，乱跑一阵，因此深感到我们一天都是在"躲避自己"里过活，这也是我们所以需要大都会，的确是近代人的 Morbidity〔病态〕。

前日读一篇 Lermontov〔莱蒙托夫，1814－1841，俄国诗人，作家〕短篇小说，碰到一首诗，也是说帆的，他真可以叫做"帆的诗人"了，录之于下：

On the rolling waves

Of the deep, green sea,

Many white-sailed ships

Sail away from me,

'Mid those ships in one

That is borne to me;

Two oars guide it on

The billows of the sea.

Great ships stretch their wings,

When winds and storms arise,

And each her weary course

Across the waters plies,

I bow me low and pray:
"Quell thy wicked wave,
My own dear little boat
Upon thy bosom save!"
My boat it bears to me
Treasures manifold,
Steered through night and storm
By head and hand so bold.
〔在深沉、碧绿的大海
滚滚翻腾的波涛上,
许多挂着白帆的船只
离开我而驶向他方。
在那些船只中有一艘
划过来,朝着我的方向;
在大海的波涛之上
为它开道的是两把桨。
当风暴升起时,
大船展开翅膀,
每回厌倦的航程
都来回在这片海水上。
我弯下身来祈祷:
"平息您那恶意的浪涛吧,
让我自己亲爱的小舟

在您的胸膛里得到拯救!"
我的小舟向我划来
带着许许多多财富,
穿过黑夜和风暴牢牢驾驶
昂首挥臂毫无畏惧。〕

这也是一首好诗,不过跟你所译的(是)另一种情调,在茫茫人海里,我希望你已望见你的小舟了。太 Sentimental〔伤感〕了,未能免俗。

袁〔家骅〕、顾〔仲彝〕二先生想已会面,顾君在这里也正如足下现在一样。北大经费渺茫,请你催一下款子(*Moll Flanders* 已译完,共剩有四百九十元),Gogol〔果戈理,1809—1852,俄国作家〕已动笔译了没有?请你将 Proper name〔专有名称〕的译名定下,这事是非编辑先生大笔一挥不可,否则不足以泣鬼神。

小侄女名字叫做燕瑛,译作英文当然是 Peking Beauty〔燕京美女〕了。北海前日有 Vacancy〔空缺〕,但据云彼处现非学过图书馆学之人不用,这真是无可奈何。

小孩又哭了,不能再写,请速回信。

即请

撰安

弟遇春顿首　七月廿七日

十四[1]

影清：

我现在要说"结婚者的怨言"〔相对于兰姆的《一个单身汉对于结了婚的人们的行为的怨言》而言〕了。说来话长，容我细表。前日王普由山东来平做事（研究院），我与他约好某日下午同到北海去，谁知到他那里有位女朋友在座，只好说几句机锋退去，去找一位同乡，他又到五斋去了，还有几位朋友都在少年场里混战，恐又碰壁，只好回家与太太对坐。你看，这不是走头〔投〕无路吧！幸好此刻不在上海，否则一定会遭你的奚落，"儿女情深，友朋道丧"，于今为甚。结婚者真不胜其悲哀矣。

今日一位朋友请到清真馆子吃洋菜，谈了许多"毁灭"之话，但是听说这位先生 arrant〔声名狼藉〕，此刻离平，于是乎他 melancolie sans raison〔法文，阴郁至无理性地步〕了。

老板的钱千万催促，这是我写这封信的唯一动机，无论如何请他先寄一部分来。

我那几篇"拟情诗"（1. She is gone；2. Bitter smile；3. Tomb）〔1.《她走了》；2.《苦笑》；3.《坟》〕你觉（得）如

---

1 戈注：此为 1930 年 8 月 5 日写给石民的信。据李冰封整理、唐荫荪译校《梁遇春致石民信四十一封》第一部之十五整理。李、唐原注：此信系钢笔直书，写在"国立北京大学图书部"的道林纸信纸上。

何？恐怕是自作多情吧！许多人因此猜我同 Femme〔法文，太太〕不大好，岂意琴瑟调和，这是你晓得的。

前信不是同你说"躲避自己"吗？近来仍然如是。买一本英文《圣经》，想念想了三个月，终未看一字，忽然记起 Dostoivsky〔陀思妥耶夫斯基〕的 Crime and Punishment〔《罪与罚》〕里面的主人翁 Raskolnikov〔拉斯柯尔尼科夫〕和娼妓 Sonia〔索尼娅〕跪在床前同念 Bible〔《圣经》〕，信乎哉，只有娼妓可陪读 Bible，无论如何，比红袖添香姨太太式办法高明得多。颇想写一篇《娼妓礼赞》[1]，终未着笔。

你说，我们在走马灯下奔波，这是千真万确的话，谢谢你说出。记得走马灯的戏本无非"耗子嫁姑娘"等等，不知道我们闹的是什么玩意儿，记得 T. S. Eliot〔艾略特，1888－1965，英国诗人、文学批评家〕说，世界是一个老妇人在垃圾堆里找些燃料，的确是这么无聊。这里蝉声闹得很，有时晚上几乎睡不着。前日看见报上说，歇浦潮兴，四川路浸了，那一定是很有意思的。

朱森老不北来，难道也像你那样舍不得上海吗？要去理发了，来信请写长些，并请介绍道我的朋友。

遇春　八、五

假中重念 Dostoivsky 的 Brother Karamozovs〔《卡拉马佐夫兄弟》〕，相信是天下古今第一本小说，他书里有成千变态心

1　戈注：其老师周作人已于1929年写了篇《娼女礼赞》。

理的人，都描写深刻得使我做出噩梦。希望你也看一下，但是有一千页。我这里有两部，若使你真想看，可以奉送一部。但是你需先心里默誓（人格担保），在收到书后三个月内看完（一天十页，不算多吧！）默誓后写信来，即可寄上，否则不行。

但是，那本书与 Amant〔法文，恋人，情人〕同读不下去，因为里面全是焚琴煮鹤的话。

那真是值得一读的书，而且你读着一定会欢喜的。

上面（的）话几乎像电影广告。

十五[1]

影清：

听说你常到兆丰花园去，不胜羡慕之至。然而我也有过光荣的日子，曾同一位不大认识的女子在那儿抽烟谈天过，但是只是一回而已，班门弄斧，莫笑！前星期天天喝酒（Beer），每晚回家时，凝想酒后的莫须有世界，然而第二天醒来幻象完全消灭，世界仍然如是糟糕，我每次举杯时，总常常记起你那首《酒歌》，而且仿佛杯杯都是酡酒。你近来做了什么诗没有？恐怕不能写情诗吧！这是一位有经验的爱人说的话。总之，久不见足下之大作了。昨夜看一部俄国诗集，里面说叶遂宁在他自

---

[1] 戈注：此为1930年8月20日写给石民的信。据李冰封整理、唐荫荪译校《梁遇春致石民信四十一封》第一部之十六整理。李、唐原注：此信系钢笔直书，写在"国立北京大学图书部"的道林纸信纸上。

杀前一天，用他自己的血写一首诗给他朋友，因为旅馆里找不到墨水。我真喜欢这段故事。将去自杀的人，拿血写的诗就是（写得）坏，也是好的。弟近来常有空虚之感，前月月圆时望月，顿然觉得此生无所寄托，生命太无内容，草草一生，未免有负上天好生之德。《世说新语》里面有一个人说，做人"手挥五弦易，目送飞鸿难。"〔顾长康语〕弟觉（得）自己既不甘只手挥五弦，天上却又找不出飞鸿可送，于是乎，像《西厢记》所谓"人琴俱渺矣"。

朱森下年仍在上海，这是可恨。他说，他现已甘于寂寞了。不知从前不甘于寂寞时，有何盛事？请你就近质问一声。

老板的钱尚是分文未寄来，弟在这儿穷得很，昨日去一快信催他。一面自然还得请你在旁击鼓催花。

前寄给北新的《救火夫》，你见到没有？这几天内正写一篇《黑暗》，那是我这两三年入世经验的结晶。弟常觉得写点东西，心里会（轻）松点。所以不论是否千古事，当时总有些快意。

Gogol 里面的名字，请你译出来寄下。你大概什么时候动手译呢？

昨晚读词，读到"二十余年成〔如〕一梦，此身虽在堪惊"〔出自宋陈与义《临江仙·夜登小阁，忆洛中旧游》〕，几乎打了一个寒噤。请即回信。

秋心　八月二十日

十六[1]

影清：

顷得来信并相片，高兴得很，今天从学校拿回一本《北新》〔指第 4 卷第 11 期〕，"太太"看见生田春月的像〔相〕片时候说道："真像石民，简直是他的相片，尤其神气一般无二。"我不禁深为足下忧，还是不要来北平吧！怕的是足下忽然间"破万里浪"起来，弄得老板同我两头着空，白给东海龙王添个女婿。顷得来信和相片，"太太"又批评起来了，"没有隔多久，怎么近来变得这么整齐这么年轻呢？衣领一些皱纹也没有"。但是还是坚持与春月相似，我真是没有办法。

朵氏杰作明日寄上，那本书我温了整个暑假，还没有看完，所以也不好意思太责人，（书）也厚了。近来常常念书念不下去，不知道是自己心灵干燥呢，还是对于书也幻觉破灭呢。莎士比亚有一句话："Words! Words! Words!"文字禅参来参去，无非野狐禅，"纸上苍生而已"。关于《K 兄弟》〔《卡拉马佐夫兄弟》〕这本书，我总不能说不喜欢，但是仿佛那是留声机的声音，虽然震动读者的灵魂，总有些不贴切近代人的心境，它里

---

[1] 戈注：此为 1930 年 8 月 5 日后至 9 月 16 日前写给石民的信。据李冰封整理、唐荫荪译校《梁遇春致石民信四十一封》第一部之十三整理。李、唐原注：此信钢笔直书，写在印有"THE NATIONAL UNIVERSITY OF PEKING"的道林纸信纸上。信末无日期。

面的苦恼,恐怕是十九世纪末的苦恼吧!那时人们只去追究神、人的意义,我却觉(得)我们现在是黑漆一团,好像失丢了一切,又好像得到了一切,将来的人们也许明白地看出这时代的意义,但是我们这班人只觉(得)是在"走马灯下奔走着"。废名前天嘲笑我"不甘于没有恋爱事体",这句话对不对且作别论,"不甘"的确是我们心中最有力的情调,不甘虚生,不甘安于沉沦……然而,也只是"不甘"而已。

今天看了《生田春月》那篇评传(文章太日本气味些),生出许多感想,若使我跑去自杀的话(这当然是句笑话),我的绝命书一定是这样写:"我是糊糊涂涂地活过一生,所以也该糊糊涂涂地死去,自己也不知道为什么的。既然是没有意义地活了这许多年,自然该没有意义地在这一天内死去。"若使人们问:那么随缘消岁月岂不好呢,又何必把自己生命看得如是值钱,居然费力去料理它,亲自送它到世界的门口呢?我就要答道:我不愿老受莫名其妙的"生的意志"(Will to live)支配着,它支配了我这好几十年,我今天可要逃学了。这些话说得太英雄了,惭愧。近来细读梁巨川先生〔梁漱溟父亲〕自杀前写的书信,深觉得他是怀着青春情绪去寻死的,令人欣欢。而王静庵〔王国维〕的投湖,是生命力的销沉,令人可怜他。若使区区胆子大到胆敢对死睁视,那么我一定"师出无名"地走上那永古黑暗的长途。这些也是"Words! Words! Words!"吧!教科书不是说过"多言无益"吧(吗)?

附上相片一张,大概是投桃报李吧!我却很喜欢自己这张相片。你看脸上没有一线笔画分明的轮廓，这指出我意志力的薄弱，而那种渺茫地欲泣的神情，是很能道我心曲的。寄语朱森，若使他想得我相片，他得先寄一张来（福琳要在内）。没有空地了。

秋心

十七[1]

（上缺）

此间开课无日期，欠薪是当然的，但也有个好处，只办上半天工，下午多半是游荡过去了。这里有声电影也盛行得很，青年会电影场改建为专映有声电影之电影院，叫做"光陆"，洋名也是 Capitol，弟却未光顾过，因为那些片子在上海时都看过了，加以近来大有"幽姿不入少年场"〔出自宋陆游《朝中措·梅》词〕之概。

Dostoivsky 收到没有？开始念没有？

近来深悟 Schopenhauer〔叔本华，1788—1860，德国哲学家〕所谓只有苦痛是 Positive〔肯定〕，快乐都是 Negative〔否定〕，无非苦痛的忘却而已，颇有学佛之意，不过时下学佛人皆

---

[1] 戈注：此为1930年9月16日写给石民的信。据李冰封整理、唐荫荪译校《梁遇春致石民信四十一封》第一部之十七整理。李、唐原注：此信系钢笔横书，写在"国立北京大学图书部"的道林纸信纸上。贴着此信的白报纸手工合订本，在此页前，被撕去两页，此页上有皮鞋脚印，显然是被人踩过。

有许多无聊架子，睨视一切，殊可厌，他们涅槃未得，已经执着许多观念了。安得有人拈花微笑，为我接引也。

你那 Letters〔《英国文人尺牍选》〕出版时，请赠一本。祝你长寿！

弟秋心顿首　九、十六

十八[1]

影清：

久不接到你的信了，也久未写信给你了。我近来倒病了一场，千万不要担心，我害的只是风寒，但是却躺了两天，病中读小山词，恨足下不在此间，无法长谈他的词。我觉（得）他的词胜过他的父亲，无论多么有诗情，宰相恐怕总写不出好东西来。其他的话太多了，容面叙吧！

前日下个决心，把 Baudelaire〔波德莱尔，1821－1867，法国诗人〕诗（M.L 的）买回来，深恨读之太晚，但是我觉得他不如 E. A. Poe〔埃德加·爱伦·坡，1809－1849，美国小说家〕（当然是指他的小说），Poe 虽然完全讲技巧，他书里却有极有力的人生，我念 Baudelaire 总觉得他固然比一切人有内容得多，

---

[1] 戈注：此为 1930 年 10 月 21 日写给石民的信。据李冰封整理、唐荫荪译校《梁遇春致石民信四十一封》第一部之十九整理，部分曾收入《秋心小札》。李、唐原注：此信是毛笔直书，写在印有"国立北平大学北大学院图书部用笺"的八行毛边纸信笺上。其中的外文，因系用毛笔写的，又潦草，有一些颇难辨认。

但是他的外表仿佛比他的内容更受他的注意，这恐怕是法国人的通病吧！我近来稍稍读几篇法国人（的）东西，总觉他们太会写文章了，有时反因此而把文章的内容忽略了。前天见到废〈名〉君，我说，觉得 Baudelaire 的东西还不够浓，无论如何，不如 Dostoivsky、Gorky（高尔基）等浓。法国人是讲究 Style〔风格，情调〕的人们，他们东西仿佛 Stevenson〔斯蒂文森，1850－1894，英国小说家〕的文字，读久令人腻。我觉得文学里若使淡，那么就得淡极了，近乎拈花微笑的境界，若使浓，就得浓得使人通不了气，像 Gogol 及朵氏的《Kara 兄弟》〔《卡拉马佐夫兄弟》〕那样，诗人以为如何？这当然是吹毛，小弟好信口胡说，足下之所深知也。

话说回来，读了 Baudelaire（现在还只读了半部《周官》）1，我对于娼妓概念又有些变故（化）了，他们的确伟大得很，使我老记着，前日在一家书店的广告上碰到一幅图，画 Baudelaire 灌溉"恶之花"，觉得很有意思，特剪下寄上。请你回封长信吧！即祝

早上天天起来运动，以便长寿！

弟遇春　顿首
十月廿一日

---

1 李、唐原注：《周官》，又称《周礼》《周官经》，儒家经典。作者对《恶之花》评价甚高，把它誉之为经典。

十九[1]

影清：

　　前得来函，说到我是个神经过敏的人，我不禁打一个寒噤，我其真将犯迫害狂这类的病而成仙乎？这恐怕又是神经过敏的一个现象。老板既说现在不能印书，所以我那本书也等再积厚些时再谈。但是你那篇序是预约好了，无法躲避的。

　　雁君〔废名〕昨日来说，要南飞了。这消息你当然是喜欢听的，但是这位先生之事亦难言矣，请你不要太高兴了，否则空欢喜一场，的确是苦事。

　　朱森又有年底北上之信，你来这儿过年吗？北方的冬天是极有意思的，她的情调仿佛黄山谷的诗，孤峭真挚，你想起来大概会恋念吧！

　　现在有一件事要托你，我一位同乡，北大同学刘先生译了 Anatole France〔阿纳托尔·法朗士，1844－1924，法国作家、文学评论家〕的□□□□[2]，这本书是法朗士的童年回忆录，他

1　戈注：此为1930年10月30日前写给石民的信。据李冰封整理、唐荫荪译校《梁遇春致石民信四十一封》第一部之十八整理，部分曾收入《秋心小札》。李、唐原注：此信是毛笔直书，写在印有"国立北京大学图书部用笺"的毛边纸八行信笺上。信末无日期。

2　李、唐原注：这几个字是法文。因是用毛笔写在毛边纸上，又极潦草，无法辨认。戈注：根据下文写明是法朗士的童年回忆录，经考证，这几个字应该是 *Petit Pierre*，即《小皮埃尔》。

译后由我用英文对一下,错处大概是不会多吧!不过,因为是他的处女译,所以译笔上有些毛病,请你斟酌一下,若使可登,那么最好能够早些登在《北新》,因为他是经济上有困难的人。

《骆驼草》大概会继续下去,这点得更正一下。我近来常感到心境枯燥,有些文章我非常想写,但是一拿笔来总感到一团难过,写出后也常自己不喜欢,大有"吟罢江山气不灵,万千种话一灯青"〔出自清龚自珍《己亥杂诗》〕之概,可惜的是,我压根未吟过江山,彩笔始终未交给我过,现在却忽然感到被人拿去了,这真是个小人物的悲哀。恐怕一个人的 disillusion〔幻灭〕有几个时期,起来〔头〕是念不下书了,其次是写不出东西了,于是剩下个静默——死的寂然。

下科再来。并祝

健康

弟遇春　顿首

二十[1]

影清:

前星期得到子元的信,听说你订婚了,我高兴得几乎从第一院四层楼上摔下来,回去告诉细君,太太说:"我们该买什么

---

[1] 戈注:此为1930年10月30日写给石民的信。据李冰封整理、唐荫荪译校《梁遇春致石民信四十一封》第一部之二十整理。李、唐原注:此信系毛笔直书,写在佩文斋制的宣纸笺纸上。

东西送石先生呢?"我说："送礼这件事重大得很，岂可随便处置？我们还是先用几张漂亮信纸，写信去贺他吧？再问他要什么，然后再办吧！"所以就用了这破题儿第一遭的好信纸，打算写封贺信，然而贺信的确难写，所以有好几天没有下笔。而且觉得我的字太浑脱了，有负此纸。

闲话少说，言归正传。我对于你的病，是"唯心论"者，我以为你的胃病是受神经衰弱的影响，杜大夫似乎也向我说过这么一句话。所以，你婚后精神倘能安定些，也许你的"饭桶"会自己端正些。朋友，你说我神经过敏，我看，足下亦是同病者。这的确有相当改变的必要，若使更改得神经太迟钝，那么，虽然可以长命，自己也会觉得难过。但是，我近来很希望自己能够健康长命，为着大她（母亲），中她（太太），小她（燕瑛）的缘故。我们 Bourgeois〔布尔乔亚，中产者〕了这么多年，真是非再 Bourgeoisie〔中产阶级〕下去不可，这种感觉也许正是我们 Bourgeoisie 的地方。至于你说叫我留意，我当然睁大眼睛，但是此间欠薪是家常便饭，而所谓不欠薪之衙门又是铜墙铁壁。但是上帝的旨意谁能知道呢？所以，我仍存个希望。《骆驼草》真将停刊了，此次系雁君告我，非前半官（方）消息之可比也。我希望你能来这儿结婚，让大哥小弟们热闹一下。Mencken〔亨利·路易斯·门肯，1880—1956，美国著名新闻记者、文学评论家〕说："Bachelors have friend and married people have wives"〔单身汉拥有朋友，结了婚的人拥有老婆〕。我看，你我皆非此美国人所料得到的人也。

昨晚下了整夜的雨——秋天的霖雨，今早他走出门时，街上满是泞泥的路，寂寞得有如月亮高挂中天的午夜，他独自站在街心，脚旁的积水黑得像明媚佳人的眼睛，围着他，使他寸步不前，正如前晚狂舞时，他的灵魂给她的双眼紧紧地拥着一样……这是今早我出门时想的，有 Baudelaire 的味儿没有？一笑。

即祝

你和她的好

遇春　十、卅

前天，房东太太骑驴子进城找雁君。

二十一[1]

影清：

久未通信，念极。前两天，大祸临头，只好赶紧写信告之情海中之沉石，我的牙齿痛起来了。你痛过没有？俗语说"牙痛方知牙痛人"，若使你尚未患牙病，那么，就没有资格看这封信。否则，你的同情泪会洒遍这封信了，存亡见惯浑无泪〔出自宋苏轼《过永乐文长老已卒》〕了。还有一事足以使我自杀，那就是牙痛。我素来畏医如虎，尤其怕那和颜悦色的牙医。昨

---

[1] 戈注：此为1930年11月至12月5日前写给石民的信。据李冰封整理、唐荫荪译校《梁遇春致石民信四十一封》第一部之二十一整理。李、唐原注：此信毛笔直书，写在佩文斋制宣纸笺纸上。信末无日期。

日下个决心（却不能咬定牙龈），去拜访一位日本牙医生，真是奇迹呀，我居然生还了。不过来日大难方多，足下晚间祈祷时，万望将弟名搁在里面，不胜惶恐之至。仁人君子，幸垂悯之。

你的可怜朋友

二十二[1]

影清：

前天收到你的书，读你的译文，仿佛同读你的信一样，你的 Style 多少跑到里面去了。据我看，好的译文是总带些译者的情调，若使译者个人没有跑到作品里去，他绝不能传神阿堵，既是走进去了，译出来当然俱有译者色彩，Fitzgerald 的 Omar〔指菲兹杰拉德从波斯文译的莪默·伽亚谟的《鲁拜集》译文〕就是如此。还有你遣使文言，颇有"神差鬼使"之妙。今天，与所谓"老哥"者〔指废名〕谈及之，老哥近来大赞美足下的诗。他又有南行之说，也许真能成行。实则弟亦有南下之意。你来信所云，闻之未免动心。但是在最近的将来，恐怕是动弹不得。然而弟颇厌倦此间，灯下无事，潋心一虑，难道就如斯草草一生吗！为之嗒然。还有许多话，等明天再写信。今夜心

---

[1] 戈注：此为1930年12月5日写给石民的信。据李冰封整理、唐荫荪译校《梁遇春致石民信四十一封》第一部之二十二整理。李、唐原注：此信无署名、日期。写在印有爱神与普绪喀雕塑的明信片的背面。钢笔直书，字迹纤细。

境太凄其了！！！

尺牍选中报告定婚消息之信有数封，这可以叫做"译讖"了。

二十三[1]

影清：

前书仓卒，未尽欲言。弟近日细读 Baudelaire，觉得他的《恶之花》，比他的散文诗好，很痛惜自己法文没有学好，无法读原文。兹附上 Paul Valery〔保罗·瓦雷里，1871—1945，法国诗人〕的 The Gerfaut〔法文，大鹰，大隼。《秋心小札》作 The Serpent，正确。英文，大蛇〕一篇，也颇有 Baudelaire 风味，不过我有些地方不大看得懂，恐怕是英译不大好的原故。但是诗里的意义我却很喜欢。近来想草一篇文，叫做《理想的女性——娼妓》，一发牢愁。为了挣钱有了种种束缚，时间、精神都受影响，一生事业——当流浪汉，痛饮狂歌，以及许多自己不好意思说的事情——都付之流水，言之可叹，只好有时间同路人长歌当哭，足下以为如何？

雁君昨日想复兴《骆驼草》，要弟担任些职务，弟固辞，莫

---

[1] 戈注：此为1930年12月6日写给石民的信。据李冰封整理、唐荫苏译校《梁遇春致石民信四十一封》第一部之二十三整理，部分曾收入《秋心小札》。李、唐原注：此信系钢笔直书，写在印有"THE NATIONAL UNIVERSITY OF PEKING"的道林纸信纸上。

须有先生〔废名〕颇为怫然。

这两天把你的书信集差不多看完了，的确佩服你利用文言的本领。但是，在 Charles Lamb〔查尔斯·兰姆〕信里有三个地方译疏忽了，现写下来为再版时参考。p. 118，the woman of town 是妓女的另一名称；p. 120，括弧里第二句是："而在那时候，这种热情，是阅读一些诗和文章后糊涂地产生的"；p. 134，"你想不靠什么维持生活的合理计划，全借着书店老板间或照顾的供给，去入世谋生吗？"

弟此回把整本看完，找出三个有问题的地方，这个劳绩是该酬劳的，我的条件是：你也得把我的诗同小品两本从头到底看一遍。从前在上海时，你不是更正（了）我诗的译文两三个地方吗？急急如敕令！

现在打算买鸡去，你听到后，为之垂涎否？

弟　秋心顿首
十二月六日

二十四[1]

影清：

前接来函，因为燕儿种痘，她的妹妹或弟弟又正蠢蠢思动，

---

1 戈注：此为 1930 年 12 月 17 日写给石民的信。据李冰封整理、唐荫苏译校《梁遇春致石民信四十一封》第一部之二十四整理，部分曾收入《致石民书六通》。李、唐原注：此信是毛笔直书，写在佩文斋制宣纸笺纸上。

闹得满室风雨,所以迟迟未覆。刘先生忽而巴黎,忽而里昂,此君又性喜搬家,弟有一个多月没有得到他的玉珰了。(按:李商隐《春雨》诗,"玉珰缄札何由达?万里云罗一雁飞。"此处用玉珰径指信札,疑误)现向一位朋友询他最近的地址,明天可以得到,当立即作信去,不误。

足下的对子很有意思,虽然使你有些不好意思。前月一位蜀中女郎,有同一位广东人结婚之议,弟当时集句拟一联:

别母情怀(姜白石)巫峡啼猿数行泪〔出自唐高适《送李少府贬峡中王少府贬长沙》〕

随郎滋味(姜白石)罗浮山下四时春〔出自宋苏轼《食荔支二首》〕

颇有沾沾(自喜)之意,大方家以为如何?

近来夜间稍稍读书,但在万籁俱寂时,顿觉此身无处安排(商量出处到红裙?)〔出自清龚自珍《己亥杂诗》〕真亏雁君终日坐蒲团。年假中,拟读 Beccaccio〔卜伽丘〕的 *Decameron*〔《十日谈》〕,或可勾上些年少情怀。

子元回来没有?请代买几件玩物送福琳。

祝你

心宁

弟　遇春　十二月十七日

二十五[1]

影清：

　　前天接到你的信，大有同感，弟自去年回沪后，颇觉我们既然于国于家无补，最少对于由我们去负责的人们该鞠躬尽瘁。换句话说，就是该当个"理想的丈夫"和"贤明的父母"。这句话虽然布尔到似乎研究系（按：此语意义不明）[2]，然而弟却觉得做人总是该做"责任"的忠臣，做人的艺术就在乎怎样能够"美"地履行责任。这些意思当年读 Charles Lamb 时就已悟到，他真是个知道怎样把"责任"化成"乐事"的人，但是弟一面又不无野心，常有遐思，那当然是七古八怪的。可是近来有些觉得空虚了，所以常向老哥诉那莫名其妙的苦。记得《世说新语》里面有一个人说："做人手挥五弦易，目送飞鸿难"。手挥五弦就是足下所谓"做庸人"，弟所谓"尽责"，其实也并不易，晋人未免有些一尘拂拂过去了。至于目送飞鸿，那是走到超凡入圣的路上，近乎涅槃的想头，我辈俗人当不敢希冀，但是我

---

　　1 戈注：此为 1930 年 12 月 28 日写给石民的信。据李冰封整理、唐荫苏译校《梁遇春致石民信四十一封》第一部之二十五整理，部分曾收入《秋心小札》。李、唐原注：此信是钢笔直书，写在印有"THE NATIONAL UNIVERSITY OF PEKING"的道林纸信纸上。

　　2 戈注：此为李、唐原按语。布尔即布尔乔亚。研究系得名于 1916 年 9 月 13 日梁启超、汤化龙在北京成立的"宪法研究会"，主张加强国务院权力以体现责任内阁精神，并且反对省宪及省长民选。

们有时却不无妄想，可是恐怕终免不了一个惆怅，拿个香奁诗来比喻吧，"此夜分明来入梦，当时惆怅不成眠"〔出自唐韩偓《偶见背面是夕兼梦》〕，我们仿佛现在都在"不成眠"的时候，辗转反侧。这些话说得胡涂，但是你一定能"相视而笑，莫逆于心"也。至于你说"就只好忍耐着生活下去"，昨日同雁兄谈到这句话，我们都也觉得无论如何，我们当个明眼人，就是遇鬼，也得睁着眼睛。雁兄很有这副本领，恐怕在你我之上，你以为如何？

Lamb 134 那段，细看是你对的，想起不觉失笑自己的胡涂。至于你所编的《青年界》，弟可以补一"大白"。

弟现拟写十几篇"杰作"的批评，预定写：

Boccaccio's *Decameron*〔卜伽丘《十日谈》〕；

Dostoivsky's *Brother Karamazove*〔陀思妥耶夫斯基《卡拉马佐夫兄弟》〕；

Gogol's *Dead Souls*〔果戈理《死魂灵》〕；

Goethe's *Faust*〔歌德《浮士德》〕；

Dante's *Divine Comedy*〔但丁《神曲》〕；

Plutarch's *Lives*〔普鲁塔克《传记集》〕；

Burton's *Anatomy of Melancholy*〔伯顿《忧郁的剖析》〕；

Cellini's *Autobiography*〔切利尼《自传》〕；

Blake's *Poems*〔布莱克《诗集》〕；

Poe's *Tales*〔爱伦·坡《故事》〕；

Lessing's *Laocoon*〔莱辛《拉奥孔》〕；

Stendel's *Red and Black*〔司汤达《红与黑》〕；

Leopardi〔莱奥帕尔蒂〕；

Hazlitt〔哈兹里特〕；

Conrad's *Lord Jim*〔康拉德《吉姆爷》〕；

Montaigne's *Essay*〔蒙田《小品文集》〕；

Pascal's *Pensees*〔帕斯卡《思想录》〕；

Aeschylus's *Prometheus*（*Bound*）& Shelley's *Prometheus Unbound*〔埃斯库罗斯《被缚的普罗米修斯》和雪莱《解放了的普罗米修斯》〕。

大约每篇约四、五、六千字以至一万字，取评传的体裁，注意启发读者鉴赏文字的能力（这话说得太俨然了），对于杰作作个详细的叙述和批评。写的方法是弟先把杰作读一两遍，然后再读几篇别人对于他的批评和一两本他的传记，但是一切批评完全是"我"同"书"接触时所生的感想，当然说得比较有系统，此外先讲些作者的生涯，他的环境和他对后世的影响，那当然是抄袭了。大概每篇里自"我"的立场和批评占十之六七，其他就是叙述作者和他的书了。近来颇有折节读书之意，打算下些苦功，也许日子可以过得容易些。Johnson〔约翰逊，1709—1781，英国文学评论家、诗人〕不是说过"工作"是最好的止痛剂吗？这么一来，每月总得写一篇或半篇东西，当然可以督促读书，打算由 Boccaccio 入手，现已读一大半了。

元旦日弟大请客，你听到不无垂涎乎？

刘君信已写去了。请你告我近况。

覆此，顺祝

新年

弟秋心顿首
十二月廿八日

二十六[1]

影清：

  好久没有得到你的信了。听说你入京〔南京〕一趟，近况何如？袁〔家骅〕、顾〔仲彝〕二君来平，热闹一下，现在他们又回去了，而且把莫须有先生拐走，剩我凄冷地滞此。前日送雁君南下，无限惆怅，他"出门一笑大江横"〔出自黄庭坚《王充道送水仙花五十枝欣然会心为之作咏》〕，行李非常简单，连心爱的图章、手杖以及书籍，都随便留在这儿，的确有些放浪形骸之外的神气。前日袁、顾二君，与我拟一注释英文名著丛书目录，计五十本，已写信与老板了，希望你能合作。上海我的确有点想去，大概因为流浪性的缘故吧，在这里又有些滞厌了，并且办工颇觉无聊，所以对他们两位说：若使暑假他们两位都到上海，弟亦有躬与盛会之意。他走后，弟在此更见寂寞，虽说是已甘于寂寞了。近日译一本《最后一本的日记》（小丛

---

  1 戈注：此为1931年1月16日前写给石民的信。据李冰封整理、唐荫荪译校《梁遇春致石民信四十一封》第一部之二十七整理。李、唐原注：此信写在32开道林纸日记本的单页上。信末无日期。

书），觉得里面所说的心境，颇与我现在相似。近日来的确不行极了，从久不写信给你，而且这封信是如是乱杂上，你可以窥见我心中是多黑漆一团也。千望〔万〕即回信。

问你

好

弟遇春顿首

二十七[1]

影清：

前两天得到你的信，天天想复，可是总没有写成，此中原因复杂，非一言所能尽也。比如小女两天不拉屎，于是乎买婴孩药片等，就忙了一会儿。又如听到某 mademoiselle〔法文，小姐〕赞美一句，就得意与惆怅了许久，还"口号一绝"："忍死京华事可哀，青春黯淡奈愁何。偶闻温语天风下，坠溷翻为落絮飞"[2]，诗人为之失笑乎？总之，又把你的信搁下了。比如，正要复你信，先把你的信看一道，看到"出门一笑大江横"（这是黄山谷句子。我在商务出版的《黄太史精华录》上看的，早就想买一部任渊注的全集，可是老买不起），就把山谷的诗拿来

---

1 戈注：此为1931年1月27日写给石民的信。据李冰封整理、唐荫荪译校《梁遇春致石民信四十一封》第一部之二十八整理。李、唐原注：此信系毛笔直书，写在印有"国立北京大学用笺"的八行毛边纸信笺上。

2 戈注：这首诗平仄合律，却不押韵。韵脚哀、何、飞属于三个不同韵部，疑为其中有错别字。

玩赏一下,看到"有子才如不羁马,知君〔公〕心是后凋松",就想买副对子,写好送给你,可惜我的字蹩脚……总之,七思八想,老是搁下,你的信几乎成为档案了。你看,说了半天,还没有讲到我们的买卖,言归正传吧!

《注释英文名著》的目录附上,起先我们写信与老板说:每本报酬一百元上下,他当然答应了。你所说的抽版税法,非常好,我想也照你的法子办去。二人同心,足下其勉之。

Decameron 已看完了,现正在看参考书,那篇八股大概下月中总可以寄上,呈于马二先生之前。

前写信给老板,说要把最近两年内写的散文五六万字,合起来印为《空杯集》,此事请你就近催促一下,千万。你那篇序也得起草了。

你说要选唐诗,好极。我近来也喜欢读唐诗,居然花五元买一部木板的《杜诗镜铨》,从此可想而知矣。唐诗选本,我顶喜欢《才调集》《王荆公百家诗选》《(唐人)万首绝句选》,每当三更儿啼之时,辄倚枕细读,一解父愁。你选的标准如何?大概谁选得多些,很想知道,因为我正在入迷之时也。

黄山谷你爱他不?我近来很喜欢他。"春风桃李一杯酒,江湖风〔夜〕雨十年灯","朱弦已为佳人绝,青眼聊因美酒横","去〔归〕鸿往燕竞时节,宿草新坟多友生",〔分别出自黄庭坚《寄黄几复》《登快阁》《和师厚郊居示里中诸君》〕你以为如何?

你日本的友人的确知言,莫须有先生说过:"你愁闷时也愁闷得痛快,如鱼得水,不会像走头〔投〕无路的样子",糟糠之友说的话真不错,我为之击节叹赏者再。这仿佛都证明出你是具有彻底的青春,就是将来须发斑白,大概也是陶然的,也许是陶然于老年的心境了。这未免太说远了。

候你的回信,即颂

康健

弟　秋心顿首
一月廿七日

二十八[1]

影清:

近来病了一场(感冒),致二信来,而不能一覆。半个 Dead Soul 已送来了,黄山谷那首诗,录后:

和高仲本喜相见

雨昏南浦曾相对,雪满荆州喜再逢。

有子才如不羁马,知公心是后凋松。

闲寻书册应多味,老傍人门似更慵。

何日晴轩观笔砚,一尊相属要从容。

也许有人用这两句来做挽诗,那么,她同他都对了。

---

[1] 戈注:此为1931年2月15日写给石民的信。据李冰封整理、唐荫荪译校《梁遇春致石民信四十一封》第一部之二十六整理。李、唐原注:此信是钢笔直书,写在32开的米色网纹纸上。

顷得老板信,说你要注 Decameron,删节后出版,前回你的信不是说买一本很讲究的所谓全译的版子吗?恐怕反用不着。我这里有两本《十日谈》,一部是所谓全译者,不过并不是本一字不漏的,一部是删节的"洗本",我想,这于你或者很有用,明天寄上,算新年的礼物吧!

病中读孟东野〔孟郊〕及贾浪仙〔贾岛〕集,觉得非常欣喜,他们表现情感是那么浓淡刚好,的确比刘长卿(这位先生有些官僚),王〔维〕、孟〔浩然〕(这两个人有时太小气)都有意思得多,你将来选诗时,请将我这两个夹袋中人[1]多搁些进去。

英文注译名著事,你说得不错,老板恐怕不答应收版税,而且商务等书局,关于教科书和补助读物,都不肯抽版税,开明林语堂的读本,就是个例子。我拟写信跟袁〔家骅〕、顾〔仲彝〕这两位主动人去商量一下,但恐无甚实效也。是所谓一失足。

前日看 Abelard and Eloise〔阿贝拉尔与爱洛依丝〕的情书,颇有所感于怀,此中千言万语,日来拟草一文《情话》(On Love)寄上,惟足下正之。现在这类话的确非你不可修正。

祝你健康

秋心顿首　除夕前一日

---

1 戈注:典出《宋史·施师点传》:"师点惓惓搜访人才,手书置夹袋中。"意为中意的人才。

二十九[1]

影清：

昨晚得来函，惊悉你跟老板吵架而失业了。天不生无禄之人，而且（天生）我才必有用，聊以这话安慰你吧！我万分希望你能到这儿来。今日往访叶先生〔叶公超〕，请他也"睁大眼睛"，他说暨南或有法可想，他即将写信去，我想若使能找个合式的事情，那么近水楼台，也无妨一试。北□大学现在改组中，办公处亦扩充，我今日写信给莫须有先生通知这个消息，叫他想法托人一下，也许可以成功，那么你能到这里，下半年再把莫须有弄来，岂不是个大团圆吗？那时倒反要感谢老板，此是后话。至于北平其他地方，当然极力睁眼睛，不过"北海"是绝望的，它那里非学过图书馆学者不行，世界混饭事都得有那么一个无聊资格，我们这班学文学的人却大有困难之势，言之可慨。你说开明事，恐怕成功的成分很少，我近来真想办小"实业"，如开点心铺，文具店，理发馆，糖店之类，那总比较有意思些，是人生的本身，然而，也只谈谈而已吧，连这些灰色梦都不能实现，说也可哀。你目下经济情况如何，你打算教书不？北大图书部更动人员，这几天很忙，真是感到整个人沉

---

1 戈注：此为1931年4月6日前写给石民的信。据李冰封整理、唐荫荪译校《梁遇春致石民信四十一封》第一部之二十九整理。李、唐原注：此信系钢笔直书，写在32开的白道林纸信纸上。信末无日期。

没了。"埋没空哀一世狂"〔郑孝胥《王彦和求题中泠泉图卷，今为王可庄祠》诗作"埋没空哀一世奇"〕，这是一位朋友的诗，近来我倒常念起。请即回信，说你的近况。即颂
健康

弟遇春顿首

三十[1]

影清：

前上一函，谅已收到，近况奚似，念念。弟连日向几位师长找位置，但春明颇有难于插足之概。也许忽然又找到一个约伯也，这也是说不定的。弟常觉得天下事皆难如恋爱，然亦皆易如恋爱，此理足下必知之更深，过于徒作恋爱论之可怜人也。

刘君有回信，说：太忙，转荐叶子静作稿，叶子静又谓须先知是何性质之刊物。现在此是不必说之事。然亦可以见吃洋面包者之盛气凌人。此后咱们还是敬鬼神而远之吧！

弟近来牢落万分，精神极其疲累。闻君失业，于图书部事更加留恋。然真是鸡肋。人生吃饭难焉！能不慨然于斯言？乞即覆，并请

---

[1] 戈注：此为1931年4月6日写给石民的信。据李冰封整理、唐荫荪译校《梁遇春致石民信四十一封》第一部之三十整理。李、唐原注：此信用毛笔直书，写在印有"国立北京大学图书部用笺"的八行毛边纸信笺上。

著安

弟秋心顿首
六日

三十一[1]

影清：

　　来函久未覆，不忙不病，春困而已，说来真是太小姐气了，怪难为情。前日雁君飘飘然下凡，谈了一天，他面壁十年，的确有他独到之处，你何时能北上与这班老友一话当年呢？昨日坐在洋车上，看见燕子穿杨柳枝飞过，觉得真是春到人间了。你记得这儿的柳树吗？那是上海永远找不到的，南京也许还可看得见，然而隔六朝太远了。近来颇有多读书、少做文章之意，也就是古之学者为己的办法，你以为如何？朱森已出发去调查地质没有？余不一一。

　　即颂

双安

秋心顿首

---

[1] 戈注：此为1931年4月24日写给石民的信。据李冰封整理、唐荫荪译校《梁遇春致石民信四十一封》第一部之三十一整理，部分曾收入《致石民书六通》。李、唐原注：此信系毛笔直书，写在印有"国立北京大学用笺"的八行毛边纸信笺上。加上另页，共三张。另页信纸与前面两张信纸相同。

雁君贺礼已预备好了。

（以下写在另一信纸上）

昨寄与老板一篇小丛书译稿：Conrad〔康拉德〕的 *Youth*（《青春》），这篇东西自己译得很高兴，你有闲时候，拜读一下，何如？

现正从事注《草堂随笔》，变个十足的马二先生了。你现译什么呢？《十日谈》还要不要？

友松兄处乞代道好。

四、廿四

三十二[1]

影清：

友松兄来，礼物已代收了，拟后日送去，还可以顺便一游山水。听说你要在首善之区〔南京〕举行婚礼，那么咱俩礼物寄到时，恐怕你已在燕子矶头细话流年了，那么，就算做你回上海时，老朋友向你俩说的一声欢迎吧！我的文章，洋洋一千言，前日才做好，定十九号可裱好（裱得很讲究呀！）预算寄到上海总在廿一二号左右，这并不是我起先懒惰，实因这篇文章

---

[1] 戈注：此为1931年5月19日前写给石民的信。据李冰封整理、唐荫荪译校《梁遇春致石民信四十一封》第二部之一整理。李、唐原注：此信系毛笔直书，写在印有"国立北京大学用笺"的四行宣纸信笺上。信末无日期。

做得太费工夫了,虽然见才拙,亦可见意隆也。《十日谈》明天寄上,足下其将作十夜谈乎?一笑。新婚后,拟往何处度蜜月?我昨天想,你此后大概不会向我发出"怨言"(单身汉对于结婚人们的怨言)了,觉得很喜欢。因此想到:"愿天下有情人皆成眷属",恐怕也是因为免听怨言,一笑。

秋心顿首

三十三[1]

影清:

妆台眼波之消息如何说法,得容敝人如是我闻乎?家中二老北上,前日预备迎驾,现则忙于漫游,是以久不作信与这位新郎先生。近来生活状况,乞见告一二。此乃套话,现在说来却新鲜可喜,可见新郎不可不做,连朋友的文才都沾光不少。子元病现如何?言归正传,老板处稿费(《荡妇自传》)请代一催,游山玩水,须杖头钱故也。乞即回信。并祝

你俩好

弟　秋心顿首
六、七

---

[1] 戈注:此为1931年6月7日写给石民的信。据李冰封整理、唐荫荪译校《梁遇春致石民信四十一封》第二部之二整理。李、唐原注:此信系毛笔直书,写在印有"国立北京大学用笺"的八行毛边纸信笺上。

三十四[1]

影清：

　　天天等你俩结婚的玉照寄来，却老没看见这张俪影，现特大笔一挥，请立即赐下。礼物收到多久了？你俩觉得怎么样？现在预备着明年送汤饼会的东西，一笑。想到将来路过春申江上时，多一处下榻的地方，而且要吃咖啡，也用不着去洗前日的渣滓，觉得很欣然。未知何日能于风雨之夕在你那儿谈些琐碎的话，吃了满地的烟灰。《十日谈》已收到没有？大概在十夜谈之后，才能开始"谈"吗？雁君有一个多月没有见到，西山多芦苇，大概是得其所哉。乞即复书并寄来载（戴）高帽的相片。

　　并问

嫂夫人好

秋心顿首
六、十

---

[1] 戈注：此为1931年6月10日写给石民的信。据李冰封整理、唐荫荪译校《梁遇春致石民信四十一封》第二部之三整理。李、唐原注：此信是毛笔直书在宣纸笺纸上。

三十五[1]

影清：

久未得来信，甚念。子元兄前日抵此，颇有病容。他没有将福琳带来，弟殊为失望也。

相片已照好没有？渴望着。你近来生活如何？杜医生大概久违了。弟夏间添一女，终日脱不了儿女事，有时也以为苦。

图书部搬到操场后面松公府，弟忙碌非常，真厌于办公生涯矣。寂寞中甚盼来信。

　祝
你俩好

秋心顿首

---

1 戈注：此为1931年9月写给石民的信。据李冰封整理、唐荫荪译校《梁遇春致石民信四十一封》第二部之四整理。李、唐原注：此信系毛笔直书，写在印有"国立北京大学图书部用笺"的八行毛边纸信笺上。信末无日期。

三十六[1]

影清：

　　乘去雁〔指废名〕之便，送些笔墨诗韵以及饽饽，当时匆忙忘却写信，现在只好付邮了。我译的《小品文续选》，你见到没有？我自己觉得比前一本好些。你近来忙不忙？前日有位朋友从南方来，据说江南草尚未黄也。前日读托翁之 *Anna Karenina*〔《安娜·卡列尼娜》〕，里面有一段说到新婚，据云，蜜月里糊糊涂涂，三月后才感到家常般之生活。你们现在已经三月了，所以我更想知道你俩的情形，其他一切话，雁君俱能详述，所以就不赘了，请即回信，并请

俪安

弟秋心顿首

---

1 戈注：此为1931年10月19日后写给石民的信。据李冰封整理、唐荫荪译校《梁遇春致石民信四十一封》第二部之五整理。李、唐原注：此信系毛笔直书，写在印有"国立北京大学用笺"的八行毛边纸信笺上。信末无日期。

三十七[1]

影清：

　　得到你的大札并小书，实在感激你俩的盛意。雁君真是不愧为红娘，他一去，你的信就滔滔不绝的来，愁闷如我者，自己也不知道多么欢喜。日来这儿天气阴阴，这与我这郁郁心情倒很相宜，因此如鱼得水，在十丈灰雾之中，颇觉恬然。北平居住的确不像上海那样，时时刻刻感到生活的压迫，雁君当能详言之。我近来的确有些老了，不过很喜欢说自己是中年人，甚至于高谈世故，可见还脱不了孩子气，不说别的，雁飞去后，有时就觉得人间真没有什么可以畅谈的人，因此很嫉妒你，这种不随和的癖（脾）气，大概是我辈之特色。总之，离不开稚子性情。雁君虽而立了，恐也未能免此吧！你愿意教书吗？这里，仿佛这条路比较容易些。至于北平图书馆，那是有了大人先生们的"八行"还不行的，而且里面乌烟瘴气，整天谈莫名其妙的图书馆学，也不算个好所在。博士〔指胡适〕的翻译计划好像偏重于历史及社会科学，文学方面听说有译莎翁全集的打算，此外就得打听一下了。近来读《安娜》〔《安娜·卡列尼

---

　　1 戈注：此为1931年10月19日后写给石民的信。据李冰封整理、唐荫荪译校《梁遇春致石民信四十一封》第二部之六整理。李、唐原注：此信系毛笔直书，写在印有"国立北京大学用笺"的八行毛边纸信笺上。信末无日期。

娜》〕及《战与和》〔《战争与和平》〕,颇动写长篇小说之意。自然我所写的,不会像那位老头子那样的东西,但是这恐将同足下之散文一样的未见只字也。余再叙,顺问嫂夫人好。

弟　秋心顿首

三十八[1]

影清:

玉照已收到,恍如一团云彩飞来,内子也拜见过了。雁君已抵家,可是又将回平。前日读《红楼》至那段昆曲"何处觅雨笠烟蓑卷单行,一任俺芒鞋破钵随缘化"〔前句原作"那里讨烟蓑雨笠卷单行"〕,颇思写副对联送他,可惜我的字蹩脚。世人只赏(识)"赤条条来去无牵挂",正如昆明湖中波臣所说的,天下解人正不易得也[2]。你以为如何?子元兄回申,见过否?今日天气晴和,昨夜做个好梦(极平常的,所以尤其好),对窗濡笔,谨祝你俩炉边絮语的乐趣(这是我从前要做的一篇文章,现在却连里面意思都忘记了)。《他人〈的〉酒杯》〔石民诗集〕若已印出,何妨让我啜一口?即问

好

---

1 戈注:此为1931年12月5日写给石民的信。据李冰封整理、唐荫荪译校《梁遇春致石民信四十一封》第二部之七整理。李、唐原注:此信是毛笔直书,写在印有"国立北京大学用笺"的八行毛边纸信笺上。

2 戈注:波臣指自沉昆明湖的王国维,其《人间词话》有云:南唐中主词……故知解人正不易得。

弟　秋心顿首　五日

老板不但不寄钱（那倒是小事），而且信五去而不一覆，我真是怫然了。

三十九[1]

影清：

　　前上一函，谅已收到，此间连日天阴欲雪，却没有下起雪。昨日沿着河沿闲踱，看见几只鸟低低飞着，低低的灰色云团一衬，鸟的羽翼看得分明极了，四围空气是这么默然，它们飞着，却好像停着，简直像一幅油画，这种风景，晴朗的江南是看不到的，所以特地用拙笔描出赠与诗人。中华文化基金闻在译莎士比亚全集，外尚有译《衣裳哲学》〔苏格兰卡莱尔著作〕、哈代之《谛斯姑娘》〔今译《苔丝》〕者，可见范围很广也。这几天，我胡乱看些近代哲学论文，倒也可以解闷销愁。余再叙。即祝
俪安

弟　秋心顿首

---

[1] 戈注：此为1931年末或1932年初的冬天写给石民的信。据李冰封整理、唐荫荪译校《梁遇春致石民信四十一封》第二部之八整理。李、唐原注：此信系毛笔直书，写在印有"国立北京大学用笺"的八行毛边纸信笺上。信末无日期。

四十[1]

适之夫子赐鉴：

　　附上短文〔指《Kissing the Fire（吻火）》〕一篇，系前月回忆志摩先生时写的。里面所说吻火一节，却是三年前实秋先生宴饮《新月》同人时的情事。当时，夫子亦在座，或者还能想起。记得希腊一位哲学家主张火是宇宙的本质，他曾经说一个人在河里不能两次洗同一的水。志摩先生的气质真好比一团灿烂的火花，他在生命的河流里洗净自己，刻刻有新的意境，新的体验，仿佛也可以说没有洗过同一的河水，所以"动"好像是他生活的真髓。夫子以为如何？短文请为斧削，诸容面陈。专此，并请
道安

　　　　　　　　　　　　　受业梁遇春鞠躬　　十一

---

[1] 戈注：此为1932年1月至3月11日间写给胡适的信。此信由学者陈建军发现，首次发表于2021年5月26日《中华读书报》第14版，原件现藏中国社会科学院近代史研究所胡适档案内。

四十一[1]

影清：

　　得两信始一覆，弟心绪之凄其，可想而知也。哈代之《市长》〔指《卡斯特桥市长》〕弟遍觅不得，初拟购北大翻印本，后一查，知系排印，并非影印，那么错误当然是多极了。结果长老〔指废名〕上山跑一趟，想起此刻已经收到了。《哈代传》我倒有一本，也放在家中，已函家中，直寄你那里，大概也收到了吧。

　　近来我饱食终日，咄咄书空，真有"白日昭昭未易昏"〔出自王国维《出门》〕之意，前日读词至"坐久不知何所待"〔原作"坐久不知无可待"，出自宋末元初刘辰翁《南乡子·即席纪游》〕，于身世恍有所悟。我的新居非常寂寞，深夜默坐，颇有入定之意，你近况如何？读你来函，看到你潇洒的文笔，很为神往，觉得比我日来干燥的心境，强得多了。你从前（不是）很夸奖我写信的天才吗？这个招牌此刻颇有还赠之意。长老对于足下的书札，亦啧啧称善。

　　子元兄前曾有一来信，知道他也安全，数星期的烦恼一扫而空，可是总不想作信，这封信就让你们两位去平分春色吧。

---

　　1 戈注：此为1932年3月18日写给石民的信。据李冰封整理、唐荫荪译校《梁遇春致石民信四十一封》第二部之九整理。李、唐原注：此信系钢笔横书，写在16开白道林纸上。

子元近况如何,目下当然谈不到出外调查了。他的弟弟已自前线归来没有?我近来的懒性真是该打,大概因为消失于灰色的愁雾里面的缘故吧。我的缄默就会滔滔不绝地告诉你们我的悲哀了(这句话极像翻译的)。

昨日寄上一本文法(West:Revised Grammar)〔《韦氏:文法修订本》〕,这本书本来放在作猷兄那儿,我去拿这本书,提起这件事,他就写了一封信附在这里。他说,假使能够就寄钱(?),那么上半部卖三百元也可以,否则先寄二百,其余二百可俟出版时再寄。你近来想不想编什么小丛书?我这儿有些小本英国中小学生读物,假使你要,可以寄上。

前几天冷得很,现在暖和起来了。希望你常来信,你的信我真喜欢念。覆此并请

旅安

弟　秋心顿首
三月十八日

四十二[1]

影清:

久未得来函,近况奚似?我也久不作信了,要说是懒,那

---

[1] 戈注:此为1932年4月18日写给石民的信。据李冰封整理、唐荫荪译校《梁遇春致石民信四十一封》第二部之十整理。李、唐原注:此信用毛笔直书,写在印有"国立北京大学用笺"的八行毛边纸信笺上。

么，天天仿佛都很忙，要说是没有工夫，那么无聊赖的时候又真不少，不说别的，我近来在那里看《联语汇编》同《灯谜丛话》以及宋人笔记，这总可算有闲了。其实，忙也好，闲也好，总脱不了一个"闷"字，仿佛这一颗心儿真是孤单单地关在门里了。

你问的几个问题，已找人翻出了。第一句是：Phoebe, mighty Diana of the woods〔福柏，森林中强有力的狄安娜。狄安娜，罗马神话中的月亮女神〕；第二个问题是希腊字，就是《新约圣经》的意思；第三个问题是两句诗：

Neighbourhood brought about acquaintance & the first stages (of love)

Love grew with time

〔邻人带来相识，带来爱的最初阶段

恋情正随着时间而发育成长〕

还有那个花字，我跑到 Tess（《苔丝》）书里去找，寻到头昏眼痛，还是目花字不花，忽然大悟，拿下《裘德》来，一目了然。（有人拿这四个字来打一俗语："阅后付丙"。这个谜倒不坏。说到谜，还要告诉你一两个："二十四桥明月夜"，射"梦"字；"终须一个土馒头"，射古文一句："故陵不免耳"，还有秦少游的"一钩残月带双星"〔原作"天外一钩残月带三星"，出自宋秦观《南歌子》，据说是打他赠这首词的官妓"陶心儿"的"心"字，可惜心无灵犀一点通，恐怕算不上好谜〕原来是：Alleluia: an exclamation meaning praise the Lord〔哈利路亚：一个赞美上帝的感叹词〕,就是"赞美上帝"的意思,所以堪称为绝妙好字也。

前日长老送我一管笔,近日颇有学书之意,涂出寒鸦万点,亦一快事也。近来写了一两篇文章,颇有继续写下之意,恐怕也单是个念头吧。文稿已收到,谢谢。它这么往海上一游,好像《红楼梦》中之宝玉,所以我对他也刮目相待了。昨日阴霾,今天晴朗,天公好像在嘲笑人世的凄凉,我不禁为之扼腕,余不一一。

即问

太太好

弟秋心顿首 十八日

写完信封,觉得我的字大有进步了,老哥以为如何?嫂嫂却不要见笑。

附录:梁遇春其他散佚书信片段

一

1932年7月11日,废名在天津《大公报·文学副刊》第236期发表《悼秋心(梁遇春君)》,其中有云:

……我手下存着他去年写给我的一封信,里面有这一段话:

安诺德批评英国浪漫派诗人,以为对于人生缺乏明澈的体验,不像歌德那样抓到整个人生。这话虽然说得学究,也不无是处。所以太迷醉于人生里面的人们看不清自然,因此也不懂得人生了。自然好比是人生的镜,中国诗人常把人生的意思寄之于风景,随便看过去好像无非几句恬适的描写,其实包括了半生的领悟。不过像宋朝理学家那样以诗说道,倒走入魔了。中国画家仿佛重山水,不像欧洲人那样注意画像,这点大概也可以点出中国人是间接的,可是更不隔膜的,去了解人生。外国人天天谈人生,却常讲到题外了。

二

1933年1月25日(除夕),叶公超写毕《〈泪与笑〉跋》,其中有云:

《吻火》是悼徐志摩的。写的时候大概悼徐志摩的热朝〔潮〕已经冷下去了。我记得他的初稿有二三千字长,我说写得仿佛太过火一点,他自己也觉得不甚满意,遂又重写了两遍。后来拿给废名看,废名说这是他最完美的文字,有火炉纯青的意味。他听了颇为之所动,当晚写信给我说:"以后执笔当以此为最低标准。"

三

1948年2月16日,废名在《天津民国日报·文艺》第115期发表《谈用典故》,其中有云:

有一回我同秋心两人在东安市场定做皮鞋,一人一双,那时我住在西山,后来鞋子他替我取来了,写信告诉我,"鞋子已拿来,专等足下来穿到足上去。"

梁遇春年谱

郑枕戈 编著

编辑说明

一、此书收集梁遇春生平事迹及其著作相关资料（包括小品文、译文、书信、前言、后记、注释、说明等）。凡是与梁遇春相关的重要人物、事件、社团、图书、报刊、广告等，也尽量入谱，并做相关介绍说明。

二、本年谱编排，以时间为序，分为两部分。一是从梁遇春1906年出生到1932年6月25日病逝。二是从他病逝到1949年，这段时间内，还有很多他的作品、书籍广告和好友学人对他的回忆评论发表出版。1949年后的部分回忆评论文章则不专列，仅放在此前相关事件或文章等下面作为补充说明。

三、本年谱编排时，凡年月日明确的，一律按照时间先后排列。仅知年、季、月、旬等大致时间而不知具体日期者，则依序附排于相关时间之后。有些期刊印刷时间与实际出版时间不符者，仍依其印刷时间排列，但在相关内容下面做出具体说明。

四、书中引用的文字，多保留原文原注，并以括注形式说明。此外，有的引文年谱编者亦有加按语说明，则标以"戈按"，以示区别。

五、本书排版时，以字体相区别：一般性叙述用宋体，单独引述史料用仿宋体。

六、本年谱最后，附列书中引用的相关史料文献目录，以供参考。

CONTENTS

目　次

1906年（清光绪三十二年）　1岁 ································ 79
1911－1915年（清宣统三年至民国四年）　6－10岁 ········ 79
1918年（民国七年）　13岁 ·· 80
1921年（民国十年）　16岁 ·· 81
1922年（民国十一年）　17岁 ····································· 84
1923年（民国十二年）　18岁 ····································· 95
1924年（民国十三年）　19岁 ····································· 97
1925年（民国十四年）　20岁 ····································· 110
1926年（民国十五年）　21岁 ····································· 115
1927年（民国十六年）　22岁 ····································· 124
1928年（民国十七年）　23岁 ····································· 142
1929年（民国十八年）　24岁 ····································· 165
1930年（民国十九年）　25岁 ····································· 205

1931年（民国二十年）　　26岁	270
1932年（民国二十一年）　27岁	300
1933年（民国二十二年）	338
1934年（民国二十三年）	354
1935年（民国二十四年）	364
1936年（民国二十五年）	371
1937年（民国二十六年）	379
1941年（民国三十年）	383
1942年（民国三十一年）	384
1943年（民国三十二年）	384
1946年（民国三十五年）	385
1948年（民国三十七年）	387
1949年（民国三十八年）	389

主要参考文献 390

1906 年(清光绪三十二年)　1 岁

梁遇春,字驭聪,出生于福建闽侯(今福州)。从取名"遇春"来推理,他应该是春季出生。按鲍霁的叙述,出生在一个知识分子的家庭里。据北京大学档案,他家地址是福州城内高节里十八号[1]。《"春朝"一刻值千金》写到慈爱的祖母和姑母,信里写到父母曾到北京看望他,还有个当医生的叔父(据其病逝后 1932 年 7 月 10 日《北平晨报》的报道:"遗有妻子,现寄居其叔父梁医士家。"另据冯至《谈梁遇春》,其叔父曾留学德国,1932 年在北京当医生,40 年代在昆明行医),有个姐姐(据其信中记载,1929 年住在上海霞飞路),梁家应是当地的小康之家。

他(梁遇春)是福建闽侯人,一九〇六年出生在一个知识分子的家庭里。

(摘录自鲍霁《梁遇春散文选集·序言》第 1 页)

1911-1915 年(清宣统三年至民国四年)　6-10 岁

读初等小学时候,上学途中因怕恶狗而绕道。

记得从前到初等小学上课时候,就常因为恶狗当道,立刻

---

[1] 高节里,福州旧地名,曾用名柏衙前、财神弄、前卫路、高节路,原在鼓楼津泰路以东,与大根路垂直,后在城市改造中将此段合并为津泰路东段,原名已不存。(参考自福建省福州市地名办公室编《福州市地名录》,1983 年 3 月印刷)

退却,兜个大圈子,走了许多平时不敢走的僻路,结果是迟到同半天的心跳。

(摘录自《泪与笑·猫狗》第64页)

根据秦贤次对当时初等小学、高等小学和中学的学年考证,按1922年梁遇春考入北大预科逆推,1911—1915年,梁遇春6—10岁,读初等小学;1915—1918年,10—13岁,读高等小学;1918—1922年,13—17岁,读福建省立第一中学。

韩侍桁在《梁遇春的散文》一文里曾说过"他是生长在北方,受教育在北方",但这是不确的。至少他是在故乡受完中学教育后,才到北方,考入北大预科的。当时的学制是初等小学四年,高等小学三年,中学四年,大学预科二年,本科四年,合计十七年。

(摘录自秦贤次《梁遇春散文集·梁遇春的文学生涯》第331页)

1918年(民国七年)　13岁

这年秋,考入福建省立第一中学(今福州一中)。当时校址在福州城内凤池里三牧坊,校长为王修。

1910年代

看过他认为是"一本无谓的小说《绿林女豪》",详见1930年5月5日致石民信。

……可是又舍不得同没有勇气去掉这个二十几年来形影相依、深夜拥背(这句话好像是在一本无谓的小说《绿林女豪》

中的,十几年以前看的,今日忽然浮在办工桌旁边的我的心上来)的自己,结果是自己杀死了自己。

(摘录自李冰封整理、唐荫荪译校《梁遇春致石民信四十一封》,《新文学史料》1995年第4期第138页)

1921年(民国十年)　16岁

4月20—22日

在福建省立第一中学读书时,聆听过美国哲学家、教育家、心理学家杜威作《自动与自治》的讲演。

自从杜威先生来华以后,讲演这件事同新思潮同时流行起来。杜先生曾到敝处过,那时我还在中学读书,也曾亲耳听过,亲眼看过。印象现在已模糊了,大概只记得他说一大阵什么自治,砖头,打球,……后来我们校长以"君子不重则不威"一句话来发挥杜先生的意思。那时潘译是我们那里一个教会学堂叫做格致小学的英文先生,我们那时一面听讲,一面看那洁白的桌布,校长的新马褂,教育厅长的脸孔,杜先生的衣服……我不知道当时杜先生知道不知道 How we think。

(摘录自《春醪集·讲演》第5—6页)

"那时翻译是我们那里一个教会学堂叫做格致小学的英文先生"为"王洽和"。

(摘录自单中惠、王凤玉编《杜威在华教育讲演》第414页)

4月20日,杜威应福建省立第一中学(以下简称福一中)的邀请,第一次到该校作《自动与自治》的讲演。讲演的地点在该校的大礼堂。这个大礼堂就是原来的文昌宫（惜毁于上世纪60年代中期）。该宫内正中横梁上高悬一块匾额，中书"景行维贤"四字，乃清同治五年闽浙总督左宗棠所书。后侧正中原来神位之石基座被用来做讲台。整个文昌宫可容纳千余人的集会、讲演或文体活动。

为欢迎杜威讲演，校方在礼堂讲台上方悬挂一条布制的横幅，上书两行字，上行字体略小，写着"福建省立第一中学欢迎"，第二行字体略大些，写着"约翰·杜威先生《自动与自治》讲演"，字体为隶书。讲台上摆着一张雕有花纹、正面刻有古"寿"字图案的桌子，后面放一张旧式靠背椅。杜威个子较高，西装革履，用英文讲演。为他做现场翻译的是王淦和，戴眼镜，穿西装，风度翩翩。杜威的讲演，对当时的国人来说，无疑是一种全新的教育思想，故若无一定的教育理论和哲学基础，难以现场翻译。为使口译者能够及时、准确地翻译，杜威当时用他自己的打字机，事先把一篇讲演的全文打出来，把副本交给他的口译者，让他研究并且想出合适的中国词句。

杜威在福州期间，很多学校、社团请他讲演，他每天差不多都要到两个单位讲两场，只好采取"跑场"的办法，即在一个单位讲完，又到另一个单位去讲，故他从20日至22日，在福一中用了3个半天，才完成《自动与自治》的讲演。这次讲演，概括起来，主要讲三个方面的问题：一、关于自治；二、自动与自治并行；三、如何读书才能实用。每个半天讲一个方面的问题。

当时杜威在华的讲演稿，多是发表在《晨报》《新潮》等报刊上。他在福一中所作的讲演《自动与自治》，在1921年5月3、5、6日的《晨报》上连载。当时正值"五四"时期，开始提倡白话文，但福州地处偏远地区，远离全国的政治、文化中心北京，白话文尚未流行，故《自动与自治》讲演稿是用文言文翻译成的。杜威在福一中讲演后，便离开福州，应广东省教育会之邀请，前去考察和讲学。

（摘录自林信国《美国教育家杜威在福州一中讲演》，《中国教育科学》2010年第7、8期）

自动与自治
（在福建第一中学的讲演）

"自"与"治"二字，相为联结，颇有研究价值。今人所谓自治，往往注意"自"字而忘却"治"字，所以曰言自治，乃至被治于人。被治于人，固非假自治之名而欲以治人，亦非学生在校提倡自治。每以为借自治之名，可以避教职员之督责，或取得教职员之职权而反以治教职员；又以为自治乃使教职员不必留意学生而任其所为；又以为自治乃使学生做校内之巡警侦探以纠正他人不规则之举动。不知学校之办理自治，与夫学生之提倡自治，乃以自己治自己，亦充其量以协助将来社会，使合于共和的。窃愿中国学校之教职员学生，于自治之精神上加之意焉。……

再就体育言之，体育本以强固身体，若有组织的游戏，亦可以增加组织的精神。如有十数人组一团体，以为游戏，则不能专就一己利益着想，必共谋全体之利益。……

有时教员视学生如顽石然，力加椎凿，不知椎凿愈甚，而反动愈大，终至于教员心力交瘁，而顽石之为顽石，尚自若也。故诸君须知人人均有天赋之自动才能，切宜善用，不可放弃。……

（摘录自单中惠、王凤玉编《杜威在华教育讲演·自动与自治》第408、411、414页）

6月25日

发表处女作译文《村之光荣》在《东方杂志》第18卷第12号，署名"秋心"。从标题下英文"The honour of the village"和"俄国高尔基原著"上判断，应该是从英文版翻译过来，而非俄语版直译过来。《村之光荣》是高尔基《意大利童话》之第十三章。梁遇春当年才16岁，读高中。这秋心是否即为他，存疑。

高尔基：林〔村〕的光荣，秋心

（摘录自阿英编《中国新文学大系·史料索引》第370页"翻译总目"）

1922年（民国十一年）　17岁

5月20日

《北京大学日刊》发布本年度考试委员会修正的《北京大学

招考简章》。

英文学等十三系，今年招考预科一年级生，预科二年毕业。投考预科者，必须中学校毕业，须于考试前检查体格。在上海投考者，须于七月十七日至二十二日，依排定之先后至指定医院，受体格之检查，不合格者不得应初试。初试考国文：解释文义，作文及句读（句读用教育部颁行标点符号）；外国语：（英文、法文、德文或俄文）文法、翻译；数学：算数、代数、平面几何。复试考中外历史、中外地理、物理、化学、博物。上海投考者初试复试连续举行。每科目试验（考试）时间以二小时为限。本校今年举行入学试验一次，自七月二十四日起，京沪二处同时举行。上海报名在西门外江苏省教育会，试验在江苏省立第二师范学校。报名日期自七月一日起，至七月十五日止，在北京或者上海报名。报考时须缴试验费现洋二元，最近四寸半身照片一张，填写详细履历，并呈验中学校高等或专门学校文凭。既缴之试验费及相片，概不退还。试验之结果，北京登《北京大学日刊》，上海登《申报》《时事新报》及《民国日报》宣布。考取各生，统限于十月五日以前到校，逾限取消入学资格。入学时须填具愿书，并邀同保证人来校填具保证书。报名时所填之姓名及年龄，以后在校不得再请更改。学费：预科每年现洋二十五元，分三期于每学期开学前缴纳（第一期自九月至十二月，九元；第二期自一月至三月，八元；第三期自四月至六月，八元）。体育会费现洋一元。

（摘录自《北京大学史料》第二卷第872—874页）

保证人以父兄为适当,如无父兄在(北)平者,或请各机关职员或三等以上铺捐之商号亦可。

(摘录自1930年10月15日《京报》的《北大限期新生填具保证书》,《北京大学史料》第二卷第941、943页)

6月15日

北京大学的校评议会通过由教务会议修正的《北京大学考试制度》。(据《北京大学纪事》上册第98页)

7月1—15日

梁遇春于福建省立第一中学毕业后,赴上海西门外方斜路江苏省教育会报考北京大学英文学系预科。报考时缴试验费现洋二元,最近四寸半身照片一张,填写详细履历,并呈验福一中毕业文凭。

7月17—22日

梁遇春在上海报考北京大学后,根据报名先后,到指定医院进行体检,并通过体检。

7月24日

此日开始,梁遇春在上海的江苏省立第二师范学校参加北京大学招生考试。当年全国参加北大初试的考生共有2488人。

初试考国文、外国文(英文、法文、德文选一)和数学

（算术、代数、几何）。复试考历史（中国史、外国史）、地理、物理、化学、博物。[1]

国文试题作文是《五四运动的意义》，另附一段《水经注》原文，加上新式标点，并注解几个词句。……

英文有翻译、文法分析，其中汉译英有一句"考试好像一个比赛……"

（摘录自《读书与怀人：许君远文存·我怎样投考北大》第183—184页）

入学试验阅卷及监场人员为胡适、黄国聪、关应麟、费家禄、杨荫庆、郭汝熙。

（摘录自《民国十一年入学试验阅卷及监场人员名单》，《北京大学史料》第二卷第852页）

8月12日

《北京大学日刊》公布本校本届在沪录取新生名单，录取梁遇春等23名预科英文生，另录取女生和德文生各一名。具体如下：

北京大学布告

本校本届在沪考试录取新生姓名揭布如左：

---

[1] 以上据彭慧丽《民国时期高校自主招生制度研究》，西北师范大学，2009年硕士研究生学位论文。各科试题可参阅《本届招考预科新生入学试验各科题目》，《北京大学日刊》第1067期第3、4版，1922年8月5日。

计开（以报考先后为序）

预科英文生二十三名

王宗旦　徐骧　金式斌　关蔚华　左仍彦　康寿康　傅启学　王道平

萧承慈　宦如镜　夏葵如　沈作乾　梁遇春　毛坤　陈世荣　王寅生

朱启明　阮昌稼　阮德鳟　萧涵恩　陆震雷　厉梦麒　高振庠

女生一名　蒋圭贞

德文生一名　温晋韩

本科　无

十一年八月十日

（摘录自1922年8月12日《北京大学日刊》第1068号）

录取全额仿佛是二百一十二人。现在社会上活动的韩权华、徐阆瑞、傅启学、夏涛声（葵如）、张友松（鹏）、尚钺、王寅生、钟作猷、废名（冯文炳）、万梅子（斑）、李春昱等都是"同年"。已有名气而不幸死亡的则有萧忠贞、巫启圣、梁遇春等。

（摘录自《读书与怀人：许君远文存·我怎样投考北大》第184页）

关于录取全额人数，许君远应有误记。据1922年8月5日《北京大学日刊》载，当年在京录取的预科新生即有271人。其中包括何肇华等9名女生、郭安万等9名德文生和张德昌等8名法文生。

10 月 5 日前

北京大学当时预科分甲乙两部，甲部为理科预科，乙部为文科预科。梁遇春将在预科乙部英文班修业两年。

梁遇春在此日前入学。入学后，住第二寄宿舍，时称东斋。东斋建造于 1909 年，在汉花园西南隅，毗连操场大院第一院旁边，共 154 个房间，可住 200 人。

有人写他很喜欢打乒乓球，并且"球艺很精，几有称霸东斋之势"，而同学许君远写"他不好运动"。他与石民同寝室。所属英文班，当时共有 176 人，年龄最大的为湘人张挹兰女士（其弟张友松亦在此班），年 29 岁，后来死于李大钊一案。其余大多为二十一二岁，梁遇春则是年龄最小的五位同学之一。

关应麟、费家禄、黄国聪、王彦祖、郭汝熙、杨芳担任预科教授，教甲乙两部英文。据北京大学档案馆等资料记录，读北大期间，梁遇春家在福州城内高节里十八号。

预科先在北河沿第三院上课，后来又迁入沙滩红楼。

（摘录自《读书与怀人：许君远文存·我怎样投考北大》第 184 页）

他在北大念书时，住在东斋，每天课余时便在俱乐部里打乒乓球，球艺很精，几有称霸东斋之势，而且，他也乐此不疲。他是瘦长的一个，白皙的皮肤，娇细的语声，白的牙齿，油光的头发，一个美少年也。

(摘录自《梁遇春善打乒乓球》,《每周评论》1934年第115期第13页)

本来我们在大学里就是同学,而且是同级,同系,又同宿舍,可是除了熟悉彼此的面孔和知道彼此的姓名外,我们之间并没有什么来往。有时在外面碰着,不知怎的彼此都仿佛有点不好意思似的望一望就过去,很少点头招呼过,更不用说谈过什么话了。那时他所给与我的印象只是一个年少翩翩颇有富贵气象的公子哥儿罢了。到了毕业的那一年,因为借书的关系我才和他开始发生交涉。记得我第一次招呼他和他说话时他的脸上简直有点儿赧红哩。

(摘录自石民《亡友梁遇春》,1932年6月30日《文艺月刊》第3卷5、6合期第771页)

上文说他住在东斋,是他在预科两年1922－1924年住的。东斋,即第二寄宿舍,在沙滩。1924－1928年读本科时已搬到西斋住,1926－1928年间梁遇春发表的许多文章于文末都是标注"于北大西斋",即是明证。西斋,即第一寄宿舍,在今景山东街马神庙。

他入北大之初,完全是一个活泼的小学生,在一般人看来,谁也不相信那样一个孩子会进入最高学府受教育来了。他不好运动,也不参加出风头的工作,如演说辩论会等;终日夹着书本出入图书馆,上下讲堂;不过绝没有"腐坏了的老学究面孔"。……

民国十一年北大收入的学生约三百二三十人左右,文科方面（即乙部）除德法文班外，英文组分甲乙丙丁四班，每班在英文选读和数学实习钟点，每班又分一二两组。在预科二年期间，梁君是丙班一组。与他同班的张友松、石民是乙班，废名是甲班。丙一的英文完全由关应麟先生（安慰他的灵魂！）担任，梁君在他的班上很是一个成绩卓异的学生。

除了年纪轻，"漂亮"，梁君还有一件令人乐于称道的事情。这事在一般人看来，也许认为不道德，然而青年们有几个人不犯这个毛病？梁君那时年才十七岁，他自然未能免俗。事实是如此：梁君有一个同性恋爱的对象，对象是理科姓江的学生。这事比其他的事更容易惹人注意，于是梁君便为许多同学所知道他的名字，就要追问他志趣与学问。结论一致称赞他聪明，并且谁都明白他喜欢哲学，在预科毕业后，他一定要从事于叔本华、笛卡儿的研究。

（摘录自《读书与怀人：许君远文存·谈梁遇春》第149页）

梁遇春于1922年暑假考入北京大学预科，比我晚一年。那时北大预科在东华门内北河沿北大第三院上课。我常常看到他。由于他显得年轻聪颖，走路时头部略微向前探，有特殊的风姿，而且往往是独来独往，这都引起我的注意。我不记得什么时候才知道他的姓名，却总没有结识的机会，更不知道他的头脑里蕴蓄着那么多丰富而又新奇的思想。直到1927年后，才先后在《语丝》、《奔流》等刊物上读到他的散文，并且在1930年知道他出版了一本散文集《春醪集》。

（摘录自冯至《谈梁遇春》，《新文学史料》1984年第1期第

112页）

是时，北大本科分为文、理、法三科（科后来改为学院）；预科因偏重语文训练，仅分为甲、乙两部。甲部仅设英文班，毕业后可直升理科肄业；乙部设有英、法、德文三班，毕业后可直升文、法两科肄业。

梁遇春所属英文班，当时共有一七六人，年龄最大的为湘人张挹兰女士（张友松姐姐），年二十九岁，后来死于李大钊一案。其余大多为二十一二岁，梁遇春则是年龄最小的五位同学之一。经过两年的苦读，终于顺利地升入文科英文系肄业，时同学共有二十一人。

（摘录自秦贤次《梁遇春散文集·梁遇春的文学生涯》第331页）

预科课程由预科国文、外国语、科学三股，由教授沈士远、关应麟、罗惠侨三人组织的预科委员会拟定。（理科）甲部课程有数学、物理、化学、博物、国文、外国史、论理及科学方法；（文科）乙部课程有数学、历史、地理、国文、论理及科学方法、公民学、生物学大意、社会学大意、外国文。就乙部课程而论：

（一）"国学论著集要"选读晚周迄清代关于学术思想论著，以求历代学术的系统及其变迁，附以评论，兼及训诂、考证、校勘。

（二）"文论集要"选习中国文学史上文章源流、体制及其作法等文章，说明文学的传授及流变系统；并采平实明辨的议论、记叙文品和诗歌,掌握修辞谋篇等技术。

(三)选文,以每一时代的代表作品为主,附以互相发明及相反之论。并先授以训诂条例及翻阅字书的方法。

(四)文法,先述研究文法的目的和方法,文法与国语学、文学学、修辞学、论理学的关系;内容分定词品、析句读诸例。词品讲类别、用法;句读论述句的构造,类别及析句的方式和古籍文句的异例,以为读书作文之资。使学者阅读古书能洞悉文义,无模糊、误会之失,属词成文能免不当律令之讥。

(五)中国最近世史,始近百年,此前略述政治经过及其与外国的关系。近百年详论政治史及文明之部。文明之部分法制、学术、美术、社会各方面。最后结论民国以来败坏的原因和国民以后应有觉悟。

(六)世界最近世史,从维也纳会议开始,先谈政治之部,次及文明之部。文明之部讲近百年的科学、文学、哲学、史学、国际联合、艺术、社会生活大概。

(七)中外地理,为了补救中学地理之不足,偏重外国,尤评于欧洲、北美、印度、日本、南洋群岛。更注重于政治地理、经济地理;如人种、语言、宗教之分配、物产之丰乏,工商业中心之现况与未来;并酌以自然地理解释之。

(八)论理学,上编为原理论,(思维概说;名或端;词或命题),推证论(演绎、归纳、类推及其他非内籀诸术);下编为方法论(观察及实验、记述与说明、界说与分类、计量及统计、穆勒的实验方法、谬误论)。

（九）哲学，前编为理论问题，上卷为实有问题（本体论，生成论）；下卷为认识问题（认识的来源、确当、本质）。后编为价值问题（道德哲学、历史哲学、美学概念）。

（十）生物学，首概论（定名、性质、位置、哲理）；次常识（生物组织、化学、物理、生理学、哲学等研究）；生物进化学（陆漠克、达尔文学说及其新学派）。

（十一）社会学，讲社会学性质及方法；地理环境与社会生活；城乡状况；私人结合与群众；财产（形式、分配、贫困种类）、慈善事业、遗产、移民、公共卫生、社会生活内体的判定、威信与模仿、社会生活性质、社会活动、社会秩序、社会与个人、社会演进、社会管理、犯罪、宗教、公众意见、政治管理社会的机关、教育。

（十二）外国文，第一外国文为必修，甲部每周 7 时，乙部 9 时；第二外文为选修，每周 3 时。

（摘录自傅振伦《二三十年代在北京大学》，《史学理论研究》1995 年第 3 期第 146 页）

10 月 11 日

北京大学开学。

国立北京大学，业于十一日完全开课。

（摘录自静观《开课后之北大状况》，1922 年 10 月 18 日《申报》第 7 版）

10月25日

下午四时至六时,北京大学召开全体教职工及学生大会。蔡元培复职后在会上演说,胡适、蒋梦麟、谭熙鸿、李大钊均有演说。学生到者有二千余人,散会已晚六时矣。一般来说,梁遇春也应在场。(据《北京大学史料》第二卷第250—251、3228—3229页)

1923年(民国十二年) 18岁

1月4日

根据叶公超的回忆,当时在北大时,"梁遇春认真上课,用功读书;冯文炳则是名士派头,常不上课"。(秦贤次《叶公超散文集·从文学家到外交家的叶公超》第313页)而梁遇春《"春朝"一刻值千金》里则是另外一番描述。当然,那时还有人点名后走出教室,北大为此发通告进行管理。

在大学里,有几位道貌岸然的教授对于迟到学生总是白眼相待,我不幸得很,老做他们白眼的鹄的,也曾好几次下个决心早起,免得一进教室的门,就受两句冷讽,可是一年一年地过去,我足足受了四年的白眼待遇,里头的苦处是别人想不出来的。

(摘录自《春醪集·"春朝"一刻值千金》第229页)

(北京大学)预科主任通告:顷据预科教员报告,乙部预科一年级生上课时,常有一经注册课点名之后,即行走出教室者。

虽曾经教员之诚告，仍有少数人依然行之如故。按上课之时，中途出入教室，于授课之秩序有碍。且一经点名之后，即私自走出，亦有背校规。兹特向预科学生诸君通告，以后凡上课之时，不能中途出入教室，即偶因事故，不得不先时下课者，亦应先得教员之允可。

（摘录自《北京大学史料》第二卷第986－987页）

4月16日

据《北京大学日刊》当日登载北京大学注册部编制课对当年在校生的分省统计，包括梁遇春在内，北京大学共有31位福建籍同学。当时北大学生总数为2327人（其中旁听生78人）。

9月

陈源担任北京大学英文学系主任。［据1923年9月26日《北京大学日刊》之《注册部布告（一）》］

10月1日

留学归来的林玉堂（林语堂）被北京大学聘为语言学教授。（据1923年10月13日《北京大学日刊》之《公牍事由》）

12月20日

据北大公布的招生统计，本年度福建籍的北大同学人数没有增加。

北京大学本年度招生统计：投考者 2488 人，录取者只有 163 人，仅占 6.5％。福建没有 1 人被录取。

（摘录自《北京大学本年度招生统计》，《教育杂志》1923 年第 15 卷第 12 号第 6—7 页）

1924 年（民国十三年）　19 岁

1 月 6 日

北京大学第一院失火，被救灭。

饭后，忽来电话，说北大第一院楼上失火。梦麟赶去，我替他陪客。约一点钟，梦麟打电话来，说已救熄了。第一院有图书馆，真是危险。

［摘录自《胡适日记全编》（四）第 155 页］

4 月 22 日

胡适当选为北京大学英文学系主任。

胡适三票当选北京大学英文学系主任，陈源一票落选。

（摘录自《北京大学史料》第二卷第 1837 页）

4—5 月间

林玉堂在北京大学开展方言调查，梁遇春作为福州话的发音者参与调查活动，为他标音者就是林玉堂本人。

……是据 Passy《欧洲比较发音学》一书后比较各欧洲方言所用的原文译成汉字，再将此一段汉字译成中国各地的土话，来做方音的比较。若土话的字或是语法与汉字不同的，便另以汉字表出；若不同的地方较多的，便全篇重以汉字写出，这是为读者比较的方便应如此做法的。

汉字

太阳说：

1. 我的名字叫做太阳，我是很光亮的。

2. 我从东方出来，而我出来的时候，天就亮了。

3. 我用我金黄色的眼睛，在你的窗户上窥看。我告诉你多咱你应当起来。

4. 我说：你这懒骨头啊！起来罢！我给你的光亮，并不是叫你睡觉，是叫你做工，读书，走路。

5. 我是个大旅行家，我满天上都走过。我永不站住，也不觉得累。

6. 我头上有个冕旒，是灿烂辉煌的，而我的光线照到各处。

7. 我照着花木，房屋，河水。我照的时候，样样都是很明亮美丽的。

（摘录自林玉堂《方言标音实例》，董作宾等撰《方言调查研究》第38—39页）

梁遇春用福州话讲上面一段话，就成下面这样的：

日头说：

1. 我其名叫做日头，我是很光。

2. 我由东边出来，我出来其时候，天就光 le。

3. 我使我金黄色的目睭，tio 女其窗户 kerengnie（＝上）偷看，我共女讲若早女应该起来。

4. 我讲：女者懒骨头啊！起来罢！我乞女其光，并唔乃叫女困，是叫女做工，读书，行道。

5. 我是石只大旅行家，我满天 kerengnie 都行过。我透底毛企着，我也没见觉吃亏。

6. 我头 kerengnie 有石只冕旒，是灿烂辉煌其，我其光线照到各处。

7. 我照着花木，房屋，河水。我照其时候，甚老都是很光，很好看其。

（摘录自林玉堂《方言标音实例》，董作宾等撰《方言调查研究》第69页）

当时，在《方言调查研究》第15页，林玉堂所列"各种方言标音实例"中只有12个人12种地方音，梁遇春的福州话还没有在里面。在第38页"方言标音实例"中，增加了3个人3种地方音，梁遇春的福州话才列进去。

这15人都是北京大学的师生，为梁遇春的老师或同学，具体人员名单如下，供参考。

地方音	发音者	标音者	地方音	发音者	标音者
1. 北京音	林玉堂	林玉堂	9. 广州音	容庚	林玉堂
2. 苏州音	顾颉刚	林玉堂	10. 潮州音	刘声绎	刘声绎
3. 绍兴音	周作人	林玉堂	11. 厦门音	林玉堂	林玉堂

(续表)

地方音	发音者	标音者	地方音	发音者	标音者
4. 绩溪音	胡适之	林玉堂	12. 成都音	毛 坤	毛 坤
5. 南阳音	董作宾	董作宾	13. 福州音	梁遇春	林玉堂
6. 黄冈音	万濮诚	万濮诚	14. 蕉岭音	温晋韩	林玉堂
7. 湘潭音	汤琪真	汤琪真	15. 如皋音	魏建功	魏建功
8. 昆明音	孙少仙	董作宾			

（据林玉堂《方言标音实例》，董作宾等撰《方言调查研究》第38—83页）

5月9、10、12日

泰戈尔在北平真光电影剧场演讲，原定六场，因有人撒传单反对，减为三场。梁遇春去听了泰戈尔演讲。

太戈尔来京时，我也到真光去听。他的声音是狠美妙。可惜我们（至少我个人）都只了解他的音乐，而对于他的意义倒有点模糊了。

（摘录自《春醪集·讲演》第6页）

泰戈尔演讲词的前后两段都是诗歌，都是赞美和平的、自然的生活，音韵之美，几乎令人疑为仙境中之音乐。

（摘录自孙学宜《泰戈尔与中国》第96页）

6月7日

《北京大学日刊》发布民国十三年（1924）修订的《国立北

京大学招考简章》。

英文学等十六系，今年招考各系本科一年级生，本科四年毕业，称学士。投考本科者，须有以下资格之一：A、旧制高等学堂毕业者；B、高等专门学校毕业者；C、公立大学预科毕业者；D、高级中学毕业者（三三制、四二制、二四制中学之高级）。须于考试前检查体格，不合格者不得应初试。考试国文：须略通中国学术及文章之流变；外国语：（英文，或法文，或德文，或俄文）能直接听讲并笔记，能以国语与外国语互译，能作文无文法上之谬误；数学：代数、几何（平面及立体）、平面三角。论理学：须了解演绎归纳的方法及其应用；历史：须习过中国通史及西洋通史，其西洋史亦可用外国文答；地理：中外地理，其外国地理亦可用外国文答。本校今年只在北京招考一次，报名日期自七月十三日起，至二十四日止；时间上午九时起至十二时止，下午两点起至五点止（星期日除外）。过期概不补报。报名者先到填写表格处，填写各种履历表格及检查体格单（按照单上注明应填各项，填写一部分）如式，由本人持之到审查处，按照简章之规定，呈缴证书，请审查；审查合格后，由该处收存证书，发给收据。到报名处，呈缴已填就之表格及检查体格单，并最近四寸半身照片两张（贴于台纸者一张，不贴于台纸者一张），试验费二元。其体格单由报名处粘贴相片，并戳印排定之检查体格日期时间于其上，由报名者带回。报名者必须当时呈验证书，所有声请先准报名随后补缴证书等情事，概不通融。报名时，如有持五年前毕业证书者，须特别审查。本年毕业尚未领到证书者,必须有该生毕业学校之本年正式毕业证明书。去年毕业学生,持该校去年所给毕业证明书及今年补给之毕业证明书,均无效。一切私人函件证明资格请准报名,均无效。报名所填姓名及年龄,如经考取入校后,不得请求更改。既缴之试验费及相片,概不退还。自七月二十二日至七月二十六日止,报考者须按期持体格检查单至校医室及体育部,依详细检查程序,受体格检查,过期概不补验。自七月二十八日起,分别举行试验(考试)。其科目时间及地点之分配,临时宣布。试验之结果,在本校日刊宣布。考取各生,统限于九月十五日以前到校,在注册部报到,填写愿书及保证书,办理注册、缴费,领取入学证等手续。逾期不到,即取消入学资格。学费:本科每年现洋三十元,分二期于每学期开学前缴纳(第一期自九月至一月,十五元;第二期自二月至六月,十五元)。体育费银圆一元。

(摘录自《北京大学史料》第二卷第876—878页)

6月13—24日

按北大招考简章要求,梁遇春报考北京大学英文学系。

7月22—26日

按北大招考简章要求,梁遇春持体格检查单至校医室及体育部,依详细检查程序通过体格检查。

7月28日起

梁遇春与所有报考北大的考生一起,参加招生试验(考试)。

上半学期

北大登记梁遇春的学籍信息。

梁遇春,福建闽侯,(年龄)十九,预科乙部二年级,第一宿舍,福州城内高节里。

(摘录自1924年《国立北京大学通讯录》)

9月15日前

梁遇春考取北京大学英文学系,到校注册报到,填写愿书及保证书,办理注册、缴费、领取入学证等手续。缴学费一学期现洋15元,宿费13元,电灯费3元。另体育费每年银圆1元。

记得五年前,当我大发哲学迷时候,天天和C君谈那玄而又玄自己也弄不清楚的哲学问题。那时C君正看罗素著的《哲学概论》,罗素是反对学生读哲学史的,以为应该直接念洛克,休谟,康德等原作,不该隔靴搔痒来念博而不专的哲学史。C君看得高兴,就写一封十张八行的长信同我讨论这事情,他仿佛也是赞成罗素的主张。后来C君转到法科去,我在英文系的讲堂坐了四年,那本红笔画得不成书的Thilly哲学史也送给一位朋友了,提起来真不胜有沧桑之感。从前麻麻胡胡读的洛克,笛卡儿，斯宾诺莎，康德的书，现在全忘记了，可是我现在对哲学史还是厌恶，以为是无用的东西。由我看来，文学史是和哲学史同样没有用的。

[摘录自《春醪集·醉中梦话（二）》第173—174页]

在民国十三年夏季北大英文系的入系试验，梁君以第五名而获中（第一是张友松）。但当时他的意志尚未完全确定，据说他还想入哲学系。不过后来没人提到他这改弦更张的理由，而梁君也就专攻了六年偏哲学性的文学著作。他是有天才的，只要是他读过的，他便能领略。到他手边的书全肯加以涉猎，不过一本著作他能够彻头彻尾地读完的也很少；这情形尤其是在小说方面：他读过琴·奥斯顿，读过布郎第姊妹，读过迭根斯，读过塞克利，读过汤麦斯·哈代……但你试问问他各著作的内容，充其量不过是一个大概的影子，充其量不过是 Shirley（戈按：《雪莉》，为英国夏洛蒂·勃朗特的一篇小说名）中所用的法文比 Villette（戈按：《维莱特》，为英国夏洛蒂·勃朗特的另一篇小说名）尤多。朋友们都说他没郑重其事地念完过某一本书，这也许可以相信，否则我们能从什么地方探寻他那不能享尽天年的征兆呢！

（摘录自《读书与怀人：许君远文存·谈梁遇春》第149—150页）

北大当时是全国最高学府，校长蔡元培旅欧未回，校务由总务长蒋梦麟代理。英文系教授则是人才济济，堪称全国首屈一指，系主任先后由胡适之、陈源（通伯）、温源宁等兼任，教授有张歆海（叔明）、徐志摩、林玉堂（语堂）、赵畸（太侔）、叶崇智（公超）、杨荫庆（子余）、关应麟（振伯）及英人柴思、毕善功，美人克拉克等。据梁遇春同班同学，后来成为著名报人、小说家的许汝骥（君远）在《记北大的教授群》一文中的回忆，我们得以窥见当时教学情形之一斑。

陈通伯博览群书，他的英文小说给我的影响极大，由于他的指导，我读完三四百本名著。……张歆海讲英国文学史，但不到一年他便走入仕途。……温源宁担任过系主任，他的英文修养够格，他讲过文学史，莎士比亚，英国现代小说。……赵太侔在北大时期很短，我上过他的戏剧课，他走了以后，课程由一位英国教授毕善功接替。……徐志摩讲英文诗，因为他同时主编《晨报》副刊，叫座力非常强。……叶公超担任英文写作和英国短篇小说，……林语堂担任基本英文和发音学，他的一口美国式的英文真够动听，讲书也活泼生动。

（摘录自《读书与怀人：许君远文存·记北大的教授群》第188页）

比梁遇春高两年级的何联奎（子星）先生（1903—1977年）在《追思胡适、林语堂两博士》一文中，对北大英文系也有生动的回忆。

一九二二年至一九二六年间，英文系老师聚于校者，各以所长擅一世。胡先生讲作文小说，后由克拉克先生（Dr. Clarke）、陈源先生接替。温源宁先生讲英国文学史及十七八世纪文学。杨子余先生讲英美散文及英文演讲。柴思先生（Dr.

H. Chase）讲解英国文学名著，如狄更生（Charles Dickens）作的 *David Copperfield* 和 *A Tale of Two Cities*；又讲解英诗选读，如 F. T. Palgrave 选纂的 *The Golden Treasury of the Best Songs and Lyrical Poems in the English Language*。林（语堂）先生开文学批评和语音学两课。他讲述英文学家爱诺尔特（Mathew Arnold）文学及其评论，很精彩，让人印象深刻。他的语音，得之于天者独厚，文学修养，功力俱到。他讲语音学，则用直接法指授语音法则，循循善诱，嘉惠良多。

（摘录自何联奎《追思胡适、林语堂两博士》，《再见大师》第 123—124 页）

俗语说"名师出高徒"，英文系教授既名师如云，确实也培养出许多杰出的人才，即以梁遇春这一班为例，后来在文坛上成名的即有：冯文炳（一九〇三— ），笔名废名，湖北黄梅人，后为著名小说家；尚钺（一九〇二— ），字钟吾，笔名克农，河南罗山人，后来亦为名小说家；石民（一九〇四—一九四一），字影清，湖南宝庆人；张鹏（一九〇三— ），字友松，湖南醴陵人，以上两人与梁遇春后来都是著名的翻译家，译有西洋诗歌与小说甚多；钟作猷（一九〇四— ），四川双流人，后为暨大、川大名教授；夏葵如（一九〇一— ），字涛声，后以字行，安徽怀宁人，在学时已常在《语丝》周刊上投稿。

（摘录自秦贤次《梁遇春散文集·梁遇春的文学生涯》第 332—333 页）

10月5日

温源宁、胡适、徐志摩、林玉堂（林语堂）、陈源、郁达夫、张歆海、毕善功、杨荫庆、文纳、柴思、宋春舫、徐宝璜、柯乐文、柯劳文、柯夫人被北大聘任，成为梁遇春所在英文学系的授课老师。

1924－1925年度北京大学英文学系科目说明书：

1. 基本英文　　　　　1 林玉堂
2. 作文（一）　　　　2 林玉堂
3. 小说（一）　　　　2 陈源
4. 戏剧（一）　　　　2 郁达夫
5. 散文（一）　　　　3 毕善功
6. 辩论　　　　　　　1或2 杨荫庆
7. 演说　　　　　　　1或2 杨荫庆
8. 英国史　　　　　　3 文纳
11. 基本英文（二）　　3 温源宁
12. 作文（二）　　　　2 温源宁
13. 英国文学史略　　　2 张歆海
14. 戏剧（二）　　　　3 陈源
15. 散文（二）　　　　3 毕善功
16. 小说（二）　　　　3 柯劳文
21. 作文（三）　　　　1 毕善功
22. 英汉对译（一）　　2 陈源

23. 作文（四）　　　　　　1 温源宁
24. 英汉对译（二）　　　　2 徐志摩
25. 英文教授法　　　　　　1 林玉堂
26. 意里沙白时代 Elizabethan 文学　　2 张歆海
27. 十八世纪英国文学 2
28. 浪漫派 Romantic School 文学 2
29. 维多利亚时代 Victorian 文学　　2 徐志摩
30. 英国现代文学 2

　　　　　　　　　1 "哈第" Hardy　徐志摩
　　　　　　　　　2 "萧伯纳" Shaw　张歆海
　　　　　　　　　3 "威尔思" Wells　陈源

31. 乔叟（Chaucer）及其时代之研究 2
32a. 莎士比亚（Shakespeare）之研究（一）　　3 柯夫人
32b. 莎士比亚（Shakespeare）之研究（二）　　3 柯夫人
33. 文学评衡　　　　　　2 徐志摩
34. 诗（一）　　　　　　3 柴思
35. 诗（二）　　　　　　2 胡适
36. 现代诗及诗剧　　　　2 柴思
37. 欧洲古代文学　　　　3 柴思
38. 戏剧史　　　　　　　1 宋春舫
39. 西方文化史科选读 3 柯乐文
40. 英国语言史　　　　　2 林玉堂
41. 语言学　　　　　　　2 林玉堂

51. 第一年英文　　　2 毕善功 徐宝璜 郁达夫 潘家洵
52. 第二年英文　　　2 毕善功 徐宝璜 郁达夫

[摘录自《英文学系科目说明书（十三年至十四年度）》，1924年10月5日《北京大学日刊》第1536号]

10月14日

北大加强上课纪律管理，由注册部人员负责上课点名。

（北京大学）教务处布告　本预科上课，一律由注册部点名，望全体学生于注册部职员至教室点名时，各守秩序。

（摘录自《教务处布告》，《北京大学史料》第二卷第987页）

10月21日

据当日《晨报》报道，北京大学每学期另收宿费13元（不住宿者不收），电灯费3元。（据《北大开始征收学费》，《北京大学史料》第二卷第941—942页）

11月1日

梁遇春赠送梁钦辰撰《易解醒豁》图书给北大图书馆，后在上海暨南大学也赠送过杂志。梁钦辰为清朝咸丰己未（1859年）科进士，闽县（今属福州）人。与梁遇春同姓，不知其中有什么关系。

惠赠北京大学图书馆清梁钦辰撰《易解醒豁》图书一册。

（摘录自《图书部登录课11月1日布告》，1924年11月3日

《北京大学日刊》第1559号）

11月17日

《语丝》周刊在北京创刊，16开本，语丝社主办。1－156期主要由周作人主编，孙伏园也主编过开头几期，一直到1927年10月22日，共出版156期。1927年10月，《语丝》被奉系军阀张作霖查封后，转移到上海出版，改为半月刊，大32开本，一度由鲁迅、柔石主编。至1930年3月10日出至第5卷第52期停刊，共出版260期。撰稿较多的有鲁迅、周作人、钱玄同、刘半农、林语堂、江绍原、川岛、章依萍、孙福熙、冯沅君、废名、梁遇春、徐祖正、许钦文、王鲁彦、钟敬文、韩侍桁、杨骚、陈学昭等。梁遇春在《语丝》发表《讲演》《论麻雀及扑克》《给一个失恋人的信一束》《醉中梦话》《"还我头来"及其他》《人死观》《谈"流浪汉"》《"春朝"一刻值千金》《泪与笑》《天真与经验》《途中》《论智识贩卖所的伙计》《观火》13篇小品文。

1925年（民国十四年） 20岁

5月

《文学旬刊》创刊，为文学研究会机关刊物，后改为《文学周报》，前后共出380期，先后由郑振铎、谢六逸、叶绍钧、赵景深等人负责编辑。梁遇春翻译兰姆的《关于书籍与读书的杂感》发表于1928年11月11日出版的《文学周报》第7卷第18

期，收入《英国小品文选》时改标题为《读书杂感》。

6月27日

"五卅运动"发生后，北京大学教务处发布公告，本年度本预科生学年考试延期到下学年举行（9月11日起）。

北京大学校教务处布告　值学年将终之际，沪事（五卅）又起。教务会议不得不对于学年考试事宜，及今议定适当之通融办法。一方面务使诸生不致感受意外的不便，一方面亦须使本校教学同人数年来所惨澹经营之秩序，不致因此次事变而大遭毁破。诸生爱国不忘爱校，必能共体此意。兹将教务会议关于本年度本预科学年考试所议定之办法列举如下：

预科各年级及本科一二三年级本年度之学年考试，一律延期至次学年开始时举行（九月十一日起）；该项学年考试完毕，其未及与考或考不及格者，仍当另定日期，举行补考，以符定章。

（摘录自1925年6月30日《北京大学日刊》第1732号）

9月19日

北京大学宣布执行补考办法，考试日期定于9月28日。

沪案发生，全国学生相继罢课，秋季始业，各校或因循不行考试，或因此引起风潮，独北京大学毅然宣布并执行补考办法，学生刻正温习功课，准备考试，日期定本月二十八日。教务会议（5月22日）已议决关于考试纪律事，并由学校当局布告严格执行，其文如下：一、各授课教员对于所授课目，务亲自莅场监考，并监考至考试终了时为止。二、讲授相关科目之教员，得自动的举行会考制。三、一切考试俱须于学校所规定之时间与教室举行。

又该校定章，凡学生所有功课有缺席逾受课时间三分之一者不得考试，然历年以来，皆未实行，至本年度始正式榜示缺课学生，其中或全部功课不得与试者，或仅一部分者，合计本科一二三年级及预科一二年级共一百三十余人，该生等须于次年度对缺席功课重新补习，然后得与于考试。此制实行，则不按时上课之学生不能专凭领讲义得毕业证书矣。

（摘录自1925年9月19日《申报》的《北京大学严格考试三章约法颁布》，《北京大学史料》第二卷第1005页）

9月26日

胡适前往武昌大学讲演，陈源暂时代行系主任之职。

北大英文学系教授会发布告，称胡适教授现已告假出京往武昌大学讲演，本学系主任的事，请陈源教授暂代。

［摘录自《英文学系教授会布告（二）》，1925年9月26日《北京大学日刊》］

9月28日

梁遇春等北大学生参加上学期学年考试。

10月初旬

徐志摩讲授英文诗歌课程，据同班同学许君远描写如下：

本文作者在一九二五年在北大英文系选课，徐先生继柴思义之后讲授英文诗歌，于讲读雪莱《西风歌》时，他引述那位西方浪漫诗人之一生，他是喜欢雪莱的，所以关于后者的传记他读过不少。他说雪莱天性极醇，肯以十磅金票，折叠成船，放在河里教小猫坐。他说那活泼诗人虽寿至三十（一七九二至一八二二），但他终究是个天真的赤子。

…………

……十四年十月初旬他才开始登上北大红楼，那时他已主编《晨报》副刊，声誉日渐高起。但"诗"是讲得不很出色，虽然选课的人也不少。不过他的谈吐很有趣味，说话也没拘束，尤其讲到某文学家的轶事琐闻，特别令人神往。他喜欢雪莱，关于雪莱说得十分详尽。他甚至于说到雪莱之作无神论，《小说月报》误作"雅典主义"，"被缺德带冒烟的成仿吾见到了"（他喜欢说北京俏皮话），于是乎大开笔战。时候是冬天，他穿的是紫羔青绸皮袍，架着浅黄玳瑁边眼镜，因为身材高，他总是喜欢坐着，坐在讲台桌的右面。对于装饰他很讲究，不过对于衣服他并不知道珍惜：鼻涕常常抹在缎鞋上，而粉笔面永是扑满于前襟。这种种很能代表出他那浪漫而又清雅的个性，很能表现出他那优美可敬爱的灵魂。

在十五年夏天学期末终了时，他便离开北京而南下了。那半年他的私事特别多,假告得特别厉害。同时他把《晨报》副刊让给菊农,北大英文系现代文学他原是负责汤麦士·哈代的,也竟压根没有开始。

(摘录自《读书与怀人:许君远文存·怀志摩先生》第141、142页)

本年

与1924年相比,北京大学英文学系科目及教师有所调整:戏剧,从郁达夫、陈源调整为毕善功、赵畸;小说,从柯劳文调整为陈源;作文,从毕善功调整为张歆海;英汉对译,从徐志摩调整为胡适;英国现代文学"萧伯纳Shaw",从张歆海调整为陈源;诗,从柴思、胡适调整为徐志摩;语言学改为语言学大纲,教师还是林玉堂;第一年英文,从毕善功、徐宝璜、郁达夫、潘家洵四人调整为徐宝璜、潘家洵二人;第二年英文,从毕善功、徐宝璜、郁达夫调整为毕善功、徐宝璜。此外,增加了如下课程:演剧,由赵畸教授;英国现代文学之"辛恩",由温源宁教授;十七世纪英国文学,由温源宁教授;文评商榷,由林玉堂教授;小说,由胡适教授;辅科英文,由严毅教授。取消了毕善功的散文、文纳的英国史、十八世纪英国文学、陈源的英国现代文学"威尔思Wells"、柴思的现代诗及诗剧和欧洲古代文学、宋春舫的戏剧史、林玉堂的英国语言史等课程。(据1924—1925年度英文学系科目说明书和1925—1926年度北大英文学系课程指导书,详见《北京大学史料》第二卷第

1132—1137页）

1926年（民国十五年）　21岁

1月1日

北大当年经费无着，非常困难，计划停课索薪。

北京大学全校教职员联席会议主席蒋梦麟在会上说："本校截止〔至〕今日止，账簿上存款只有二角五分八厘，学校经费无着，一切具难维持，请大家筹议应付办法。"讨论停课索薪问题，没有结果。

（摘录自《北京大学纪事》第138页）

4月2日

张歆海当选英文学系主任。

北京大学英文学系等六系主任改选，张歆海以二票当选英文学系主任，温源宁、陈源分别以一票落选。

（摘录自《北京大学纪事》第141页）

4月7日

北大学生会通过投票，决定上课，不罢课。

北京大学学生会通告，就本校上课与罢课问题总投票结果，以576票对80票通过上课。

（摘录自《北京大学纪事》第141页）

4月16日

北大成立英文文学研究组。

《北京大学日刊》报道,北大学术研究会英文文学研究组已筹备就绪,下星期开始工作。英文文学研究组章程共9条。

(摘录自《北京大学纪事》第141页)

4月19日

英文系主任张歆海聘请吴宓为北大英文讲师。

张歆海以北大英文系主任身份前往清华,约聘吴宓为北大英文文学讲师。

(摘录自《吴宓日记:1925—1927》第165页)

7月23日

北大因欠费,停水三天。

《晨报》载北大因欠费过巨,自来水源已断绝三日。

(摘录自《北京大学纪事》第144页)

7月29日

因北大发不出薪水,一些教师离开北大。

《晨报》报道,北大因教育经费无着,下半年各教授均另谋他就。现已到厦门大学者有林玉堂等三数人。厦大秋后拟设国学门,周树人、沈兼士、顾颉刚、陈万里等十余人前往应聘。

(摘录自《北京大学纪事》第144页)

夏天

在北大一院图书馆里,梁遇春很无聊地翻阅《洛阳伽蓝记》。

那是三年前的一个夏天,我正在北大一院图书馆里,很无聊地翻阅《洛阳伽蓝记》,……十八年五月二十三日午夜于真茹。

(摘录自《春醪集·序》第2—4页)

8月4日

北大因欠费被停水,借款支付后才通水。

《晨报》载,北大多方设法挪借1000余元,照数付给自来水公司三个月之欠费,自来水已于昨日复原。

(摘录自《北京大学纪事》第144页)

8月21日

《北新》创刊于上海,初为周刊,大32开本。北新意为北京大学新潮社的简化,北新书局出版发行。孙福熙主编。1927年11月1日第2卷第1期起改为半月刊,由潘梓年等主编。1930年12月16日出版第4卷第24期后停刊,共出至4卷96期。梁遇春在该杂志发表《论新诗》《罗素的自叙》《巴特纳的杂录》《论雪莱》和《除夕》5篇文章。

9 月

梁遇春开始在北大本科的第三学年。

叶公超任教北京大学英文系,成为梁遇春的老师,虽然仅比他大两岁。学生中梁遇春与废名是"最常与他在一起,也最受他器重的两人"。梁遇春留给叶公超的印象是"认真上课,用功读书"。

叶氏初到北大任教时,年仅二十三岁,实为北大最年轻的教授,他班上的学生大部份年纪都比他大。例如废名(冯文炳)就比他大四岁;许汝骥(君远)比他大一岁;何兆熊(容)与他同龄;年龄最轻的梁遇春(秋心)也仅小他二岁而已。……在五十多年后的今天,叶公超先生还清晰地记得,学生中梁遇春与冯文炳是最常与他在一起,也最受他器重的两人。梁遇春认真上课,用功读书;冯文炳则是名士派头,常不上课。

(摘录自秦贤次《叶公超散文集·从文学家到外交家的叶公超》第 313 页)

10 月 1 日

北大因经费无着,无法决定是否开学,请教员投票。投票结果,绝大多数教员不愿开课。

当日《晨报》登载《北大教职员不愿开课者多》:"北京大学前因经费无着,对于开学问题不能决定,特请各教员举行总投票,以定开学与否之标准。昨日上午十一时在二院宴会厅开票。……其结果有效表决票数一五一,愿上课者四七,不愿上课者八四,附条件的愿上课者二〇。所谓条件愿者,系请先将经费筹妥,抑或有相当准备,保管开课而不中辍是也。综上观察,不愿上课者为大多数,且该校目前决无开学之可能。"

(摘录自《北京大学史料》第二卷第1316页)

10月18日

北大校长发布公告,因之前经费无着,暂缓开学;现定于本月20日开学。

(北京大学)校长布告　顷准北京专门以上学校校务讨论会函开,日前本会曾决议经费无着各校暂缓开学,现在久逾开学之期,长此停顿则学生学业荒废似不可不为顾及。特函达各校,请自行酌量情形,先行定期开学,俟经费稍有着落即行开课,以维各生学生〔业〕等因,本校兹定于本月二十日开学。特此布告。

(摘录自《北京大学史料》第二卷第1316—1317页)

10月29日

北大学生代表采访教务长徐炳昶,询问上课意见等。徐主张开学不上课。

(北京大学)学生代表访教务长徐炳昶,询问对开教务会议及上课的意见。徐答:我原来就主张开学不上课,开学是对外的,藉此可保全校舍和教具;因为上课是要钱的,只要有钱,校长就可布告上课，无庸开会议。没钱就是上课也是敷衍，十分之一二教员上课，其余七八不去上课，有什么办法？

（摘录自《北京大学纪事》第 146 页）

11 月 6 日

北大公布教员支持开课与否的投票结果，绝大多数教员赞成开课。

北京大学布告　本校现因经费稍有着落，复举行教员总投票以决定开课与否，兹经开票结果如下：有效表决数一八一，赞成开课者一六八，不赞成开课者七，附条件的上课者五，废票一。

（摘录自《北京大学史料》第二卷第 1317 页）

北大校长发布本预科上课日期，本科为本月 18 日。

（北京大学）校长布告　本校本预科上课日期业经决定如下：预科一年级十一日，预科二年级十五日，本科十八日。

（摘录自《北京大学史料》第二卷第 1317 页）

11 月 17 日

梁遇春在看 MacDougall（麦克杜格尔，美国医生）的《群众心理》。

我前二天看 MacDougall 的《群众心理》，他说我们有一种本能叫做"爱群本能"（Gregarious instinct），他说多数人不是为看戏而去戏院，是要去人多地方而去戏院。……十五年十一月十九日于北大西斋。

(摘录自《春醪集·讲演》第10—11页)

此日，陈源当选为北大英文学系教授会主任。

(北京大学)校长布告　英文学系教授会主任补选，业已昨天(十七日)举行，计收到二票，其结果于下：陈源二票(校长加一票)，温源宁一票，陈源教授当选为英文学系教授会主任。

(摘录自《北京大学史料》第二卷第1839—1840页)

11月19日

梁遇春小品文处女作《讲演》写毕于北大西斋。

12月4日

发表小品文《讲演》于《语丝》周刊第108期"闲话集成"第十五篇，署名"驭聪"。其笔名现在知道的有秋心、驭聪、春、蔼一。此文后收入《春醪集》。

在同班中，他开始发表作品的时间，比冯文炳(十二年四月，《诗》月刊)、夏葵如(十四年二月，《语丝》)、张友松(十四年八月，《小说月报》)、石民(十五年四月，《语丝》)等都为迟。

(摘录自秦贤次《梁遇春散文集·梁遇春的文学生涯》第335页)

此说也许有误，如上文所述，1921年6月25日已在《东方杂志》发表《村之光荣》译文的秋心果真为梁遇春的话，就比他的这些同学都早。

作家、学者褚问鹃对《春醪集》中的文章多有批评，包括此篇《讲演》中的内容。冯至在《谈梁遇春》一文中也有谈及此文。

作者的许多篇文字，都是述说读书生活的苦闷的，他反对听名人讲演，并且还不赞成上讲堂听讲，他以为真真的读书，只好在床上，炉旁，烟雾中，酒瓶边。学校生活之不能使他发生兴趣，竟然到此地步，一般是作者有耽于冥想的天性，所以不喜欢热闹，不爱集团的生活，但是学校设施之难使人满意，也是件无可讳言的事实。教授的颟顸，功课的敷衍，讲演材料的凌乱和没有系统，在在都是使聪明的学生们感到厌倦，在这类松散和消极的习惯当中，很容易养成种种的幻想，把现实的人生忘记在烟雾里，所谓最高学府者，只不过一座美丽的蜃楼罢了，于是一旦出了校门，就觉得天地皆非，悲观的黑影便钻进了他们的心里，一直要到吃掉了他们的心为止。这种不幸的现象，也可以说是一种时代的病症。

要补救这样的病症，只有一个法子，可以应用，就是拿现实来抵抗空虚，戴上望远镜，把他们的黑眼镜抛弃。人生并不像他们所想像那样的绝望，除用我们这个沉闷的国度之外，另外还有鲜明光亮的人群在别处呢。只泥着 Diokms（戈按：Dickens，狄更斯）和 Jerome K. Jerome（戈按：J. K. 杰罗姆）等英国文学家的古老思想，究竟是不够作探究人生的工具用的，Gorki（戈按：Gorky，高尔基）和 Lunareherskf（戈按：Lunacharsky，卢那察尔斯基）他们的作品，还应该多看一点才好。

（褚问鹃《评梁遇春著〈春醪集〉》，《新学生》月刊1931年第1卷第4期第196—197页）

梁遇春在他第一本散文集《春醪集》第一篇题名《讲演》的散文里说，"近来我很爱胡思乱想，但是越想越不明白一切事情的道理。"紧接着他说，他同意"作《平等阁笔记》的主笔所谓世界中不只'无奇不有'，实在是'无有不奇'。"这段话，他写的时候不过二十二岁，却可以作为他此后六年所写的散文共同的题词。"胡思乱想"是自谦之词，实际上说明他开动脑筋，勤于思考，事事都要问个是什么、为什么。"不明白一切事情的道理"，才能促使人追根究底，把事情弄明白些。在弄明白的过程中，便会发现世界上的事不仅"无奇不有"，而且"无有不奇"。这里所说的"奇"，我看有双重意义：一是"新奇"的奇，是从平凡的生活中看出"新"，一是"奇怪"的奇，是从社会上不合理而又习以为常的事物中看到"怪"。至于思想怠惰、遇事随声附和、自以为一切都明白了的人们不可能发现什么"新"，更不会感觉到"怪"。梁遇春则是从"胡思乱想"开始，写他字里行间既新奇又奇怪的散文。但他的散文委婉自如，并不标新立异，故作惊人之笔。

（摘录自冯至《谈梁遇春》，《新文学史料》1984年第1期第109—110页）

冬天

翻译出屠格涅夫小说《潘新可夫》。

前年冬天反麻麻糊糊地译出一篇自己不十分爱读的屠格涅夫（Turgenev）的小说。回想起来，笑也不是，叹气也不是，只好不去想罢！

（摘录自《英国小品文选·译者序》第 iv 页）

1927年（民国十六年）　22岁

1月15日

写毕小品文《给一个失恋人的信一束》于北大西斋。文末"十六年阳元宵写于北大西斋"写明日期，阳元宵应该是阳历的 1 月 15 日，而非农历正月十五日元宵节。在其第一部第三封信的最后，也有"阳九月四五号"的字句，都是阳历的省略写法。信首写秋心，信末署名"驭聪"，都是他自己，自己写给自己的信，角度独特，写法别致。这种小品文写法模仿英国艾迪生《论健康之过虑》等文章。

这封信也是 Addison 自己写的，十八世纪写小品文字的作家常喜欢虚做一封来信，后面再加按语，用这法子可以将一件事情的正反两面都写出来，既没有用辩说体那样枯燥，比起对话体，文情又有从容不迫，娓娓清谈之致，不像那样针锋相对，没有闲逸的风味。Addison 同 Steele 最爱用这种布局。

（摘录自《英国小品文选·论健康之过虑》第 18 页注释）

1月18日

北大因无钱买煤生火取暖，教室里寒冷无比，师生多退堂。

《晨报》载，北大存煤日前已用完，因无钱买煤，各院均无法生火。师生上课时冻不能耐，相继退席。

(摘录自《北京大学纪事》第149页)

3月5日

发表小品文《论麻雀及扑克》于《语丝》第121期，此文在"又要关进课堂的前一日于北大西斋"写毕。不知何故，这篇文章没有编入《春醪集》和《泪与笑》小品文集。梁遇春特别喜欢打牌，在给石民信中多次提及打牌，在上海时与石民、朱森、王普就是经常打牌的牌友。废名也是麻将喜好者，是梁遇春在北京的牌友。

前日朱（森）、王（普）在我家打牌，打得非常好。你有空很可来一试。

老朱（朱森）走了，要隔两月才回，王普做官去了，剩得我们这两个 Literary beggars（文学乞丐），无人伴我打牌，苦杀也。

替你预备一间房子，不知你何时可以动身，来这儿同弟作竟日之谈？还可以打一下牌。

(摘录自李冰封整理、唐荫苏译校《梁遇春致石民信四十一封》，《新文学史料》1995年第4期第134、135、139页)

因此，我觉得打麻将比打扑克高明，逛窑子的人比到跳舞场的人高明，姑嫂吵架是天地间最有意义百听不倦的吵架——自然比当代浪漫主义文学家和自然主义文学家的笔墨官司好得万万倍了。

［摘录自《春醪集·醉中梦话（二）》第185页］

而在最近三日我同一字君打了两夜牌，沈海君远不与焉。

［摘录自《废名集·斗方夜谭（十）》第1295页］

上文的"一字君"，"一字"即"愁"，拆字为秋心，即梁遇春。"沈海君"即石民。另废名还与袁家骅夫妇打三人麻将，1937年第6卷第2期《电声周刊》报道过《废名的方城三人战》，也算旁证。

综上所述，梁遇春上述"打牌"应该是打麻将牌，而非打扑克牌或桥牌。由此推想这篇《论麻雀及扑克》的游戏文章，毕竟是写赌钱的，难登大雅之堂，不入其编书的法眼，故未收入集中。

3月27日

梁遇春同两个同学在北京中央公园喝茶。时间据下文内容推算而来。

前星期日同两个同学在中央公园喝茶，坐了四五个钟头，听不到一点痛快的笑声，只看见好多皮笑肉不笑，肉笑心不笑的呆脸。……十六年清明前两日，于北京。

［摘录自《春醪集·醉中梦话（一）》第29页］

4月4日

写毕小品文《醉中梦话（一）》。4月6日是清明节，文末

"十六年清明前两日，于北京"写明了日期、地点。

4月23日

发表小品文《醉中梦话》于《语丝》第128期，第一篇为《做文章同用力气》，第二篇为《笑》。后收入《春醪集》，另增加了一篇《抄两句爵士说的话》，以上两篇小文章前后顺序进行了调换，标题后增加了（一），部分词句有删减修改。其中《做文章同用力气》一篇，梁遇春借胡适忠告"做文章是要用力气的"一语展开论述，逐层反驳胡适观点，时有调笑，风格轻松戏谑，竭尽小品文之能事，一反传统师生情谊之常态。文中提出文章要紧的是自然，白话文最缺乏风韵的观点，自然、风韵也是其小品文的最大特色。

几年前斩将先登，冲锋陷阵（戈按：收入《春醪集》，将前11字改为"从前"），自认"舍大道而不由"的胡适之先生近来也上了康庄大道，言语稳重了。在《现代评论》一百十九期写给"浩徐"的信里，胡先生说，"我总想对国内有志作好文章的少年们说两句忠告的话，第一，做文章是要用力气的……。"这句话大概总是天经地义罢，可是我觉得这种话未免太正而不邪些。……实在说起来，文章中一个要紧的成分是自然（ease），我们中国近来白话文最缺乏的东西是风韵（charm）。胡先生以为近来青年大多是随笔乱写，我却想近来好多文章是太费力气，故意说俏皮话，拚命堆砌。……若使我是胡先生，我一定劝青年作家少费些力气，自然点罢，因为越是费力气，常反得不到

ease 同 charm 了。

若使因为年青人力气太足,非用不可,那么用来去求 ease 同 charm 也行,同近来很时髦 essayist(随笔家)Lucas 等学 Lamb 一样。可是卖力气的理想目的是使人家看不出力气的痕迹,所谓 The best art is the art to conceal art(戈按:《春醪集》删除了这后半句)。我们理想中的用气力做出的文章是天衣无缝,看不出是雕琢的,所以一瞧就知道是篇用力气做的文章,是坏的文章,没有去学的必要,真真值得读的文章却反是那些好像不用气力做的。对于胡先生的第二句忠告,(第二,在现时的作品里,应该拣选那些用气力做的文章做样子,不可挑那些一时游戏的作品,)我们因此也不得不取个怀疑态度了。

胡先生说"不可挑那些一时游戏的作品",我连着忆起一段文场佳话来了。专会瞎扯的 Leigh Hunt 有一回由 Macaulay 介绍,投稿到 The Edinburgh Review,碰个大钉子,原稿退还,主笔先生请他另写点绅士样子的文章(Something gentleman-like),不要那么随便谈天。胡适之先生到底也免不了有些高眉(High-browed)长面(戈按:《春醪集》作长脸孔)(Long-faced)了,还好胡子早刮去了,所以文章里还留有些笑脸。

[摘录自《醉中梦话(一)》,1927 年 4 月 23 日《语丝》第 128 期第 4—6 页]

关于《笑》这一篇,褚问鹃有如是评论:

我们读到了太戈尔的诗,总觉得他是一个在敌人的刀锋下面闭着眼睛唱曲子聊以自娱的懦夫,现先在这里也有同样的人了，作者既然认定了社会上一切现象，都有他的宿命，所以他决不梦想到人类有进化的可能，于是对于这万古长存的人生的命运，就只好用闭着眼睛唱曲子的一法来自骗自了，这也似乎是一种聪明的想法。于是他主张：

"在我们这个空气沉闷的国度里，触目都是贫乏同困痛，更要保存这哭（戈按：梁遇春原文为笑）声，来维持我们的精神，使不至于麻木沉到失望深渊里"。

但是假使穷到连饭都没得吃的时候，恐怕就是想笑也笑不出来，或者同一的张开了嘴，而所发出来的声音，竟成为嚎啕大哭了。所以那些巧妙的笑容，只能挂在饱食暖衣而无所用心者的白嫩的面孔上，决不会在枯黄焦瘦的穷朋友的面孔上可以找到，倘然作者不是吃饱了绣球饭而苦于闲得没有事做的时候，也决不会说出这样似是而非的大道理来的。

我们的国度里的空气为什么沉闷到这样？凡是一种现象的发生，总有它的背景和原因，不想把这种原因研究清楚，然后再下对症的药，却叫人用麻药来止住痛苦，这种怯懦的逃避的想头，实在是要不得的。

（摘录自褚问鹃《评梁遇春著〈春醪集〉》，《新学生》月刊1931年第1卷第4期第195—196页）

6月20日

当日《晨报》报道，北大有155名学生因没交费而休学。而梁遇春任教于北大时曾抱怨：

北平一切依旧,不过不交学费变为一切大学生的天经地义,后生可畏,我们只好认晦气,为什么早进大学几年。

(摘录自李冰封整理、唐荫荪译校《梁遇春致石民信四十一封》,《新文学史料》1995年第4期第136页)

北京大学因经费困难,对于学生之学宿各费,不得不从严征收,以资挹注。惟该校当局以时局不靖,交通梗阻,深恐各生家款汇兑不便,故将收费限期,一再展缓,及至暑假将届,该校学生尚有二百余人未曾缴费,该校乃出布告,作最后之催缴,并声明若再不缴费即照章予以退学,绝不通融。及考试期届,尚有一百余名学生,未缴费注册,该校当局,乃决议一律予以休学。至休学布告,已于前日发表,共计有一百五十五人云。

(摘录自《北大大批学生休学共一百五十五人》,《北京大学史料》第二卷第954—955页)

7月6日

写毕小品文《"还我头来"及其他》。文末署"十六年七月六日,于福州",说明梁遇春放暑假后已回到福州家里。

7月30日

教育总长刘哲提出将北京大学等九校合并。

教育总长刘哲呈请将北京大学等国立九校合并为国立京师大学校。

(摘录自《北京大学纪事》第151页)

8月3日

写毕小品文《人死观》。文末署"遇春八月三日于福州Sweet Home"。

8月6日

北洋政府下令合并京师九校为京师大学校。

北洋政府大元帅令将京师国立九校改组合并,定名为国立京师大学校。

(摘录自《北京大学纪事》第152页)

8月26日

教育总长刘哲自兼京师大学校校长,导致北大改组。

大元帅指令第一六五号,准由教育总长刘哲自兼京师大学校校长职。

(摘录自《北京大学纪事》第152页)

8月27日

发表小品文《"还我头来"及其他》于《语丝》第146期,后收入《春醪集》,个别文字有删改。本文反对"思想奴化",追求自我个性,对梁启超、胡适的文章观点进行辛辣的批判。

想不到后来每况愈下(戈按:收入《春醪集》,改为"每下愈况"),梁启超先生开个书单,就说没有念过他所开的书的人不是中国人,那种办法完全是青天白日当街杀人刽子手的行为了。胡适先生在《现代评论》曾说他治哲学史的方法是惟一无二的路,凡同他不同的都会失败。我从前曾想抱尝试的精神,怀疑的态度,去读哲学,因为胡先生说过真理不是绝对的,中间很有商量余地,所以打算舍胡先生的大道而不由,另找个羊肠小径来。现在给胡先生这么当头棒喝,只好摆开梦想,摇一下头——看还在没有。此外还有人要我们学文学的人所读所做的都带了革命色彩,——到底什么叫做——"革命文学"我实在不懂。(戈按:《春醪集》删除了"此外……不懂"这段文字)总之在旁边窥伺(戈按:《春醪集》增加了"我们的")头者,大有人在,所以我暑假间赶紧离开学府,万里奔波,回家来好好保养这七(戈按:《春醪集》改为"六")斤四的头。

(摘录自《"还我头来"及其他》,1927年8月27日《语丝》第146期第8—13页)

他在《"还我头来"及其他》这篇散文里表明了他的写作态度,他不能"满口只会说别人懂(?)自己不懂的话","我以后也只愿说几句自己确实明白了解的话"。他的散文证明,他确实说了些他自己领悟了的道理。这些领悟了的道理是从哪里来的呢?当然不是与生俱来或是到了一定年龄从脑子里冒出来的。

(摘录自冯至《谈梁遇春》,《新文学史料》1984年第1期第111页)

此文影响较大,以致一青年Y写给鲁迅的信和鲁迅的回信都提及"还我头来"和梁遇春先生。

……不然，则请你麻痹了我的神经，因为不识不知是幸福的，好在你是习医，想必不难"还我头来"！我将效梁遇春先生（?）之言而大呼。……或《北新》，或《语丝》上答复均可。……

一个被你毒害的青年 Y。枕上书。三月十三日

……这里添一点考据："还我头来"这话，据《三国志演义》，是关云长夫子说的，似乎并非梁遇春先生。……

鲁迅。四月十日

（摘录自 Y、鲁迅《通信》，1928 年 4 月 23 日《语丝》第 4 卷第 17 期第 48—49、54、56 页）

暑假

1927 年，叶公超离开北大到上海暨南大学，暑假里邀请梁遇春等北大毕业生去暨南大学任教。

民国十六年北大大改组，是年暑假，叶公超先生由暨南来信，邀梁君同其他英文系二三同班南行。梁君是叶先生很看得起的门生，信上写明暨南可以特改（?）一班英文系四年级。

（摘录自《读书与怀人：许君远文存·谈梁遇春》第 150 页）

冯至在《谈梁遇春》中把叶公超误写成温源宁，误导了许多人。

但有一种情况我是清楚的，他在北大英文系的学习成绩是优良的，并且得到个别教授的赞赏。1928 年由于政局的关系，北京大学的工作陷于停顿，北大英文系教授温源宁去上海暨南

大学任教，就把刚毕业的梁遇春介绍到暨南大学当助教，1930年温源宁返回北大，他也跟着回来，管理英文系的图书并兼任助教。由此可见，他这个"伙计"当得还是不错的。

(摘录自冯至《谈梁遇春》，《新文学史料》1984年第1期第112页)

9月20日

北京大学本学期开学。梁遇春开始本科的第四学年。

据中华民国十六年九月六日《京师大学校开学布告》："案准国立京师大学校校长办公室函开奉校长嘱各科部定于本月二十日开学，特此布告。"

(摘录自《北京大学史料》第二卷第1317页)

9月24日

发表小品文《给一个失恋人的信一束》于《语丝》第150期，署名"梁遇春"，文末作"驭聪，十六年阳元宵写于北大西斋"。后收入《春醪集》，标题改为《寄给一个失恋人的信(一)》。信首的秋心、信末的驭聪都是他的笔名，他喜欢通过虚拟的人物、特殊的角度描写失恋的情景，两封寄给失恋人的信，《她走了》《苦笑》《坟》三篇失恋文章，都是假扮角色、直抒臆想的伤感情怀。他在写给石民的信里多次提到几篇失恋文章，可作参考。其中写道：

日来忙于替友人做媒，恐怕不能成功，自己几乎染上失恋，不如说不得恋的悲哀，这真未免太 Sentimental（伤感）了。

（摘录自李冰封整理、唐荫荪译校《梁遇春致石民信四十一封》，《新文学史料》1995年第4期第137页）

这说明他也曾经替朋友深刻体味失恋的真情实感，才能写出真情实感的失恋文章。另外，在其《英国小品文选》第一篇《毕克司达夫先生访友记》注释，他写道：

凡是做小品文章的人，多数都装说自己是个单身汉，而且是饱经世故的老人，因为单身汉同老头子对于一切事情常有种特别的观察点，说起话来也饶风趣。

（摘录自《英国小品文选》第8页）

这一段注释，说明小品作家都会"装"，都会找"特别的观察点"，才能写出别致的小品文。还有，他认为自身"清白"，并无失恋，夫妻琴瑟和谐，却时常去思考、体味、沉浸于失恋感受，只不过"有时倒觉得这个题材很可喜"而已。在给石民信中写道：

午夜点滴凄清，更能撩起无端愁绪，回思弟生平谨愿，绝无浪蝶狂蜂之举，更未曾受人翠袖捧钟（友人某君，似曾一度为之酒逢知己饮，博雅如兄，当能考据其底蕴，勿容弟之饶舌也），自更谈不到失恋，然每觉具有失恋者之苦衷，前生注定，该当挨苦，才华尚浅，福薄如斯。

……一面还老是提防着太太生儿子，此外心头还搁着无数的烦恼，就是所谓的"她走了"和"苦笑"的悲哀。

我那几篇"拟情诗"（1. She is gone；2. Bitter smile；

3. Tomb) 你觉如何？恐怕是自作多情吧！许多人因此猜我同 Femme〔法文，太太〕不太好，岂意琴瑟调和，这是你晓得的。

（摘录自李冰封整理、唐荫荪译校《梁遇春致石民信四十一封》，《新文学史料》1995年第4期第135、139、142页）

在其小品文《破晓》里也写道：

他（指屠格涅夫）小说里也常写这一类飞鸿踏雪泥式的恋爱，我不幸得很或者幸得很却未曾有过这么一回事，所以有时倒觉得这个题材很可喜，这也是我近来又翻翻几本破旧尘封的他的小说集的动机。

（摘录自《泪与笑》第39页）

对梁遇春沉迷过去、赞美回忆的思想，有的批评家颇有微词。

他又赞美回忆，以为一切的过去，都是值得纪念的，他在《寄给一个失恋人的信》里边这样说：

"'过去'是个美术化的东西，因为它同我们隔远看不见了，它另外有一种缥缈不实之美。好像一块风景近看瞧不出好来，到远处一望，就成个美不胜收的好景了。为的是已经物质上不存在，只在我们（戈按：此处引文遗漏了梁遇春原文'心境中憬憧着，所以"过去"又带了神秘的色彩。对于我们'这段）含有 Melancholy 性质的人们，'过去'更是个无价之宝。"

幻想的境界，本来是厌世派文学家的避难之所，他们厌倦了人生，觉得只有缥缈而不甚切实的东西，还不至于像现实的世界那样地可怕，于是乎只有退藏在自己的过去，生活所织成的网里边,方觉出这是他的乐土。他以为一切的理想碰着现实就会灭亡,人生最好永远在美丽的云雾里边过活着。他对于生活最怕的是单调:

"天下没整天吃糖口胃不觉难受的人了。而且把青春变成家常事故,它的浪漫飘渺的美丽也全不见了。本来人活着精神物质方面非动不可,所以在对将来抱着无限希望同捶心跌脚追悔往事,或者回忆从前黄金时代这两个心境里,生命力是不停地奔驰,生活也觉得丰富,而使精神停住来享受现在是不啻叫血管不流一般地自杀政策,将生命的花弄枯萎了。"

(摘录自褚问鹃《评梁遇春著〈春醪集〉》,《新学生》月刊1931年第1卷第4期第189—190页)

11月26日

发表小品文《人死观》于《语丝》第156期,副题"献给《说病》的作者"。文末有一段附记如下:

在家闷坐时候,忽然得第一百四十一期《语丝》。读琭琭君所做的《说病》,觉他的每句话都是我心中所想要说的,又是我所说不出的,并且文情轻淡生姿,深得英伦絮语文作家三昧。读数遍忽然动起续貂的意思,作这狗尾巴,所以标作献给《说病》的作者。那是因为 "one sees a picture, reads an anecdote, starts a casual fancy, and thinks to tell of it to this person is preterence to every other,... it won't do for another"。(引Charles Lamb 给 Wordsworth 信的话)(戈按:一人看一幅画,

读一则逸事,开始一段臆想,这些事只想与其知音分享,而非他人。引自查理斯·兰姆给华兹华斯的信)

(摘录自《人死观》,1928年11月26日《语丝》第156期第5—6页)

后收入《春醪集》,删去副题及文末附记。

在当时开展人生观大讨论、大论战落幕后,梁遇春写出了其名篇《人死观》,这与其译注《论健康之过虑》《青年之不朽感》《躯体》《吉诃德先生》《死的恐惧》《除夕》《死同死的恐惧》等文章都写到人死观密切相关,可比较参照。另再举几例说明。

Smith这篇论死的小品是他最得意之作,也是关于死的一篇千古绝妙的文章,想研究"人死观"的人,不可不拿来细细咀嚼一番。Smith最爱说死的性质,差不多没有一篇文章不说到死,他只活三十多岁就短命地死了,所以有人以为有谶兆的。

死是人生之谜的中心点,只要对于死的性质能够明了,我们也可以看透人生的真相了。

"爱"和"死"是小品文家最喜欢讨论的题材,尤其是"死",因为死这题目可以容纳无限幻想,最合于捧着烟斗靠在躺椅时的沉思默虑。Bacon, Montaigne, Addison, Steele, Leigh Hunt, De Quincey, Smith, Belloc等都有很好的关于"死"的作品。

(摘录自《英国小品文选》第137、138、164—165页注释)

引发梁遇春灵感的是琭琭《说病》一文,文章从病写到死亡，摇曳多姿而不悲观，激发了他的灵感和联想。

  我是一个见死就战栗底弱者；并非因为它的可怖，只由于它的神秘。犹如在黑暗中鬼肆虐着，在我的病床上死延挨着。然而我仍同死挣扎着，因为我不愿去死。这仿佛我是贪生的，不过真惭愧，因为 Life! I know not what thou art（生命！我不清楚您是什么，）如英吉利诗人巴尔宝（A. L. Barbauld）所云。而且在这样纷纭的世界上，生的无意义与不可解，对于我这弱者和死只是一样；而且自古迄今，为生之烦闷所窘迫到无可奈何的，真有不堪枚举之慨。于是人们降而好杯中物。犹如吾先祖谪仙咏云："且尽手中杯!"这实在是生不成死不得底情景。这就是病。

  ……病是自身的，非生非死，亦死亦生，可以参悟生之价值与死之意义；这是一件庄严璀璨的美的事业。至少在这里可以看出前者的卑弱与后者的高贵。……

  来病并非一件容易事，它对于死既无把握，对于生更乏确息。……

  生之所以被厌，死之所以被惧，都只因为自己在健康的情态中；对于病人，两者便迷糊〔糊〕不清，混合一起，反而可亲可昵了。

（摘录自璆琅《说病》，1927年7月23日《语丝》第141期第4—6页）

  他惯于跟教授学者们开玩笑，唱对台戏。约在1924、1925年间北京有些教授学者开展过一次关于人生观的论战，他则在这场论战无结果而散的两年后，写了一篇《人死观》。

（摘录自冯至《谈梁遇春》，《新文学史料》1984年第1期第112页）

12月2日
北大校长对国文及外国文科学习提出要求。

奉校长嘱，国文及外国文，均应注重实习。每月至少须作文一次或二次，并应限定钟点，在教室内交卷等因到科。

（摘录自《中外国文应注意实习》，《北京大学史料》第二卷第1032页）

本年
附：英文学系课程指导书（十五年度至十六年度）

1. 基本英文（一）	3	詹文忠
2. 作文（一）	2	詹文忠
3. 小说（一）	3	陈源
4. 戏剧（一）	1	张嘉铸
5. 演说	2	杨荫庆（明年不授）
11. 基本英文（二）	3	叶崇智
12. 作文（二）	2	叶崇智
13. 英国文学史略	2	温源宁
14. 戏剧（二）	3	张嘉铸
15. 散文（二）	3	詹文忠

16. 小说（二） 3 陈源
21. 作文（三） 1 叶崇智
22. 英汉对译（一） 2 陈源
23. 作文（四） 1 詹文忠
24. 英汉对译（二） 2 徐志摩
25. 英文教授法 1 梅卓生
26. 意里沙白时代 Elizabethan 文学及莎士比亚（Shakespeare）之研究 3 温源宁
27. 十七世纪十八世纪英国文学 2 温源宁（本年不授）
28. 十九世纪英国文学 2 徐志摩
29. 现代文学 2

  1. 辛恩 Synge 及爱尔兰文艺复兴 温源宁

  2. 哈第 Hardy 徐志摩

  3. 萧伯纳 G. B. Shaw 威尔思 H. G. Wells 陈源

  4. 太戈尔 R. Tagore，汉森 Knut Hamsun，法郎士 Anatole France，德拉叟 Theodore Dreiser，曾威尔 Israel Zangwill，谷谷尔 Gogol 等之研究 叶崇智

30. 文学评衡 2 徐志摩（本年不授）
31. 诗（一） 2 徐志摩
32. 诗（二） 2 温源宁
33. 小说（三） 2 叶崇智
34. 辩论 2 杨荫庆（本年不授）
35. 英国史 3 文纳

[摘录自《英文学系课程指导书（十五年度至十六年度）》，1927年5月17、20、21日《北京大学日刊》第2111号第2版、第2114号第2版、第2115号第2版]

1928年（民国十七年）　23岁

1月

写毕《查理斯·兰姆评传》。此文后收入《春醪集》，文末有"十七年一月，北大西斋"的落款。

2月6日

北大本学期开学。这是梁遇春在北大本科学习的最后一个学期。

此日起，北京大学本学期交费注册。

（摘录自《北京大学史料》第二卷第1033页）

2月8日

上午十时，北大举行开学礼。（据《北京大学史料》第二卷第1033页）

2月9日

北大正式上课。（据《北京大学史料》第二卷第1033页）

2月15日

发表《查理斯·兰姆评传》于《摸索》月刊第1卷第1期，

后收入《春醪集》。去世后,此文又被刊登于 1934 年 12 月 1 日出版的《文艺月刊》第 6 卷第 5、6 期合刊。

本来打算每一个作家,都加一篇评传,但是试写 Lamb 评传,下笔不能自已,写了一万字,这样算起六篇评传就占六万字了,(当代小品文四篇,本不拟作评传,只打算做一篇,泛论当代的小品文,)比翻译还要多二万字,道理说不过去,所以也就不做,等将来再说罢。

(摘录自《英国小品文选·译者序》第 iv—v 页)

Lamb 这里译有二篇,他是译者十年来朝夕聚首的惟一小品文家,从前写了一篇他的评传,后来自己越看越不喜欢,如今仿如家人,没有什么话可说了。

(摘录自《小品文续选·序》第 3 页)

作者的思想是浪漫的,但是他又否认一切新的和进化底的价值的存在,在那篇《查理斯·兰姆评传》里,很显露着那种喜旧厌新的见解。

"他性情又好耽冥想,怕碰事实,所以新的东西有种使他害怕的能力。他喜欢坐在炉边和他姊姊谈幼年事情,顶怕到新地方,住新房,由这样对照,他更爱躲在过去的翼底下。"

这个古怪的查理斯·兰姆,便是作者极端崇拜的一个人,因为他也不喜欢新的东西。

他又崇拜查理斯·兰姆的文学精神,因为兰姆的文体是模仿十七世纪同别的伊里沙伯时代的作家,所以非常古雅蕴藉。

阿诺尔德论 Sophoeles 的伟大说:"它能沉静的观察人生,

观察人生的全体,就因为Sophoeles是古典主义者。"

由此看来作者对于文学是倾向古典主义的,但是他又常常喊着:"返于自然"。他是一个"过去"的执著者,是宿命的、回顾的、咏叹和高踏的,这又是一种感伤主义的论调。他是青年,但已经失掉了探讨未来的勇气,而只有感伤既往的心情未老先衰的人生观,或者也是现代青年界消沉的心理的一般状况吧。

(摘录自褚问鹃《评梁遇春著〈春醪集〉》,《新学生》月刊1931年第1卷第4期第194—195页)

关于道德,他在《查理斯·兰姆评传》中说,兰姆的"道德观念却非常重。他用非常诚恳态度采取道德观念,什么事情一定要寻根到底赤裸裸地来审察,绝不容有丝毫伪君子成分在他心中。也是因为他对道德态度是忠实,所以他又常主张我们有时应当取一种无道德态度,把道德观念撇开一边不管,自由地来品评艺术和生活"。这里说的是兰姆,其实也是梁遇春自己的意见。他最憎恶伪君子,因为"伪君子们对道德没有真情感,只有一副空架子,记着几句口头禅,无处不说他们的套语,一时不肯放松将道德存起来,这是等于做贼心虚,更用心保持他好人的外表,……只有自己问心无愧的人才敢有时放了道德的严肃面孔,同大家痛快地毫无拘管地说笑"。梁遇春的散文,就给人以一种印象,作者毫无拘束地面对读者说自己心里的真话。

....

梁遇春的散文有许多非同凡响的议论,其中有的是真知灼见，有的也近于荒唐；他给读者的印象有时如历尽沧桑、看透世情的智者，有时又象是胸无城府、有奇思异想的顽皮孩子，他对于社会上因袭的习俗和时髦的风气肆意嘲讽，毫不容情，而又热爱人生，要"真真地跑到生活里面，把一切事都用宽大通达的眼光来细细咀嚼一番"。

（摘录自冯至《谈梁遇春》，《新文学史料》1984年第1期第111页）

特别值得一提的是三十年代初不幸早逝的作家梁遇春，他那篇洋洋万言、才气横溢的《兰姆评传》是我国作家评介兰姆的重要文献（见梁遇春《春醪集》）。现在译者所做的工作，私心以为是梁遇春先生所开创的译介兰姆事业的一种继续，而动机自然是想为我国今天和明天的散文作者提供一组可以参考借鉴的外国随笔作品。

（摘录自刘炳善《伊利亚随笔选·译序》第16页）

民国十六年当儿，北平曾出版一种昙花一现的《摸索》半月刊（戈按：应是月刊），我还是在那上第一次见到他的作品，题目是《查理斯荡妇自传》（戈按：应是《查理斯·兰姆评传》），这篇"评传"完全能代表他终生的思想。

（摘录自《读书与怀人：许君远文存·谈梁遇春》第150页）

《摸索》月刊此日出版第1期，32开本，同年5月20日出版至第4期后停刊，所以许君远说是"昙花一现"。该杂志由流萤社编辑出版，流萤社由梁遇春、高滔、叶孟安、于澄宇、范任、王森然组成。梁遇春在该杂志共发表6篇文章，其中《查理斯·兰姆评传》(第1期)、《几封给失恋人的信（二）》(第2期)、《雪莱的故事》(第2期)、《文艺杂论》(第3期，后改为《文学与人生》)、《文艺杂话》(第4期)5篇文章署名"梁遇春"，《开茨的一封信》(第4期)署名"驭聪（译）"。

2月

写毕小品文《文艺杂论》，后发表于《摸索》月刊1928年第1卷第3期，文末没署时间、地点的落款。后收入《春醪集》，标题改为《文学与人生》，文末有"十七年二月于北大西斋"的落款。约瑟夫·康拉德也写有《人生与文学》，可参看。

3月2日

写毕小品文《几封给失恋人的信（二）》，后发表于《摸索》月刊1928年第1卷第3期，文末没写上时间。后收入《春醪集》，标题改为《寄给一个失恋人的信（二）》，文末有"十七年三月二日"的落款。

3月10日

《新月》月刊创刊于上海，大32开本，新月社主办。徐志摩、闻一多、饶孟侃、梁实秋、叶公超、潘光旦、罗隆基、胡适、邵洵美、余上沅等先后主编。1933年6月1日出版第4卷第7期后终刊，共出版41期。主要撰稿人除编者外，尚有陈西滢、陈梦家、沈从文、刘英士、凌叔华、卞之琳、方令孺、彭基相、顾仲彝、王造时等。内容以文学为主，兼及政治、哲学、法律。

梁遇春在《新月》杂志上发表 21 篇文章。最早发表兰姆《梦里的小孩》译文，后应叶公超之约，撰写了《高鲁斯密斯的二百周年纪念》《茄力克的日记》《再论五位当代的诗人》《金室诗集》《斯宾罗沙的往来书札》《东方诗选》《人生艺术（蔼力斯作品的精华）》《变态心理学大纲》《新传记文学谭》《新发现的拿坡仑的小说》《亚俪司·美纳尔传》《蒙旦的旅行日记》《雪莱，威志威士及其他》《从孔子到门肯》《奥布伦摩夫》《俄国短篇小说杰作集》16 篇书话，发表于《新月》的"海外出版界"栏目。梁遇春病逝后，叶公超又把他的《Giles Lytton Strachey, 1880－1932》《亚密厄尔的飞来茵》《又是一年春草绿》《春雨》4 篇最后遗作发表在《新月》杂志上。

3 月 20 日

发表小品文《几封给失恋人的信（二）》和《雪莱的故事》译文于《摸索》月刊第 1 卷第 2 期。

《几封给失恋人的信（二）》的文末有一段说明如下："这是第二封信，头一封从前在别的刊物发表。这几封信各个都能独立，并没有什么连接地方，所以就由第二封登下去，也无妨。"这段说明文字不见于之前已出版的梁遇春文集，是其一段佚文。

《雪莱的故事》（原著为 T. J. Hogg），这篇译文不见于之前已出版的梁遇春文集,现作为集外译文收入全集。

3月

《浮士德》由北新书局初版列入"欧美名家小说丛刊",内收屠介〔格〕涅夫两篇中篇小说,梁遇春翻译的《潘新可夫》和顾绶昌翻译的《浮士德》,总页数195页。封面只署顾绶昌译,扉页署梁遇春、顾绶昌译。前一部内页书名印为"耶可夫·潘新可夫"。该书1928年3月初版,1929年4月再版,每册实价五角。

顾绶昌是梁遇春的学弟,1924年考入北大预科,1930年毕业于北京大学英文学系,跟袁家骅是6年同系同班同时毕业的同学。

《潘新可夫》今译为《雅科夫·巴生科夫》,耿济之曾将其译为《约阔派生克》,连载于1920年7月20日至8月13日上海《时事新报·学灯》。

抗战作家支援对本书做了读书笔记,评论如下:

在屠格涅夫的每本小说里,都可以找到那种怪奇气的女人或那种俄国式的哈姆雷特。

当然这本《潘新可夫》也不例外,主人翁是个不务实际的单纯的理想主义者。他内心挚诚地爱恋着一个少女苏菲亚,但他不愿说出,更不肯表白,一直把这秘密保守到病死的前刻。那悲惨仁慈的感情带着甜和苦,异奇的是作者常要在他那悲观的终点安放一种形而上的温慰的情操。

我特别爱读是描写潘新可夫病中的时候,他说:"睡觉是多么美丽的东西,想一想,我们一生是个梦,我们一生最好的东西也就是个梦"。

(摘录自支援《读书小记》,1942年8月15日《华文大阪每日》第9卷第4期第92号"评与感"专栏)

4月10日

写毕小品文《文艺杂话》,文末作"十七年四月十日北大西斋"。

4月20日

发表小品文《文艺杂论》于《摸索》月刊第1卷第3期,后收入《春醪集》,标题改为《文学与人生》。

5月20日

发表小品文《文艺杂话》和《开茨的一封信》(内文题作《一封开茨的信》)于《摸索》月刊第1卷第4期,署名"驭聪(译)"。《文艺杂话》后收入《春醪集》。《开茨的一封信》,这篇译文不见于之前已出版的梁遇春文集,现作为集外译文收入全集。

4—5月

梁遇春在北京马神庙北大宿舍西斋开始英国小品文的对照

翻译工作。

今年四五月的时候，心境沉闷，想作些翻译解愁。到苦雨斋和岂明老人（周作人）商量，他说若使用英汉对照地出版，读者会更感到有趣味些。我觉这法子很好，就每天伏案句斟字酌地把平时喜欢的译出来。先译十篇，做个试验，译好承他看一遍，这些事我都要感谢他老先生。

（摘录自《英国小品文选·译者序》第 iv 页）

6月3日

北伐军进入北京，北大师生进行复校运动。

张作霖放弃北京，退出关外，（南京政府开始接收原北京政府的各个机关）。北大师生开始进行复校运动，并发表《北大复校训言》。

（摘录自《北京大学纪事》第155页）

6月4日

《语丝》周刊第4卷第23期刊首目录页后刊登了《浮士德》的广告，其书包含梁遇春译《潘新可夫》。广告除了"新书《浮士德》屠介涅夫著 顾绶昌译 实价五角 上海北新书局出版"的内容外，还有详细介绍。

我们这里这部《浮士德》里，包含两篇屠介涅夫的名著，一篇就叫《浮士德》，顾绶昌译，还有一篇《潘新可夫》，梁遇春译。《潘新可夫》的好处已有人在《申报》的"艺术界"里介绍过了，先看很沉闷，看到后来却就欲罢不能。这大概是作者一般作品上所具那种引人入胜的结构，加以本文错综的情节，所生的魔力。

（摘录自1928年6月4日《语丝》第4卷第23期刊首目录页后广告）

6月9日

北京大学改名为中华大学，蔡元培任校长。

中华民国国民政府令，北京大学改名国立中华大学。任命蔡元培为国立中华大学校长，蔡未到任时以李煜瀛署理。

（摘录自《北京大学纪事》第155页）

6月19日

国民政府允准蔡元培辞去中华大学校长之职，任命李煜瀛为校长。

中华民国国民政府令准蔡元培辞国立中华大学校长职，任命李煜瀛为中华大学校长。

（摘录自《北京大学纪事》第155—156页）

6月20日

鲁迅、郁达夫主编的《奔流》月刊在上海创刊，大32开本，主要登载翻译论著。《奔流》是鲁迅亲自主编的第一个文艺期刊，由他题写刊头、设计封面，亲自拟定编辑凡例，亲自精心撰写了12篇《编校后记》。该刊于1929年12月20日出至第2卷第5期停刊,共出15期。主要撰稿人有鲁迅、郁达夫、柔石、杨骚、梁遇春、林语堂、胡风、张天翼、白薇、魏金枝、赵景深等。梁遇春在该杂志发表《同情学校》《醉中梦话(随笔五则)》《"失掉了悲哀"的悲哀》3篇文章。

6月

梁遇春于北京大学英文系本科毕业,年仅23岁,为班级里年龄最小,其各科总平均分为83.1分,成绩最好,名列全系第一;许汝骥(君远)总平均分80.3分,名列第二;石民总平均分73.9分,名列第五。

据一年后《北京大学日报》公布北京大学1927年6月及1928年6月各系准予毕业学生姓名等信息,1927年总计128人,1928年总计123人,其中英文系有梁遇春等8人。(据《北京大学纪事》第162—163页)

附:北京大学民国十七年(1928)6月英文系和德文系毕业生名册(据1928年北京大学档案)

姓名	年岁	入学年月	毕业年月	籍贯	总平均分
梁遇春	23	十一年九月	十七年七月	福建闽侯	83.1
许汝骥	26	十一年九月	十七年七月	河北安国	80.3
庞善守	27	十一年九月	十七年七月	山西大同	76.9
吴太仁	24	十年九月		四川江津	74
石 民	25	十一年九月		湖南宝庆	73.9

(续表)

姓名	年岁	入学年月	毕业年月	籍贯	总平均分
张增义	28	十一年九月	十七年七月	河北定兴	70.9
彭绩澍	28			江西泰和	69.9
修春泰	28	九年九月		山东莱阳	68.6
常锡光（德文系）	26			河北饶阳	78.6

同年，王普毕业于北京大学物理系，朱森（字子元），毕业于北京大学地质系。

同班的夏葵如、张友松等早已退学，冯文炳、钟作猷等则休学一年，至1929年毕业于北京大学英文系，比梁遇春晚一年。

五十多年后，叶公超在台湾回忆说："冯文炳（废名）经常旷课，有一种名士风度；梁遇春则有课必到，非常用功。"

（摘录自眉睫《文学史上的失踪者·叶公超、废名及其他》第12页）

梁遇春在北大四年本科学习期间，有不少著名文学社团，如文学研究会、现代评论社、语丝社、沉钟社、莽原社等，但他均未加入，只在语丝社的《语丝》上发过不少文章。而根据目前所见史料，梁遇春加入过的文学社团，只有流萤社，一个存在时间很短的社团（1928年2月成立，当年6月毕业后可能即已解散）。

在梁遇春肄业英文系的四年期间（十三年秋—十七年夏），与北大师生有关，且较著名的社团及其刊物主要有以下几个：

（一）由北大文、法科教授陈源、徐志摩、王世杰、陶孟和、高一涵、周鲠生等发起成立的"现代评论社"及《现代评论》周刊，北大学生在上面发表作品的有许君远、杨晶华、李竞何、王焕斗（字向辰，笔名老向）、王思祎（实味）、王文元（凡西）等。（二）由北大文科教授鲁迅、周作人、钱玄同、林语堂及孙伏园等发起成立的"语丝社"及《语丝》周刊，北大学生在上面发表作品的有章衣萍、王品清、台静农、夏葵如、冯文炳、石民、董秋芳（冬芬）、王文元、彭基相及梁遇春等。（三）由文科学生陈翔鹤、陈炜谟及冯至（君培）等发起成立的"沉钟社"及《沉钟》周刊及半月刊。（四）由鲁迅、高长虹、向培良等发起成立的"莽原社"及《莽原》周刊及半月刊，北大学生加入为社员的台静农、尚钺及黄鹏基（朋其）等，"莽原社"后来分化为"未名社"及"狂飙社"。（五）北大学生李开先、董秋芳、褚保时、陆侃如、游国恩、陈（雪屏）等，他们大抵是"文学研究会"北京成员，常有作品刊登于上海出版的《小说月报》及《文学周报》上。

（摘录自秦贤次《梁遇春散文集·梁遇春的文学生涯》第334页）

暑假
梁遇春预定赴法留学未成，回闽结婚。

不过梁君同其余都未成行，我们七八个人就将将就就地在所谓"京师大学"也者毕业。毕业后梁君回闽。他预定在暑假期间赴法留学。这原因不明白，国未曾出，结婚之后即赴真茹，随叶公超先生在暨南任教员职。

（摘录自《读书与怀人：许君远文存·谈梁遇春》第150页）

8月13日

梁遇春于此日先把春天译完的《英国小品文选》译稿交给开明书店，《译者序》还没写好，没有交，等到9月5日写好后再补交。

去年此日，正将去年春天所译的十篇英国小品文注好，交开明书店的老板去，当时满想写一篇三万字的序文，详论小品文的性质同各代作家，人事草草，结果是只写出一千多字的短序文。

（摘录自《小品文选·序》第6—7页）

《语丝》第4卷第33、34期（8月20日），35期（8月27日），36期（9月3日），37期（9月10日），39期（9月24日）分别刊登了"新书（2）"的广告。第5卷第30期（1929年10月7日）、42期（12月30日）分别在刊首目录页、刊末版权页后刊登了"名家小说"的广告。《北新》第2卷第22期（10月1日）封面后刊登了"新书（2）1928年度出版新书 小说（创作与翻译）"的广告，第4卷第1、2期（1929年1月16日）刊登了"名家小说"的广告。以上广告都有"《浮士德》顾绶昌译实价五角"的内容，该书即内含梁遇春翻译的《潘新可夫》。

8月底至9月初

从北京大学英文系毕业后，经其师叶公超推荐并邀请，梁遇春到上海暨南大学任外国语言文学系助教,讲授英国散文。直至1930年初离开,梁遇春在此一年半,与叶公超、梁实秋、沈从文、罗隆基、潘光旦、余上沅、刘英士、饶孟侃、顾仲彝、卫聚贤、陆侃如、冯沅君、曹聚仁、洪深、钟作猷、周谷城等成为同事。叶公超对其十分器重和爱护,请他为新月社所创办的《新月》月刊中的"海外出版界"专栏写文章。从1928年11月开始,梁遇春发表了16篇书话文章,对外国作家及其作品进行介绍。

暨南大学在沪西真如镇的北首,到上海约十二里。

(摘录自曹聚仁《暨南大学》,《涛声》1933年第2卷第24期第205页)

(叶公超)在暨南常常和梁实秋、梁遇春、蒯淑平、林语堂等混在一道,谈笑风生。

在真茹暨南大学附近的"南园"小餐馆的情景,他(梁实秋)每于课余时,常与叶公超、梁遇春、潘光旦等教授在那里娓娓而谈。

他(梁遇春)在暨南的那几年,是跟叶公超、梁实秋、沈从文、蒯淑平、罗隆基、潘光旦这些人搅在一起,他的文章多在《新月》月刊上发表,所以同学们当中以为他是"新月派"。其实,他是无所谓的,他也不属于任何一"派"。他的文章虽然在《新月》月刊发表的最多,但在《北新》月刊和《语丝》上发表的也不少。

(摘录自温梓川《文人的另一面》第22、37、40页)

八十年代台湾作家季季访问梁实秋,谈及三十年代优秀散文家时,梁实秋将梁遇春的散文与周作人、朱自清、叶圣陶、徐志摩的散文并提,将他摆在优秀的散文家之列。

(摘录自任伟光《现代闽籍作家散论》第118页,转引自季季《梁实秋访问记》)

在暨南的讲坛上,梁氏以其博学与才思博得暨南学子的普遍爱戴。1928年,年仅23岁的梁遇春从北京大学英文系毕业,同年九月,应老师叶公超之约,走进上海真如时代的国立暨南大学,任外国语言文学系助教,讲授英国散文。从未出过国门的梁遇春用纯正的英语在暨南的教席上讲授培根与兰姆兄弟的散文。梁氏以其才智与学识将英国散文的精髓阐释得鞭辟入里,虽然在暨大任教仅一年半时间,但几十年后远在海外的暨南学子仍念念不忘。

(摘录自季轩《新月派:暨南园里的另类一族》,2011年6月28日《科学时报》B4版"视点")

9月5日

写毕《英国小品文选》中《译者序》于上海真茹。文末言道:

译这书时,我是在北京马神庙西斋;现在写这些话时,人却在真茹了,而且北京也改作北平了。

(摘录自《英国小品文选·译者序》第v页)

后来渐渐地熟了,我才知道他是一个最爽快最热忱不过的人。厥后来沪,他在真茹(那时有人嘲笑地称他为"口含烟斗的白面教授",其实他只是一个助教而已),而我则住在租界的中心,他乡遇故知,自然格外觉得亲热。虽则相距颇远,我们几乎每星期总是要来往一次的。他是一个健谈的人,每次见面真是如他自己所说的"口谈手谈"。有时读了什么得意的文章,或写了什么得意的文章,总是很高兴的翻出来给我看,往往桌子上堆满了他所翻开的书本。他于书可以说是无所不读,甚至于《联语汇编》和《灯谜丛话》之类都能够引起他的玩味。他具有广博而且明确的理解,这是姝姝自悦的我所不及的。在对谈时,自己往往有一个思想在脑子里模糊得不能明白地表达因而期期艾艾觉得很窘的时候,他大抵能够猜出我的意思而给我点破一下或竟直截地代我说了出来。那一年余的友谊生活在我真觉得是平生快事。

(摘录自石民《亡友梁遇春》,《文艺月刊》1932年第3卷5、6合期第771—772页)

9月10日

《新月》月刊第1卷第7号出版,在其刊末的《编辑余话》提及增加"海外出版界"栏目。此时叶公超应已向梁遇春约稿。具体内容如下:

……以后每期再增加"书报春秋""零星""海外出版界"三栏。

…………

"海外出版界"更不消说是用简略的文字介绍海外新出的名

著,和从出版界到著作家的重要消息;我们添设这栏,是想使读者随时知道一点世界文坛的现状。

(摘录自《编辑余话》,《新月》月刊1928年第1卷第7号刊末第1、2页)

9月11日

暨南大学校长郑洪年聘梁遇春为外国文学系助教。当时暨南大学外国文学系共有学生33人,一年级学生18人,二年级学生15人。

奉校长条开聘梁遇春先生为外国文学系助教,通知文书室填发聘书。

(摘录自《秘书处日记》,《暨南周刊》1928年第3卷第11期第29页)

1930年代国立暨南大学教师名录

院系	教职员姓名
中国文学	陈中凡、曹聚仁、汪静之、郑振铎、章铁民、章衣萍、汪馥泉、黄侃、洪深、傅东华、陈柱尊、梁遇春、徐中舒、张世禄、陆侃如、冯沅君、龙榆生等
外国文学	英文有叶公超、梁实秋、郭智石、顾仲彝,日文有沈端先等

[摘录自翟俊千《暨南大学创办初期点滴回忆》,《上海文史资料存稿汇编(科教文卫)》第9册第116页]

上述资料把梁遇春列入1930年代暨南大学中国文学系教师名录,所在系有误,时间也稍有误差。实际上,梁遇春与叶公超、梁实秋等同在外国文学系教英文;1930年2月8日梁遇春即已离开暨南大学回到北京,到北京大学就职。

在暨南的许多教授当中,有不少年事很轻的教授,他们并不因为名气的关系被聘作教授,而是为了他们学有专长的原故。梁遇春教授就是其中之一。据我所知,他那时是西洋文学系主讲英国散文的教授,年纪也不过是二十四五岁左右,是北京大学西洋文学系出身的,还未出过洋,镀过金,但是同学们对他却另眼相看,特别尊敬。他的确是一个名符〔副〕其实的学有专长的教授。他担任的英国散文,讲起来,实在使同学们五体投地的佩服。我听过他一年的功课,印象也非常的深刻,尤其是他那副形容,和他口中的培根与蓝姆兄妹的文章风格,直到二十多年后的今日,还念念不忘。

他在暨南当教授的时节,好像还未曾结婚(戈按:已结婚)。瘦瘦的个子,方方的脸孔,鼻梁上虽然架着一副并不时髦的近视眼镜,但却不有增加他多少的老气。他终年总是穿得很整齐,一袭紫灰色的西装,黑领带,头发老是梳得光溜溜的,看起来倒有一点斯斯文文的恂恂儒者的气派。假如是春冬之季,他在这套紫灰色的西装的外面,便加上一套紫灰色的大氅,戴上一顶阔边的灰黄色的毡帽,两只手老是分插进大氅的袋子里。

(摘录自温梓川《文人的另一面·梁遇春与散文》第39—40页)

9月14日

下午三时，暨南大学校长郑洪年邀请在校教职员83人在大东酒楼餐叙。(据《暨南周刊》1928年第3卷第11期) 梁遇春应有出席。

9月15日

上午九时，暨南大学在大礼堂举行秋季开学始业式，全校师生出席。(据《暨南周刊》1928年第3卷第12期) 梁遇春应有出席。

9月21日

传言此日梁遇春离开上海去法国留学，但并无其事。而诡异的是，同年北大哲学系毕业的台湾人苏芗雨(学名维霖)在《祖国廿五年回忆录》中写到梁遇春与同学一起在上海乘船去法国留学，他到上海码头相送。苏芗雨后来还在上海真茹的暨南大学中学部任教一个学期，居然不知道梁遇春当时还在暨南大学任教，真是奇了怪。

民国十七年(1928)春季，和北大哲学系同学刘南溟(现任台湾大学法学系教授)与外文系同期同学梁遇春相约到法国留学。约定九月廿一日在上海搭法国商轮放洋，在北平办好了出国手续。法国之行，因为家中反对，没有实现。九月廿一日那一天，在上海码头送走了刘、梁两位同学，心中万分惆怅。不久，我进上海附近真茹国立暨南大学中学部担任教员，在真茹任了一个学期。

[摘录自秦贤次《民国时期文人出国回国的日期考（续三）》，《新文学史料》2016年第4期第83—85页]

而苏雪林也认为梁遇春曾留学英国。

现在介绍一位颇为优秀的散文作家，他的学殖很深，寝馈于英国文学有年，写出来的文章极富幽默趣味，其英年早逝颇类徐志摩，他就是梁遇春。他是福建人，曾留学英国。

（摘录自苏雪林《中国二三十年代作家》第261页）

此事似成公案。但梁遇春在从9月11日到暨南大学接受助教聘书至第二年1月21日赠《北新》半月刊一册给暨南大学洪年图书馆的四个多月时间内，要完成从就职－辞职－出国留学－停止留学－回国－继续到辞职的暨南大学就职等一系列操作，似乎是不可能的事情。当时从上海到法国坐船要四十天以上，单单坐船来回就要八十天以上，再加上法国马赛到巴黎的来回时间，总计要超过三个月。另他于1931年4月6日信中写道："然亦可以见吃洋面包者之盛气凌人。此后咱们还是敬鬼神而远之吧！"这里"吃洋面包者"是指出洋留学的人，他自己若也留学过，应该不会这么写。所以梁遇春并没有出国留学过。此外，温梓川等人的文章也可以作为旁证：

他（梁遇春）却没有出过国门，吃过牛油面包。起初我们完全不相信他不是留学生，后来有一次我们在课室里问起他，他老老实实地告诉我们。

（摘录自温梓川《文人的另一面·梁遇春与散文》第40页）

10月

梁遇春当时在暨南大学是被聘为助教，根据《国立暨南大学支出月计报告表》，以"助教21人10月份薪水（八成），支出总金额1118"计算，10月份如拿到80%的工资，应该是53.2元左右，100%工资应该是66.5元左右。另外，根据该报告表计算，暨南大学所有教职员本月工资大都按照80%发放，系主任等总金额为1591元；教授45人总金额7806.4元，平均每人173.5元；讲师67人总金额4245.2元，平均每人63.4元；专任教育42人总金额5370.6元，平均每人127.9元；教员5人总金额432元，平均每人86.4元。另有教员17人10月份薪洋（十成）发放总金额1210元，平均每人71.2元。（据《暨南周刊》1929年第4卷第8期第73页）

又根据《国立暨南大学职教员待遇规则》规定，"第十三条 助教之薪俸每月40元至90元，由开课到校之月起至翌年停课之月底止"（据1928年6月《国立大学联合会月刊》第118页），梁遇春当时的教职工资当在此数。

11月10日

分别发表书评《高鲁斯密斯的二百周年纪念》《茄力克的日记》于《新月》月刊第1卷第9号"海外出版界"栏目，文末署名"春"。这期《新月》"海外出版界"栏目由叶公超、梁遇春撰写的文章总共6篇，其中3篇署名"超"，2篇署名"春"，有1篇《俄国之真相》没署名,不知作者是谁。

从执笔人看,可知"海外出版界"构想的提出者当是叶公超,而梁遇春则是其有力帮手。二卷五期的停刊一次,正是主编叶公超离沪前往清华任教。二卷六、七期合刊起,"海外出版界"改由梁遇春接编,二卷八期后的首度停刊,则为梁遇春的离沪北上。

(摘录自秦贤次《现代文坛缤纷录·海外出版界》第68页)

11月11日

发表兰姆《关于书籍与读书的杂感》的译文于《文学周报》第7卷第18期,目录中的标题为《关于书籍与读书》,与内文不一致。此文后收入《英国小品文选》,标题改为《读书杂感》。

11月16日

《北新》半月刊第2卷第24号出版,封面后刊登了《北新》1929年第3卷第1号(特大号)的广告,"要目预告"中有"《罗素的自叙》梁遇春"的内容。

11月

根据暨南大学《本校支出报告表》"助教13人11月份薪水(七成五),支出总金额650"计算,11月份梁遇春拿到75%的工资,应该是50元左右,100%工资应该是67元左右。另外,根据该报告表计算,暨南大学所有教职员工资一律按照75%发放，教授43人总金额7033.5元，平均每人163.6元；讲师65人总金额3933.5元，平均每人60.5元；专任教育39人总金额4881元，平均每人125元；教员20人总金额1104.5元，平均每人55元；教导4人总金额250元，平均每人62.5元；实校教员5人总金额200元，平均每人40元。职员119人总金额6800.5元，平均每人57元。（据《本校支出报告表》，《暨南周刊》1929年第5卷第4期第55页）

12月10日

发表书评《再论五位当代的诗人》（英国库鲁逊柯拉罕著）于《新月》第1卷第10号"海外出版界"栏目，标题下署名"梁遇春"。

1929年（民国十八年） 24岁

1月10日

发表书评《金室诗集》（吉卜生著）于《新月》第1卷第11号"海外出版界"栏目，文末署名"春"。

1月14日

下午四时，暨南大学在上海大东酒楼召开教职员与学生代表茶话会，梁遇春应有出席此会。郑洪年校长在讲话中提及薪水："至于每月支出薪水一项，七八九三个月十足发给，……十月份起，七五折发给。"（据《校长招待教职员学生代表茶会》，

《暨南周刊》1929年第5卷第3期第11页）此与上述10月（八成）、11月（七成五）工资情形大致吻合，1928年10月至1929年1月梁遇春工资都只拿到50元左右。

1月20日
《教育杂志》第21卷第1号第25页刊登梁遇春译文：

教育零话

所以想创造更好的世界最要紧的第一步工作是根本改革教育。若使没有这种预备，即使能够做出一个快乐世界来，不久又会变成个悲惨世界了，因为每国总是觉得他国的幸福是它的眼中钉。现在那些教育有钱子弟的学校里，实行强迫受军事训练；可是说到性的问题，又拼命的对学生实行一种愚民政策。这就是说凡是关于生命的创造的事情总看做是可憎的，凡是毁灭生命的事情却捧做是高尚的。这真是自取灭亡的道德。其所以这样，是由于我们把权力看做是本身有价值的东西，而忽视生活内容的丰富：一个人若是可以使旁人受苦痛，我们便称他做好汉；一个人自己能够得到幸福，却反不能得到我们的赞美。所以当今急务是叫人们都有什么做成真幸福的一个正常的观念。

（摘录自《教育杂志》1929年第21卷第1号，转载自《北新》1929年第3卷第1号第125页）

此文节选梁遇春译《罗素的自叙》一文部分内容，转自《北新》杂志。而《教育杂志》标注的出版时间比《北新》的还早十天，这明显存在矛盾，应该是《教育杂志》实际出版时间比本刊标注的时间更迟。1934年3月，《江苏省立南通中学校刊》也转刊了梁遇春的这段译文。

1月21日

梁遇春赠送《北新》一册给暨南大学洪年图书馆。

梁遇春先生赠《北新》半月刊一册给暨南大学洪年图书馆，馆员接收时当即面谢梁遇春。

（摘录自《洪年图书馆日志》，《暨南周刊》1929年第5卷第4期第16页）

2月1日

发表《论新诗》和《罗素的自叙》两篇译文于《北新》第3卷第1号。"《罗素的自叙》，梁遇春译"，刊登在第119—128页，文末有一段"译者附识"。此文后于1931年被收入"英文小丛书"之《一个自由人的信仰》集中。"《论新诗》（原题 The Modern Nightingale），利奥那·武尔夫 Leonard Woolf，梁遇春译"，刊登在第73—83页，文末有一段文字，相当于译者附识。

2月7日

写毕小品文《谈"流浪汉"》，文末署"十八年除夕之前二日于福州"。美国作家杰克逊（Jackson）也写有《论"流浪汉"》，可参看。

另北大停课半年，梁遇春在文章中调侃此事，希望"未毕业的同学们好好地利用"，"走出来当一当流浪汉"，像旗人一样享受人生。

我希望想写些有生气的文章的大学生不死滞在文科讲堂里，走出来当一当流浪汉罢。最近半年北大的停课对于中国将来文坛大有裨益，因为整天没有事只好逛市场跑前门的文科学生免不了染些流浪汉气息。这种千载一时的机会，希望我那些未毕业的同学们好好地利用，免贻后悔。

……………

我在北京住了几年，心中很羡慕旗人知道享乐人生，这事也是一个证明。大热天气里躺在柳阴底下，顺口唱些歌儿，自在地饱看来往的男男女女；放下朝服，着半件轻轻的破衫，尝一尝暂时流浪生活的滋味，这是多么知道享受人生。

（摘录自《春醪集·谈"流浪汉"》第216—217、220页）

2月10日

发表书评《斯宾罗沙的往来书札》（吴鲁夫译注）于《新月》第1卷第12号"海外出版界"栏目，文末署名"春"。

2月16日

发表译文《巴特纳的杂录》于《北新》第3卷第4号，共有12则短文，文末有注"Samuel Butler"。

2月22日

译毕英国 E. V. Lucas《同情学校（一篇 Essay）》，文末署"二，二十二，福州"。后发表于《奔流》1929 年第 2 卷第 2 期，署梁遇春译。文末还有一段说明：

这篇小品是由 E. V. Lucas 自己选的他的小品文集《什么东西都有一点》（*A Little of Everything*）里译出，原名系 *The School for Sympathy*。Lucas 是英国现在第一流的小品文作家，他和 Hilaire Belloc 几乎可以说〈是〉当代小品文界的南北高峰。他是英国第一小品文家 Charles Lamb 的研究者，校刊过他的全集，同著一本传记，所以他得到了 Lamb 的风韵。不过 Lamb 行文是古怪得有趣，他却是清新可喜。去年才死去的英国大批评家 Edmund Gosse 在他的批评集《桌上的书》（*Book on the Table*）里论 Lucas 那篇说道："自从 R. L. Stevenson 死后，对于小品文家的纯粹艺术，没有人像 Lucas 那么谙熟。……就是在英国，从古到今真正的小品文家也不多，Lucas 却是一个。" Lucas 的作品非常多，前几年他的出版者把他的小品文集起来共有二十九本，听说遗漏的还不少。他现在还健在，天天写他那一清见底，温和微妙的小品。这篇虽然不是他顶好的作品，但是因为不只写得好，而且内容也很有趣，容易翻译些，所以不自揣度，就来下笔。在此教育热（自杜威来华起到党化教育止）时代，翻些清淡的，没有专门名词的素人教育谈，或者甚至于革命文学家也觉得可口。

二，二十二，福州。

[摘录自《同情学校（一篇 Essay）》文末，1929 年 6 月 17 日《奔流》第 2 卷第 2 期第 227—228 页]

《同情学校（一篇 Essay）》一文后收入《小品文续选》文集，改题为《同情学校》，删除了上面这段附记说明和文末的时间、地点。这段附记也是梁遇春的一段佚文。

2 月 23 日

在《福建民国日报副刊》第 61 期发表《〈革命家的箴言〉译者前言》(《革命家的箴言》，英国萧伯纳著)。其中写道：

肖氏深刻流利一清见底的文词，我那时觉得比查理斯·兰姆（Charles Lamb）的隽语，喀莱尔（Carlyle）的怪语，伯尔克（Burke）的壮语都来得有趣，有一回读他的《易卜生主义的神髓》(*The Quintessence of Ibsenism*)，念得高兴彻夜没有睡觉。……

在此"革命文学"空气弥漫全国时候，我忽然来译什么《革命家的箴言》，能无学舌之讥，焉免投机之诮，"知我者，谓我心忧；不知我者，谓我何求。"天下事本来不容易得人们的谅解的。

[摘录自林奇《梁遇春与英国 Essay》，《福建师范大学学报》(哲学社会科学版) 1989 年第 2 期第 71、74 页]

上述文字为他人文章转引，《革命家的箴言》及其《译者前言》均不见于之前已出版的梁遇春文集，是其佚文。

2月25日

上午九时，暨南大学举办春季开学典礼，全校师生近2000人出席。（据《暨南大学昨行开学礼》，1929年2月26日《申报》第11版）

2月25日—3月

写信给石民。此信末无日期，据内容考证，应写于此年二三月间，依据如下：一是信中问及石民"新年号《北新》可否见赐二三本"，该杂志新年号是2月1日出版；二是写于办公室，说明不在福州家里，表明已经是2月25日开学之后；三是此信写在"国立暨南大学"便笺上，也算一种间接证明。信中还提及，自己居然"无师自通地做出一首香艳的情歌（《幽会之后》），班门弄斧，乞加斧削，到底成诗与否，尚希见告。……倘编辑先生以为成诗，则用以填《北新》空白可也。但弟自己无甚把握，所以请'勿要客气'（这句苏白，说得不错）"。可惜，这首梁遇春仅见的现代诗，没入石民法眼，未见发表。

从其多封信中还可以看出，梁遇春不仅爱打麻将，又喜欢喝酒，还不时"逾量"，同时有许多从酒中生出的人生况味与感慨。

昨夜饮酒逾量，今晨拂晓即醒。

失迎自然是对不起的，那天阿拉吃酒去也。病酒未愈，又受了风凉,心烦喉干,觉得做人没有啥意思,原来如此。

友人某君,似曾一度为之酒逢知己饮。

足下近来酒量如何?

你近况如何?喝酒没有?

前星期天天喝酒(Beer),每晚回家时,凝想酒后的莫须有世界,然而第二天醒来幻象完全消灭,世界仍然如是糟糕,我每次举杯时,总常常记起你那首《酒歌》,而且仿佛杯杯都是酡酒。

(摘录自李冰封整理、唐荫荪译校《梁遇春致石民信四十一封》,《新文学史料》1995年第4期第132、134、135、136、137、142页)

此类有关喝酒的文字,在《春醪集》《泪与笑》中也有。

真真要读书只好在床上,炉旁,烟雾中,酒瓶边,这才能领略出味道来。

生平不常喝酒,从来没有醉过。并非自夸量大,实是因为胆小,那敢多灌黄汤。梦却夜夜都做。梦里未必说话,醉中梦话云者,装糊涂,假痴聋,免得"文责自负"云尔。

"醉中梦话"是我二年前在《语丝》上几篇杂感的总题目。匆匆地过了二年,我喝酒依旧,做梦依旧,这仿佛应当有些感慨才是。

(摘录自《春醪集》第10、28、186页)

今天破晓酒醒时候,我忽然忆起前晚上他向我提过"空持罗带,回首恨依依"这两句词。仿佛前宵酒后曾有许多感触。

宿酒尚未全醒的我,就闭着眼睛暗暗地追踪那时思想的痕迹。

她劝我此后还是少抽烟,少喝酒,早些睡觉,我听着我心里欢喜得正如破晓的枝头弄舌的黄雀……我此后不敢不多喝酒,多抽烟,迟些睡觉,表示我的生命力尚未全尽,还有心情来扮个颓丧者。

今晚我醉了,醉得几乎不知道我自己的姓名。但是一杯一杯的酒使我从不大和我相干的事情里逃出,使我认识了有许多东西实在不是属于我的。……一杯一杯干下去,你的苦笑一下一下沉到我心里。我也现出苦笑的脸孔了,也参到你的人生妙诀了。

前几天一位朋友拉到某馆子里高楼把酒,酒酣起舞弄清影时候,凭阑望天上的半轮明月,下面蚁封似的世界,忽然想跨阑而下……

(摘录自《泪与笑》第 37、53、57、69 页)

他的嗜酒,朋友们也是知道的,在有关他的文章中偶有提及。

他前两年真是一个酒徒,每每是喝了酒午夜文思如涌。

[摘录自废名的《悼秋心(梁遇春君)》,1932 年 7 月 11 日《大公报·文学副刊》第 8 版]

他爱酒,有颗热情奔放的心。

[摘录自柴扉《记两位戏剧家(又一则记故梁遇春)》,《十日谈》1934 年第 17 期第 9 页]

他喜欢喝酒,也许与尼采的酒神理论有关联。从他第一本小品文集取名《春醪集》，即可了解。

我觉得我们年青人都是偷饮了春醪，所以醉中做出许多好梦……所以在这急景流年的人生里，我愿意高举盛到杯缘的春醪畅饮。

（摘录自《春醪集·序》第2—3页）

3月10日

发表书评《东方诗选》（美国提真斯编）于《新月》第2卷第1号"海外出版界"栏目，文末署名"春"。这期《新月》出版推迟了一个月时间。

3月15日

梁遇春译《近代论坛》《恋爱与婚姻》二书的广告，登载在春潮书局初版谢冰莹《从军日记》的书末。当时《近代论坛》还未出版，《恋爱与婚姻》还在"印刷中"，但后者一直未见实书。广告如下：

《恋爱与婚姻》

爱理斯著　梁遇春译　每册五角（印刷中）

爱理斯谈两性问题的著作是最有科学依据的。他在中国自经周作人先生介绍之后，已经得到许多读者的信仰了。这部书是人生幸福的指南，理论独到，文字精辟，凡欲了解爱情之真谛不可不读。

（摘录自1929年3月15日春潮书局初版谢冰莹《从军日记》

书末广告）

此日，温源宁当选北大英文学系主任。（据《北京大学史料》第二卷第 1841—1842 页）

3 月 23 日

暨南大学举办成立二十二周年纪念活动，召开茶花大会庆祝。（据《暨大举行二十二周年纪念》，1929 年 3 月 25 日《申报》第 12 版）

3 月

马衡开始担任北京大学图书馆主任，一直到 1931 年 1 月。

4 月 1 日

《近代论坛》由春潮书局付排。

《语丝》周刊第 5 卷第 4（4 月 1 日）、5（4 月 8 日）期出版，刊首封二刊登了《北新》半月刊"最近两期要目"的广告，其中第 3 卷第 4 号的要目中登载"巴特尔（后改译为巴特纳）杂录……梁遇春译"。

4 月 8 日

发表小品文《谈"流浪汉"》（未完）于《语丝》第 5 卷第 5 期。

4月10日

发表书评《人生艺术（蔼力斯作品的精华）》（英国赫伯特夫人编）、《变态心理学大纲》（伽尼墨费编）于《新月》第2卷第2号"海外出版界"栏目，文末署名"春"。

4月15日

发表小品文《谈"流浪汉"》（续）于《语丝》第5卷第6期。此文全篇后收入《春醪集》。

后来又有些教授学者郑重讨论英语里的 Gentleman 这个字怎样翻译才准确，他却撰写长文歌颂 Gentleman 对立面的人物流浪汉，说惠特曼的《草叶集》是流浪汉的圣经。他列举许多富有叛逆精神的流浪汉以极大的痛苦和快乐，写下激动人心的不朽名著，却被循规蹈矩、思想感情都僵化的教授们在课堂里讲解剖析，岂不是一个很大的笑话！

（摘录自冯至《谈梁遇春》，《新文学史料》1984年第1期第112页）

4月20日

发表小品文《醉中梦话（随笔五则）》于《奔流》第1卷第10期，后收入《春醪集》，标题改为《醉中梦话（二）》，并于文末加上落款"十八年十二月十日于真茹"。此落款时间晚于《奔流》首刊时间，明显有误。

关于梁遇春《醉中梦话》等系列文章乃至《春醪集》等，左翼作家韩侍桁在其身后有诸多批评，如认为"他是怎样地好新奇与在思想上立异"，"他是完全的一个聪明的腐坏了的孩子"，并进而说"他是一个一切的革命时代的反动者，社会进展的妨害"。这种论断在周围的一片好评声中，显得很是刺眼。

看了他每篇的文章的题目，如《人死观》，《醉中梦话》，《"失掉了悲哀"的悲哀》，我们更可以发现出另外的一种事实，他是怎样地好新奇与在思想上立异。同样的话，同样的事，他要找寻出与人不同的解释才得满足；旁人所讲过的，对于他总觉得是腐旧。无奇的生活，使他无趣，所以他歌颂许多奇异的生活者；无奇的书籍，使他厌烦，所以他读了许多说些怪话叙述怪事的文章，而且他认为这种怪癖，是他独特领有的一种天才。

他是完全的一个聪明的腐坏了的孩子。他有精强的才干，而他整日地消磨他的才干于奇特的思想上；他的生活是麻痹的，而他满足在毫无活动力的生活里。遇到了社会的大变动的时代，一有激怒了他的固有的思想的事件，而伤害了他的自尊心，他便会唱起了讽嘲的歌。他是一个一切的革命时代的反动者，社会进展的妨害。

（摘录自侍桁《最近逝世的梁遇春》，《现代》1933年第2卷第3期第425—426页）

4月30日

《近代论坛》（英国狄更生著）由春潮书店初版，该书被列为林语堂主编"现代读者丛书"第二种，总页数173页。1929年4月1日付排，4月30日初版，每册实价原为六（原书上改为五）角。

此书为近代各派思想精华之汇聚。著者是现代英国最进步的思想家之一，他很同情于中国，对于英国帝国主义常有攻击的言论。所以他的著作也就特别值得我们注意。读这部《近代论坛》，可以使我们头脑清醒，思路畅达。

（摘录自1929年3月15日春潮书局初版谢冰莹《从军日记》书末广告）

大思想家狄更生著的《近代论坛》，经梁遇春君译成中文，已由春潮书局出版。那本书是以客观的态度描写各派的思想，让各派说出各自的话来，使读者可以自由地对于任一派表同情，在思想混乱的中国，怀着满腔热血正在徘徊歧路的青年，很可以在这本书里找到思想的方针。

（摘录自1929年6月5日《申报》第6版）

徐睡麟分别于1931年11月26日、28日、29日《申报》本埠增刊第3版、第5版、第5版"书报介绍"栏目分三次发表对梁遇春翻译《近代论坛》的书评。

这本书出版了三年，很少有人注意，我是去年买到手的，一气读完了，后来又复读了两三遍，觉得趣味无穷，对于实际的政治，及空想的理论，理论与实际的冲突与悬远，得了不少的启发，在今日内忧外患交迫的时候，国人尤该一读。

这本书，并不是本有系统的理论，是一本谈话会的纪录。

参加这个谈话会的人物,有派别相反的政治领袖,有主张各异的社会主义者,有大学教授、科学家、新闻记者、商人、诗人、有闲阶级的绅士、教友派、文人等等立场不一的名人,由第一个人发表意见,依次批评辩驳、讽刺讥弹,从极固执的政见,一直讨论到极空想的理论,自星期六晚间六时起,到星期的清晨,整整的在露天的草场上,谈了一个夏季的通夜,还保持着平静的友谊,真是一个难能而可贵的集会。

这个集会的名字,叫"探寻者"的俱乐部。平常开会,以宣读论文为常课,这一次因负责的太忙了,忘记了带宣读的稿子,临时变更,改为谈话会。

…………

一般人读书,有个通病,就是看什么书,他的思想就做了什么书的奴隶,同时再看到相反的主张,又以为也是对的,缺少批评的精神,寻不出书中的破绽,常陷于彷徨歧路的苦闷,看了这本书之后,定能增长了识见不少。

全书约有十万余言,我现在想以三千多字来介绍个大略,真是挂一漏万,只好就此结束了。

(摘录自徐睡麟《近代论坛》书评,1931年11月26、29日《申报》本埠增刊第3、5版)

春潮书局在初版《近代论坛》书末"春潮书局出版新书"预告栏,登载遇春《哈代评传》《恋爱与婚姻》《近代论坛》三种图书的广告。广告注明当时《哈代评传》《恋爱与婚姻》还在"印刷中",但此二种译著一直未见实书。《恋爱与婚姻》《近代

论坛》两则广告语与 3 月 15 日同,《哈代评传》广告如下:

《哈代评传》

柴尔德著　梁遇春译（印刷中）

近来大家都谈哈代（Thomas Hardy），译哈代，读哈代，而值得读的哈代评传却还没有。现在梁先生替我们补上了这个缺憾。他译的这部《哈代评传》是现代著名批评家柴尔德著的。有人问哈代，要研究他的著作以那部书为最好，他的夫人便推荐这部书。概括明了，为他书所不及。

（摘录自 1929 年 4 月 30 日出版《近代论坛》书末）

4 月

屠介涅夫《浮士德》由上海北新书局再版，内含梁遇春翻译的《潘新可夫》。

5 月 10 日

分别发表书评《新传记文学谭》《新发现的拿坡仑的小说》于《新月》第 2 卷第 3 号"海外出版界"栏目，文末均署名"春"。

5 月 23 日

《春醪集》序写毕于上海，文末署"十八年五月二十三日午夜于真茹"。

序中说明"春醪"之名来自《洛阳伽蓝记》刘白堕善酿酒之典故。褚问鹃对此集有辛辣愤激之批评。

我觉得我们年青人都是偷饮了春醪,所以醉中做出许多好梦,但是正当我们梦得有趣时候,命运之神同刺史的部下一样匆匆地把我们带上衰老同坟墓之途。这的确是很可惋惜的一件事情。但是我又想世界既然是如是安排好了,我们还是陶醉在人生里,幻出些红霞般的好梦罢,何苦睁着眼睛,垂头叹气地过日子呢?所以在这急景流年的人生里,我愿意高举盛到杯缘的春醪畅饮。

(摘录自《春醪集·序》第2—3页)

作者在序里边有这样的几句话:

我们还是陶醉在人生里,幻出些红霞般的好梦吧〔罢〕,何苦睁着眼睛,垂头叹气地过日子呢?

所以他"愿意高举着盛到杯缘的春醪畅饮。"并且还愿意把这杯甜美的酒送给一般读者,使人们可以借此忘却了现实生活的痛苦,这大概就是他写这本集子的用意了。

....

现在的青年们需要的是醒酒药,再也喝不得什么醉人的"春酒"了,人们捏着满杯的毒药,——另一种使人迷醉的药酒,倒不是梁先生的春醪——立在我们的身边,只等一个眼错,就要向我们嘴里灌进来了,醉生梦死的青年是强权者所最欢喜的东西?现在又加上一个自己窠里的人,也来执杯劝饮了,使我们用了一批醒酒药的人,又要找另一种卖醒药的医生去说话,这真是太叫人苦恼了。但是我们要追溯作者写这本文集的动机,不得不推察到他的物质的阶级背境上来,他的阶级是没有社会地位，不参与实际的社会物质生产的，所以他在社会的全体性上，是个寄生的没落的阶级，因此他的思想是灰色的，无出路的，甚至还否认人类的进化，他是一个封建社会的破落户，因为他的社会地位正在动摇，所以在他的广句的美秀中间隐隐流露着犷悍的颜色，和狰狞的面目。不觉把自己变成了统治阶级的先锋队，把这杯药酒给人家喝下去之后，好使得人们一个个的醉倒，然后等"刺史的部下"来跑，把他们乖乖地捆缚了去。或者我的话是说得过分一点，不过读了他的书，这种感想也就自然而然地会发生出来。

请了，这杯浊酒，不但是我们不愿意喝，并且还要把作者手里的杯子抢过来扔到地下去，然后再送给他一大杯醒酒的药。

（摘录自褚问鹃《评梁遇春著〈春醪集〉》，《新学生》月刊1931年第1卷第4期第189、197—198页）

韩侍桁也对《春醪集》持尖锐批评立场，认为梁遇春写这些文章，只不过是为了显示自己的智慧，发挥自己的聪明，由此而感到满足，并且武断下评——"这是他写作的一贯的精神"。

他在《春醪集》序言上的讲话，是使我们最能看得出这位青年的性格的，他说：

....

一段极其平常的话，却使这位青年作者生出了无数感慨，而且他更把那话中的意思，解释到极无关联的事情上，于是彷佛显示了自己的知〔智〕慧，而感到满足，这是他写作的一贯的精神，他没有尝受过失恋的滋味，可是他幻想出种种失恋的心境，而给以彷彿是微妙的解释；他没有经验过流浪汉或强盗的生活，而且他也决没有想成为流浪汉与强盗的心愿，可是他会极不关心地歌颂着流浪汉的生活与强盗的豪侠，他并不是在认真地理会着所谓失恋或歌颂着流浪汉与强盗，他只是觉得在这些题目上是最适合发挥自己的聪明。

（摘录自侍桁《最近逝世的梁遇春》，《现代》1933年第2卷第3期第424—425页）

唐弢后来追忆此集，借"春醪"之名引出评论，满是对这位译界英才不幸早逝的遗恨与感慨。

……卷首有序，自述春醪题名，乃出《洛阳伽蓝记》里游侠所说"不畏张弓拔刀，但畏白堕春醪"一语，结末说：

…………

此序作于真如，当时他在暨大助教，不久北上，在母校北大图书馆任事。遇春所谓"再过几十年，当酒醒帘幕低垂"，不料三年后就与世长辞，这杯酒未免喝得太早，醒得太快了。

［摘录自唐弢《新文艺的脚印——关于几位先行者的书话·梁遇春》，1949年8月5日《文艺复兴》杂志"中国文学研究号"（下册）第354页］

5月27日

发表小品文《"春朝"一刻值千金》于《语丝》第5卷第12期，后收入《春醪集》。

褚问鹃评论此文，说梁遇春"把一个有闲阶级的懒散的心情写到露骨了"，作者本人就是"现代有闲青年界的大多数"，并且为他贴上了"没落的小资产阶级的艺术家"的标签。

在那篇《春朝一刻值千金》里边，真是把一个有闲阶级的懒散的心情写到露骨了：

....

像作者这样的迟起艺术家，恐怕要居现代有闲青年界的大多数吧？我们中国人的事：不紧张没有朝气，真能够表现出老大民族的哀〔衰〕颓精神，不这样，似乎就不配做中国人，尤其是青年，我们现在看见许多青年正在竭力摧毁他们可贵的生命力，〔我〕任意消磨那稍纵即逝的时间，这真是一种可怕的现象，我们不怕死，只怕衰老，年纪青青的人，已经衰老到这样了，将来还有什么希望呢？然而作者的自白是这样的：

"诗人画家为着要追求自己的幻梦，实现自己的痴愿，宁可牺牲一切物质的快乐，受尽亲朋的给〔诟〕骂，他们从艺术里能够得到无穷的安慰，那是他们真实的世界，外面的世界对于他们反变成一个空虚。"

不差，一个艺术家往往有这样的脑筋，但是这种意识只是没落的小资产阶级的艺术家的意识罢了。于艺术本身的使命又有什么关系呢。

（褚问鹃《评梁遇春著〈春醪集〉》，《新学生》月刊1931年第1卷第4期第193—194页）

即便在这纯国粹的艺术里也不能不考虑西方的影响。《英国随笔选》的译者,已故的梁遇春曾借用杰罗姆的《懒惰汉的懒惰想头》(戈按:《"春朝"一刻值千金》副题)作他一篇散文的题目。他的散文明显受了《伊利亚随笔集》的影响。

(摘录自萧乾著、傅文明译《苦难时代的蚀刻——中国现代文学一瞥》,《中国现代文学研究丛刊》第40页)

此日,周作人收到梁遇春的信。(据《周作人日记》中册第646页)

6月1日

《北新》半月刊第3卷第10号刊登了北新书局"世界文学名著百种"中梁遇春译著四种的广告,分别为《荡妇法兰德斯自传》(即《荡妇自传》,法国笛福著)、《红字》(美国霍桑著)、《老太婆们的故事》(英国本涅特著)、《无名的朱德》(英国哈代著)。除了标题之外,广告对《红字》《老太婆们的故事》《无名的朱德》的介绍分别如下:

《红字》 霍桑著 梁遇春译

一个情感热烈的少妇,当她的丈夫在外的时候,和一位年青牧师偷情,他俩的爱情真挚诚恳,的确可以说是神圣的;可是当时清教徒的社会不能容许他们这样走出礼教的范围,就用侮辱,威吓等手段来压迫他们,少妇终身受人们的蔑视,牧师最后也死在礼教手里。霍桑把这少妇的性格写得非常可爱。我们读起来只觉得对于她有无限的同情,因此特别感到礼教的可恨和清教徒们的铁石心肠。

罗素在最近一篇论文里说：清教徒的精神在欧洲大有死灰复燃之势。不管欧洲为何，我们中国现在的社会总是受清教徒思想的支配，何曾跳出旧礼教的范围。所以这本书很可以做青年们向光明之路的一本指南。此外霍桑想象的丰富，文笔的绮丽，思想的深刻，那又是批评家众口一声所赞美的。

《老太婆们的故事》　本涅特著　梁遇春译

莫泊桑的《一生》，谁也知道是本名著。不过里面所说的只是一个妇人的生涯，本涅特这部〈长〉篇小说却是用莫泊桑的方法，来叙述一对姊妹从小到老的生涯。这两个姊妹性情不同，一生的际遇也是相反，一个老守在家里，当个贤妻良母，一个精明能干，奔走四方，做出许多的事情。把这两位老太婆几十年的历史合起来，真是几乎可以代表全部的人生。批评家都以为这本书是青出于蓝，比莫泊桑的《一生》还要强得多。

本涅特是英国当代五大文学家（Big Five）之一，这本书又是〈他〉的不朽杰作。想知道英国近代写实文学的妙处的人们，不可不读。

《无名的朱德》　哈代著　梁遇春译

许多批评家都以为《无名的朱德》是哈代的最大杰作。朱德的确是个很复杂的性格，哈代却用他剥蕉抽茧的分析能力同一清如水的文章把朱德写得活现在我们面前。朱德的悲哀是世上好多人所共有的，他是个力图上进的好学青年，但是性的诱惑总是拉他一步步堕落下去，醇酒妇人，沉沦到麻木的深渊里，最后死在荡妇家中。这真像造物故意同他开玩笑样子。但是世上和朱德同样命运的人也不知道有多少,不过他们的悲哀没有人替他们写出就是了。这也是这本杰作会得那么多人的同情的原因。此外对于习俗腐见的攻击,描写道德和爱情的冲突等等,只有这位近代最大的小说家才能够写得那么针针见血。总之,这是一本看后绝不会忘却的书。

(摘录自《北新》1929年第3卷第10号北新书局"世界文学名著百种"广告)

梁遇春所译以上三书,虽已有广告在先,却一直未见实书。

6月5日

梁遇春翻译的《近代论坛》出版后,《申报》刊登"春潮书局出版《近代论坛》"书讯,内容详见前文本书初版后评论。

6月10日

《新月》月刊第2卷第4号刊登《新月》月刊第2卷第3号要目广告,内有"'海外出版界'(三则) 梁遇春等"。

6月12日

周作人收到梁遇春的信。(据《周作人日记》中册第653页)

6月16日

发表《论雪莱》(英国林德著)的部分译文于《北新》第3卷第11号,后在8月1日《北新》第3卷第14号继续刊登此文其余部分。

6月17日

发表小品文《泪与笑》于《语丝》第5卷第15期,此文后收入小品文集《泪与笑》。

发表英国E. V. Lucas的随笔《同情学校(一篇Essay)》译文于《奔流》第2卷第2期,此译文后收入《小品文续选》。

7月1日

《北新》半月刊第3卷第12号刊登《编者的话》,提及梁遇春回福州和《论雪莱》续译等事宜,具体内容如下:

最近十一号上登有《论雪莱》(这种题目似乎有些"落伍"哩!)一文,全文共分三节,所登出的只是第一节。译者梁君本答应马上续译,俾得续登,但日前他忽然回福州去了,说到家后一星期内准定译好寄来。于是只好等一等。好在余文并不多,想来他决不会食言的。

(摘录自《北新》1929年第3卷第12号《编者的话》)

7月10日

《新月》月刊第2卷第5号刊登《新月》月刊第2卷第3号要目广告,其中有"'海外出版界'(三则) 梁遇春"。

7月20日

发表小品文《"失掉了悲哀"的悲哀》于《奔流》第2卷第

3期，此文后收入《春醪集》。

　　这篇文章在时间、地点、人物上面多为虚构。褚问鹃在评论此文时，对于文中作者所言自己"失掉了快乐，也失掉了悲哀"，"是个失掉了价值观念的人"，"怀疑一切价值的存在"，仍是加以尖锐的批判，认为青年对于人生道路上的荆棘，逃避是没有用的，作者这种绝望的意识是给广大青年的毒药，这种意识是"一个人生的梦想者"在碰到现实的墙壁之后的"一种病的心理状态"；并指出，明白以上这些，是读《春醪集》"一贯的线索"。

　　这类思想是比较地活跃的，在全书当中，彷佛是阴暗的园地上偶然开放的小花一样。除此之外，所有的话，都夹杂着呻吟悲楚的声音在里边，在人生的道路上被荆棘刺伤了的人，却不想把荆棘除去，只希望找点止血的药物来按一下创口，抱这种态度的人真是太不知道什么是披荆斩棘的伟大工作了，希望用止血药的人，在实际上又何尝真能止得住血？荆棘是遍地生着的，而且它有无孔不入的力量，你尽管想法子来躲避，想法子来自己欺骗自己，甚至于把鲜红的热血，当作美丽的图画材料，用终日终夜的傻笑去忘却浑身的痛苦，但是结果却依然无用，想像的质〔盾〕牌，究竟档〔挡〕不过现实的钢矛的啊。只有用快刀斩乱麻的手段，挺起胸膛去和现实作战，渐〔斩〕完了刺人的荆棘以后方能够找到光明的境界。逃避是没有用处的。作者的人生态度，既然是怀疑的，主张贴止血膏药的，所以他的眼睛上正像戴了墨晶眼镜的人一样，到处所看见的只是一团墨色。他甚至于说：

"我是个对于喜剧同悲剧全失掉了感觉性的人。这并不是因为我麻木不仁了，不，我懂得人们一切的快乐同悲哀，但是我自己却失掉了快乐，也失掉了悲哀，因为我是个失掉了价值观念的人。"

真是不幸的很，这样的绝望的论调，竟然发生在一个大学生的口里——集中多数的文章后面，都有"于北大西斋"字样——绝望的意识好比毒药一样，但是毒药只能杀死人们的身体，绝望则并杀死到人们的灵魂，人未亡而心先死，全国青年界倘使都尝到了这种毒药的滋味以后，那末我们想起了将要看见大批的"活尸"默然来往的愁惨景象的时候，皮肤上不觉会生起票〔栗〕纹来。他又说：

"我怀疑一切价值的存在，我又不敢说价值观念绝对是错的。总之，我失掉了一切行动的南针，我当然忘记了什么叫做希望，我不会有遂意的事，也不会有失意的事，我早已没有主意了。"

谁使他的人生观成为这样的状态呢，当然离不了他所处的环境，因为他是一个人生的梦想者，梦想中的世界，总是美丽无比的，一旦碰到现实这块墙壁，便把他的黄金美梦立刻打得粉碎，于是乎悲哀，失望，发出这种沉痛的呼号来了。不过他的眼光自己虽然以为很远，其实他是自己筑好了一堵墙来范围自己的。他虽然爱好艺术，却忘掉了"艺术的机能，是感情的传达或社会化的手段，它不单是感情的组织，而且是思想的组织"这句话了。他的眼光只看见了人生的黑暗面,而忘却了"未来"两字所包含的意义,灰色的死气固然充满了现在的世界上,但是我们要知道未来的光明正隐藏在我在〔们〕的灰色的背后呢,绝望只是一种病的心理状态,并不是健康者脑筋里的产物。

我们明白了这一点,于是乎读《春醪集》方有一贯的线索可寻。

(褚问鹃《评梁遇春著〈春醪集〉》,《新学生》月刊1931年第1卷第4期第190—193页)

非常奇怪的是,梁遇春文章中批判的内容,会被褚问鹃、韩侍桁拿来批判梁遇春。

我最初一次读到梁君的文章,是在三年前鲁迅先生主编的《奔流》上,他的《"失掉了悲哀"的悲哀》一文,使我对于这个青年发生了兴趣。……

不过这个青年是死得太早了,他还没有完全发挥了他的思想的使用。他的过去的文章,尚没有脱离开关于人生之谜的蜘蛛网,实社会的事件仍是使他没有功夫顾到的。直到现在他只是想作一个生活上的聪明的哲学者,想冷静地指摘出人类的一切热烈的行动是怎样地愚蠢。他的生活的哲学是一个失掉了单纯心的孩子的自私的哲学。但他的自私也不是对他有利的,他的心是在啮苦着,他的潜在的意识不肯容赦他自己。这样,在可怕的心的挣扎中,他描绘出一个丧失了一切人生的意义的,没有欢笑,没有怒恼,没有希望,没有悲哀的狞恶的活尸。

这个活尸是出现在他的《"失掉了悲哀"的悲哀》的文章里。借作者的话来说，这个活尸是具有渺茫微笑的面具，而含有无限的狞恶，而且最特色地，是他不会死的，老是活着，狞恶地活着，渺茫微笑地活着。

没有东西表现虚无的思想，是更甚于这篇文章的了，他是由心的蚕食才得作了这工作，在这一点，我们是值得感谢他。因为我说过，这个青年在我们的时代里，并不是完全独特的例子，他是有着无数的弟兄，而他这最尖端的表现，是告诉了我们，应当怎样踏过这死尸，勇敢地向前迈步，冲破了那曾苦磨了他的生命的蜘蛛网，另换一副面孔，重现在实人生里。

（摘录自侍桁《最近逝世的梁遇春》，《现代》1933年第2卷第3期第423、426页）

金克木在1989年评论温源宁时说及梁遇春和此文：

温源宁用英文写散文。他的学生，二十六岁早夭的梁遇春，却是写中文的散文家。温先生写这位学生的一篇就不免和别的篇风格不大一样了。梁先生遗文中的《失去悲哀的悲哀》（戈按：《"失掉了悲哀"的悲哀》）至今还留在我的记忆里。看来我和他之间虽有沟，却是并不算深的，不过我写不出他那样的文章罢了。

（摘录自金克木《代沟的底层——读温源宁〈一知半解〉》，《读书》1989年第6期第73页）

8月1日

发表《论雪莱》（续）（英国林德著）的译文于《北新》第3

卷第 14 号,文末后面还有一段注文:

> 伯罗米修士是一位天神,他用土抟造成人,又替他们从天上偷下火来,因此触了上帝的怒,将他用练〔链〕缚在岩石旁边,叫大鹰去啄食他的心肝,"愤怒神"日日去鞭挞他。所以伯罗米修士的火代表人类的睿智同灵感。雪莱有一篇长诗 Prometheus Unbound,歌颂伯罗米修士的重得自由。

(摘录自《北新》1929 年第 3 卷第 14 号第 60 页)

这段注文不见于之前出版的梁遇春文集,是其一段佚文。

8月6日

写信给石民,此信为第一部之二,曾部分收入《致石民书六通》。信末落款"七夕前五日",1929 年"七夕前五日"为 8 月 6 日。李冰封在后一封信中提及的邮戳为"十八年八月八日"的信封,实际应是此信的信封。

> 今天病了,所以写信。病得很不哀感顽艳,既非病酒,与愁绪亦绝不相关。只是鼻子呼呼,头中冈冈。你迁新居后谣诼纷兴,俟我返申实地调查,有何莺声燕语鸭尾高跟隐在屏后否?
>
> (中缺)
>
> ……阳〈历〉中秋之约,恐在乎必负之列,良心(交与 Nurse)已如风前残烛,一片冰心将赴〔付〕之东流矣。但倘万一负约,此后愿每月代贵刊作三千万字补白,底于永劫。

(摘录自李冰封整理、唐荫荪译校《梁遇春致石民信四十一封》,《新文学史料》1995 年第 4 期第 133 页)

8月9日

在福州写信给石民。此信为第一部之三,信末署"□□前两天",根据李冰封《发现、整理经过与思考线索——有关梁遇春致石民四十一封信札的两件事》的注释和此信原注,"贴这批信件的第二个本子中,贴了五个信封,其中有一封寄自福州,邮戳为'十八年八月八日'……八月八日为当年立秋。故此处当为'立秋'二字"。而1929年"立秋前两天"为8月6日,当日正好是"七夕前五日",与第一部之二书信正好在同日,一般同一天写信不太可能署两种不同的日期方式。故此信末空缺处当为"七夕"二字,而非李冰封推论的"立秋"二字。理由有几:一是"七夕前两天",与前信"七夕前五天"落款方式一致;二是前信提及"俟我返申实地调查,……阳〈历〉中秋之约,恐在乎必负之列",后信有"弟定于阳(历)九月四五号,偕内子离闽",与此内容一脉相承;三是前信写自己生病,"良心(交与Nurse)已如风前残烛",此信写"日来因良心将次消失",前后情况吻合。综上所述,此年七夕为8月11日,因此确定这封信写于1929年8月9日。信中提及自己的读书情况:

日来因良心将次消失,无心攻读经史,只好拿元曲选来消遣,觉得关汉卿、乔孟符等之作品,文清丽而不滥,事缠绵而不俗,实非当代剧曲作家所得望其项背也。近两日更无聊,连元曲亦觉得太正经了,只好看看集古人诗句之联,胡君复选的,中颇有可喜之妙对。

（摘录自李冰封整理、唐荫荪译校《梁遇春致石民信四十一封》，《新文学史料》1995年第4期第133页）

信的下文抄录了24副胡君复的集句联，认为其中"岂有文章堪下拜，坐〔生〕来情性不宜官"，"此联可作贵局（戈按：指石民就职的北新书局）客厅中用"。

8月13日
写毕《小品文选》序，文末署"十八年八月十三日于福州"。

9月2日
《语丝》周刊第5卷第26期刊末刊登《奔流》第2卷第2期要目的广告，相关内容有"《同情学校》（英国E. V. Lucas作随笔）……梁遇春译"。

9月4/5日
梁遇春携妻子离开福州。

弟定于阳（历）九月四五号，偕内子离闽，这是绝不会再延的。把晤匪遥，诸容面罄。

（摘录自李冰封整理、唐荫荪译校《梁遇春致石民信四十一封》，《新文学史料》1995年第4期第133页）

9月10日
《新月》月刊第2卷第6、7号合刊出版，其"海外出版界"

栏目发表了梁遇春四篇书评，分别是《亚俪司·美纳尔传》（外奥拉·美纳尔著）、《蒙旦的旅行日记》（特勒舒门译）、《雪莱，威志威士及其他》（蔡普门著）、《从孔子到门肯》（普力查编）。另在该期杂志梁实秋《论鲁迅先生的"硬译"》文章前页，刊登了《新月》月刊第2卷第3号要目广告，其中有"'海外出版界'（三则）梁遇春等"。

9月16日

《语丝》周刊第5卷第27期刊首封二刊登"学生英文自修读本"的广告，说明最初出版计划情况。其广告内容如下：

"学生英文自修读本"

为自修英文者的秘宝

为研究西洋文学的捷径

本丛书之特色：

一　精选近代西洋各国短篇小说，戏剧，诗歌，散文，名人书函，名人演说等等，以代表近代文学精神为标的。

二　聘请专家翻译兼加注释，务求精确详尽，一目了然。

三　英汉对照，使读者有互相参证之便。

四　熟语成句，解释详明，使读者打破一切文字上之困难。

五　装订精美，价格低廉，人人可购，人人喜读。

（摘录自1929年9月16日《语丝》周刊第5卷第27期封二广告）

其中收有梁遇春译注的两种：英汉对照《欧美小品文选》，

中文注释《欧美诗歌选》。此丛书后在北新书局出版，有较大变化，丛书名改为"自修英文丛刊"，梁遇春的这两种出版为《小品文选》（1930年4月）、《小品文续选》（1935年6月）、《英国诗歌选》（1930年8月）。

10月2日

周作人收到梁遇春的信，并于当日复信给梁遇春。其他人的信则没有"复"字。

"受信"：梁遇春，复。

（摘录自《周作人日记》中册第714页）

10月10日

发表兰姆《梦里的小孩》（Charles Lamb 著）译文于《新月》第2卷第8号，目录页印作"《梦里的小孩》（小说）"。实际这篇不是小说，而是小品文。后收入《小品文续选》。兰姆此文有多人译过：陈钧译为《梦中孩儿》，发表在1922年9月《学衡》第9期；林今疑译为《梦中的孩儿》，发表在1934年7月《人间世》第8期；DD译为《梦幻的孩童》，发表在1940年3月1日《中国文艺》第2卷第1期。

同期《新月》还于"海外出版界"专栏刊登了梁遇春的两篇书评《奥布伦摩夫》（根察洛夫著，达丁顿译）、《俄国短篇小说杰作集》（史梯芬·格累安编）。

10月14日

发表小品文《天真与经验》于《语丝》第5卷第31期,此文后收入《泪与笑》集。

他从书上接受了那些经验,加上自己神经质的一个近代人的敏感,我们看他赞美风尘中的卖解,女伶,歌女为最天真最有情的人(《天真与经验》),也赞赏那种"飞鸿踏雪似的"洒脱的恋爱(《无情的多情和多情的无情》)……而这些实在只是一个少年人的优美的幻想。

(摘录自甘永柏《书评:〈泪与笑〉》,《人间世》1934年第13期第65页)

秋天

写信给石民,此信为第一部之四,曾部分收入《致石民书六通》。信末无写信日期,根据信中写"子元(即朱森,字子元)下礼拜四出外去了",下封信里写"老朱走了,要隔两月才回,王普做官去了",推测出此信应该比下封信早一个礼拜,下封信写作的时间为秋季,本信写作时间也大致在秋季。"王普做官去了"是指其同学王普于1929年到山东省教育厅任督学。信中说捧读并评论了石民的大作 De Profundus〔拉丁文,《论深刻》〕,并说自己不会作诗,还说"近来读诗,不喜流利之艳体,却爱涵有极多之思想的悱怨之作,Herrick 等深觉不合口味,这或者是老的初步吧"。

此后还有一信写给石民，此信为第一部之五。信末无写信日期，根据当年的西湖国际博览会是在1929年6月6日至10月20日举办，梁遇春《途中》一文说"今年的春天同秋天，我都去了一趟杭州"，以及信中说到"西泠风光被博览会糟塌〔蹋〕得一塌糊涂"和"几点枫叶""湖水快干了"等细节，可以推测出此信应该是秋天去过杭州之后写的。

秋末或冬初

写信给石民，此信为第一部之六，曾部分收入《致石民书六通》，删改较多。信末无写信日期，根据上面信之四中写"老朱走了，要隔两月才回"和本信中"细君归宁（太太回娘家），重温年前生活"，"老朱回来了"等细节，可以推测出此信写作时间大约是在秋末或冬初。

11月5日

于上海写毕小品文《途中》，文末署"十八，十一，五"。根据文中记述，梁遇春在当年春、秋去了两趟杭州，并游览了西湖、西泠、宝石山、龙井的龙角、烟霞洞。另外文中说，当时住在上海市区已经好几个月，每天上班经过闸北，要坐电车先到火车北站，再换乘公共汽车去西乡——真茹的暨南大学上班讲课，这趟路每天要花费两个小时以上。

我坐在电车里……到了北站，换上去西乡的公共汽车……我现在每天在路上的时间差不多总在两点钟以上，这是已经有好几月了,我却一点也不生厌,天天走上电车……今年的春天同秋天,我都去了一趟杭州……"

(摘录自《泪与笑·途中》第13—17页)

11月10日

《新月》月刊第2卷第9号出版,刊登《新月》月刊第2卷第6、7号合刊与第8号要目的广告,其中有"'海外出版界'(四则)……梁遇春《梦里的小孩》(小说)……梁遇春译'海外出版界'(二则)……梁遇春"的内容。

11月11日

发表小品文《途中》于《语丝》第5卷第35期,此文后收入《泪与笑》集。

隐藏了笑与泪,对人生作着幽默的静观,而有时仍不免露出一种悲剧的微笑的,除了上面所提各篇,余下的大慨〔概〕都可以属于这类。如像《途中》,《观火》,《破晓》,《猫狗》等都是。给人一种幽情的喜悦,而能深深唤起年轻人们的同情的,大约也是这些篇章。充满着温情与慰藉,使人觉得"生"也有那样暖和的情调的,是赞美父爱的《第二度〈的〉青春》与悼志摩先生的《Kissing the Fire(吻火)》。思想上有了更深的湛化,而文字也佳丽可喜的是最后两篇《又是一年春草绿》及《春雨》,我最喜爱的也就是这两篇及那篇 Strachey 传。

(摘录自甘永柏《书评:〈泪与笑〉》,《人间世》1934年第

13 期第 66 页)

这里我不得不提到他的另一篇散文《途中》。他在《途中》强调睁开眼睛在路上观看人生万象的重要意义。他把"行万里路"与"读万卷书"对比，他说，"读书是间接地去了解人生，走路是直接地去了解人生，一落言诠，便非真谛，所以我觉得万卷书可以搁开不念，万里路非放步走去不可。"他向往古今中外许多走过万里路的诗人和作家，他们有丰富的生活经验和深刻的体会，写下不朽的诗篇和名著。但梁遇春短短的一生走的道路不过是从福州的家到北京的学校，大学毕业后到上海的一个大学里当助教，最后又从上海回到北京，他只能把车中、船上和人行道看作是"人生博览会的三张入场券"。尽管他热爱人生，观察锐敏，勤于思考，但这三个博览会所能展出的究竟很有限，它们并不是人生的本身。说来说去，从他散文里的旁征博引就可以看出，他还是从书本里得到的更多。这也是他生活中的一个矛盾，他非常羡慕行万里路，但他只能更多地读万卷书。

(摘录自冯至《谈梁遇春》，《新文学史料》1984 年第 1 期第 111 页)

11 月 22 日

《申报》刊登《暨南大学全部教职员》名单，梁遇春名列其中，其教职是外国文学系助教，系主任为梁实秋教授，同系同事有教授蒯淑平、洪深、张舜琴、姜瑞，讲师沈端先、客本、劳君展、王修、高周、苏秀梁、饶孟侃、符舜南、傍司、黄兰英。其他同事有文学院院长兼教授陈钟凡,中国语文学系系主任兼教授陈柱,教授刘赜、龙沐勋、张凤等,讲师张世禄、傅东华、陆侃如、冯沅君、潘叔玑、徐中舒、徐嘉瑞,助教李冰若。(据1929年11月22日《申报》第11版)

11月25日

《语丝》周刊第5卷第37期出版,刊首目录页后刊登了"英汉对照《英国小品文选》 梁遇春译注"的广告。

小品文(Essay)是中国文坛上新开的一朵小花,可惜英美小品文的译本太少,所以青年们写起小品文不能像写短篇小说那样有良好的成绩。并且小品文的妙处全在那种拈花微笑的境界同灵活轻松的文笔,想去欣赏,读者的外国文程度一定要比较好点才行。这本小品文选的目的就是想增加一般学生对于西洋小品文的鉴赏能力,将来自己写出小品文,也能够像她们那样可喜。

这本集子里选有从十八世纪起到现在止二十位英国小品文名家(一半是当代的文人),每人都有一篇的代表作品,读者很可以看出英国小品文的演进同目前的趋势。

小品文最注重的是风格,所以这二十篇全是流利可诵的绝妙散文,想增进自己英文程度的人们很可以将它们拿来烂读。

上海北新书局发行

(摘录自1929年11月25日《语丝》第5卷第37期刊首目

录页后广告)

从文中提及"二十篇"和最后的"上海北新书局发行"可知,此广告弄错了书名,应该是《小品文选》,而非开明书店发行的《英国小品文选》。

12月1日

《北新》半月刊第3卷第23号出版,刊出《语丝合订本》广告,梁遇春名列在48位撰述者的第39位,排在石民(第41位)、冯文炳(即废名,第44位)前面。该广告语中有"撰稿者均当今闻人"之语。

12月2日

发表小品文《论智识贩卖所的伙计》于《语丝》第5卷第38期,此文后收入《泪与笑》集。

他勤于阅读,尊重知识,却又蔑视知识的"贩卖者"。他写过一篇《论智识贩卖所的伙计》,对于教师们、尤其是对大学教授很不恭敬。文章一开始就引用了威廉·詹姆士一句尖锐刺耳的话:"每门学问的天生仇敌是那门的教授。"这话说得相当偏激,但在文学这一门里,的确有些生趣盎然的作品,经大学教授一讲,便索然无味,不仅不能引起学生欣赏的兴趣,反而使学生对那些作品发生反感。我听有人对我说过,他后悔很晚才读莎士比亚,其原因就是作学生时听过莎士比亚这门课,使他长时期不想和莎士比亚的作品接近。梁遇春大半有鉴于此,他认为在课堂里听教授讲课,无异于浪费光阴,在课外还去听名人讲演,更是自寻苦恼。

(摘录自冯至《谈梁遇春》,《新文学史料》1984年第1期第112页)

《语丝》周刊此期刊末版权页前还刊登了"《英国诗歌选》英汉对照并加注解 梁遇春选译"的广告。

另刊末版权页后还刊登了"英汉对照《英国小品文选》梁遇春译注"的广告,与《语丝》周刊1929年11月25日第5卷第37期的广告相同,《英国小品文选》应作《小品文选》。

12月16日

《语丝》周刊第5卷第40期出版,刊首目录页后刊登了"《北新》半月刊 优待旧定户"的征订广告,其中有言:

四卷一号登载鲁迅、周作人、郁达夫、刘半农、章衣萍、废名、梁遇春、石民、杨骚、刘穆等诸先生之文字,篇幅较平时增加三倍,计三十万言。预定者概不加价,机会难得,请速续定。

(摘录自《语丝》1929年第5卷第40期刊首目录页后广告)

12月23日

发表小品文《观火》于《语丝》第5卷第41期,此文后收入《泪与笑》集。文末署"十九年元旦试笔",写作时间晚于发表时间,出现明显矛盾。根据分析判断,估计这期《语丝》实际发行时间在 1930 年元旦以后，当时杂志延期出版较为常见，毕竟梁遇春写错"十九年元旦试笔"的可能性极小。

本期《语丝》周刊刊首目录页后还刊登了"《北新》新年特大号"的广告，其中包括"《除夕》……梁遇春"的内容。

本年

梁实秋宴请《新月》同人，胡适、徐志摩、梁遇春都在，徐志摩还拿着一根纸烟向一位朋友点燃的纸烟取火，说道："Kissing the Fire."。梁遇春于 1932 年致胡适信中，专门说起此事，并说自己创作《Kissing the Fire（吻火）》一文即是为纪念徐志摩而作。

1930 年（民国十九年）　25 岁

1 月 1 日

写毕小品文《观火》，文末署"十九年元旦试笔"。文中说自己离开北京一年多，想起北方"一块儿烤火的几位朋友"，不免惆怅。

离开北方已经快两年了，在南边虽然冬天里也生起火来，但是不像北方那样一冬没有熄过地烧着，所以我现在同火也没有像在北方时那么亲热了。回想到从前在北平时一块儿烤火的几位朋友，不免引起惆怅的心情，这篇文字就算做寄给他们的一封信罢！

（摘录自《泪与笑·观火》第 36 页）

1月5日

赊账购买根察洛夫的《奥布伦摩夫》一书,详见下信。

1月7日

写信给石民,此信为第一部之七。信末落款"七号",从信中"元旦弟等了整天"来看,应是元旦过后不久。信末有语"此贺新年",表明时间应在1929年或1930年春节前。1929年春节新年是在2月份,且2月7日梁遇春在福州,因此排除1929年的可能性。1930年的春节是在1月30日,当月贺新年比较正常。综上所述,此信落款"七号"应为1930年1月7日,星期二。信中写道:

我近来大念俄国小说,前日还到书店赊一本 Goncharov(戈按:梁遇春译为根察洛夫,现通译为冈察洛夫)的 Oblomov(戈按:梁遇春译为《奥布伦摩夫》,现通译为《奥勃洛摩夫》),请你于星期日把 Best Russian Short Stories〔《俄国短篇小说杰作集》〕、World's Classic〔《世界名著》〕顺便带下,来这儿口谈手谈,急急如律令。

(摘录自李冰封整理、唐荫荪译校《梁遇春致石民信四十一封》,《新文学史料》1995年第4期第135页)

1月16日

发表《除夕》(Charles Lamd 著)的译文于《北新》第4卷

第1、2期合刊。文末还有一段文字：

Janus是司百物之初（如人生之初，年月之初），及天门之神，有二个脸孔，January这字就是从这位神的名字来的。

（摘录自《北新》1930年第4卷第1、2期合刊第365页）

这段注文不见于之前已出版的梁遇春文集，是其一段佚文。

1月

《春醪集》由上海北新书局付排。

2月8日

此日梁遇春抵达北京，住在东城报房胡同56号，与钟作猷同住。见2月16日写给石民的信，"于八日安抵此间"。

关于梁遇春离开上海暨南大学到北京谋生及其个人的思想情绪，石民后来的回忆录中是这么说的：

……后来他就往北平去了。他之往北平，据他自己说主要地是因为在暨南"无事干，白拿钱，自己深觉无味"，可是到了那儿事情可又太烦了，除了在北大图书馆办公室里工作外他还要教课，而教课却是他深以为苦的。那时他来信中便有一段说到这个：

"昔Cowper因友人荐彼为议院中书记，但要试验一下，彼一面怕考试，一面又觉友人盛意难却，想到没有法子，顿萌短见，拿根绳子上吊去了，后来被女房东救活。弟现常有Cowper同类之心情。做教员是现在中国智识阶级唯一路子，弟又这样畏讲台如猛虎,这个事实的悲哀,(戈按:此句原信无)既无 Poetical halo 围在四旁,像精神的悲哀那样,还可以慰情,只是死板板地压在心上,真是无话可说。"

(摘录自石民《亡友梁遇春》,《文艺月刊》1932 年第 3 卷第 5、6 期合刊第 772 页)

2 月 10 日

《新月》月刊第 2 卷第 12 号出版,刊登了《新月》月刊第 2 卷第 6、7 号合刊与第 8 号要目的广告,其中有"'海外出版界'(四则)……梁遇春《梦里的小孩》(小说)……梁遇春译'海外出版界'(二则)……梁遇春"三条内容。

另,此期《新月》月刊,封面印刷时间标注是 2 月 10 日,版权页标注印刷时间是 6 月初版,实际印刷时间应该是 6 月或以后。

2 月 16 日

写信给石民,此信为第一部之八。信中提及 8 日到北京,忙于办公搬家,还"深悔北上之失计",原因是在上海"暨南无事干,白拿钱,自己深觉无味,现在到此间事情太多,亦觉万分难受",因此以后会"更注意于译事";《英国诗歌选》一个月后可以完成寄上,《荡妇自传》每月翻译五万字。

2 月 23 日

梁遇春到访周作人家,周宅位于北京西直门外八道湾 11

号，自取名为苦雨斋。

梁遇春君来访。

(摘录自《周作人日记》下册第23页)

2月

梁遇春回到母校北大工作，先担任图书馆事务员，并兼任预科英文讲师，后又为图书馆西书编目主任，直至病逝。

十八年春天（戈按：应该是十九年春天）他携眷北来，在北大会馆任职，因为瑞利查资的小说，特去一院红楼东头访他，他问到我的工作，提到张友松的结婚，还谈了一些别的闲事。亲密的程度比较在学校时，像是深了好多，但我心中感觉到些须的惭愧：在一个教室中两人同受教育，因为天才环境的不同，料定他的成就较我为远大。我劝慰他，同时却恨自己。自是而后，我们也不断地过从，不过都为时很短暂，而且预定互相访问，终因时间之不许而未果。我最后见他，是在一个结婚典礼筵前，去他死不过一月。

(摘录自《读书与怀人：许君远文存·谈梁遇春》第150页)

梁遇春于十九年二月离开暨南，前往北大图书馆任事。……除了在图书馆办公外，他还要教课，而教课却是他深以为苦的，虽然他在暨大的学生温梓川曾经力赞他教书的高明。

(摘录自秦贤次《梁遇春散文集·梁遇春的文学生涯》第338页)

当时北大图书馆在红楼一楼，有第一（中文杂志）、第二（中外报纸）、第三（西文/日文杂志）、第四（中文书籍）、第五

(外文书籍)、第六(教员)6个阅览室和20多个大小书库。

此月,梁遇春译注的《小品文选》由上海北新书局付排。

3月3日

《语丝》周刊第5卷第51期出版,刊首封二刊登了《现代文学》的广告,相关内容如下:

《语丝》周刊停刊,现另出《现代文学》月刊,前《语丝》定户均改寄本刊,每四期合本刊一本。第一卷第一号准于七月一日出版。……第一号特大号二十万字要目如下:

············

读〔谈〕英国诗歌　梁遇春

(摘录自《语丝》1930年第5卷第51期刊首封二广告)

3月8日

读南宋著名词人姜夔诗作,详见下信。

3月9日

和妻子一起到万牲园(即动物园)去玩。详见3月10日写给石民的信。

3月10日

写信给石民,此信为第一部之九。信中提及,自己生活单调刻板;和太太一起去北京万牲园看动物,"象尚健在,虎已作古,虎死留皮,皮尚用破棉絮实着,摆在玻璃柜";"前日读乡前辈姜白石诗:'已拚新年舟中〔上〕过,倩人和雪洗征衣。'这两句真可为弟此次北上写照";找叶公超商量事情,认为北海图书馆馆长为人势利,难以调动或兼职;还说自己姐姐在上海霞飞路的家被偷,损失较大。

《新月》月刊第3卷第1号出版,刊登了《新月》月刊第2卷第3号要目的广告,其中有"'海外出版界'(三则)……梁遇春"的内容,此外还刊登了与2月10日相同的广告内容。

《新月》月刊第3卷第1号封面、版权页印刷的时间都是3月10日,实际印刷时间应该是在7月29日以后,因为最后一篇文章落款是"胡适,十九,七,廿九"。

3月16日

《北新》半月刊第4卷第6期出版,刊登了"自修英文丛刊 英汉对照 《小品文选》 梁遇春译注 实价一元二角"的广告。其内容与《语丝》周刊1929年11月25日刊登的相同,不过已将弄错的书名《英国小品文选》改回了《小品文选》。

3月21日

写信给石民,此信为第一部之十。信中详细解释其姐家中失窃嫌疑之事,说"刘妈绝不是引盗之人";说北大近来多"故",卫礼贤教授、单不庵先生、刘子庚先生、关老夫子(关应麟)都已去世作古,对他们一一点评,感叹惋惜,觉得世事无谓,工作无味。信中还八卦了马裕藻之女马珏〔珏〕枯零皇后的称号。又说《英国诗歌选》下周会寄给北新书局老板李小峰;自己"近来替人教四小时作文,每次上课,如临死刑","畏讲台如猛虎";想写一篇《无梦的人》,但写了一个多月,写不上五百字,感叹自己才思干涸。

梁遇春信里提及自己"畏讲台如猛虎"的复杂心情,这也许与当时有学生故意调皮捣蛋有关系。

北大图书馆毛厕上有这么一句大标语"打倒梁芽儿"(?类似这种语气),"梁芽儿"就是他〔梁遇春〕,他是图书馆西文编目主任,北大英文系毕业的,曾在母校教基本英文。(注:"芽儿"即"孩子"之意。)

也许比他年纪大一点的,他的一个学生,某次,在班下对"梁芽儿"说:"你讲时最好用英语讲解!"他不答,仍旧讲着他自己的,但他脸上终于不禁潮红起来,羞答答的。我想,他无须这样表示歉意的,因为他讲解得很清楚。他颇瘦小背微曲;满口福建人的国语音调,话说的极快,快到有时使他口曲。他爱酒,有颗热情奔放的心……

〔摘录自柴扉《记两位戏剧家(又一则记故梁遇春)》,《十日谈》1934年第17期第9页〕

奇怪的是,柴扉上文说梁遇春"满口福建人的国语音调,话说的极快",但梁遇春暨南大学的学生温梓川则认为他是"一口漂亮的京片子",完全听不出他老师有福州腔调。

平时他〔梁遇春〕和我们谈话,不但不插进一二句英语,也不用一二个英文单字去形容什么，总是那一口漂亮的京片子。从他的口音上，我们很不容易猜出他是福州人。大概是因为在北京住得久了，所以他那一口漂亮的京片子说得和北京人说得差不多。他的英文也说得非常漂亮，当他在授课时说的英语，你也一点听不出他的口音带有中国腔调。你会以为他一定是在牛津或剑桥住过相当时日，所以才会说得那么一口标准的英语。我们就最爱听他说英语，老实说，我们上他的课，就为了他那一口悦耳的"标准英语"。

（摘录自温梓川《文人的另一面·梁遇春与散文》第39—40页）

3月27日

当日《申报》第7版刊登"北新书局五周年纪念"大广告，其中梁遇春的《除夕》列在《北新》第4卷第1、2期的目录里面。

3月

《春醪集》由上海北新书局初版，书的封面由郑慎斋设计，封面书名框左下方有类似中文"人厌"或英文"NK"的小字标志，是其款识。全书收序文1篇，小品文13篇，总页数252页。版权页标注：1930年1月付排，1930年3月初版。每册实价七角。

作者是个热血奔腾的青年，他用着怀疑的态度将中国思想界里的虚伪，怯懦，苟且等等毛病一一解剖出来，他具有快乐入世的精神，想赏玩人生道上的一切风光，但是他又觉到人生的空虚，彷佛宇宙真是黑漆一团，连一丝光明也找不到。所以这本散文集子是作者觑着人生所发出来的欢呼与惨号。恐怕没有一个青年看了这些真挚的自由而不引起深切的同情的。

（摘录自 1930 年 4 月 16 日《北新》第 4 卷第 8 期广告）

关于此书，褚问鹃如是评论：

这本集子，包括着十三篇短文，他是个彻头彻尾的悲观派文人，所以他的笑脸常常显现在眼泪的下面，希望用吃吃的笑声来掩过内心的伤痛。

（褚问鹃《评梁遇春著〈春醪集〉》，《新学生》月刊 1931 年第 1 卷第 4 期第 189 页）

韩侍桁曾在梁遇春去世后，写了长文来评论其人其文尤其是《春醪集》。但他对梁遇春缺少基本的了解，不知道他是福州人，还错以为他是北方人；也不了解他在上海暨南大学教过书，把他排除在上海青年之外。文中说梁遇春是"没有得到健康发展的青年"，他的文章是"一种思想的反动"，说他卖弄学识，傲慢，思想不成熟，"一副老学究的面孔"，但他的心又不健康不健全……总之多是标签式的否定负面评价。他和褚问鹃代表了当时学界对梁遇春的另外一副面孔，即对有个性的文学青年缺乏一种基本的理解与包容。

……其后在一九三〇年春天，我看到了他的唯一的散文集——《春醪集》，这书我不只读了一次，但并不是因为我欢喜它或它的作者，我总觉得这个青年和他的思想（不管是怎样地薄弱吧），正可以代表出我们时代中一部份受了文学的陶养，而并没有得到健康的发展的青年的；可以称为他的弟兄的，我相信是不只一个，不过这样明白地表现在文章中的，据我所知，却只有他。

最主要的一句话是，他的文章，在其最初写作的时候，是一种思想的反动，但这种反动并没有随着时代与社会的变动而转变，所以就只在五六年后，他的思想又成了新的反动的反动了。翻开他的任何一篇文章来看，我们都可以看得见他在文章中卖弄自己的文学上的知识的地方，的确他对于西洋文学的素养，虽不深，也比一般是较广的，但这种知识并不曾有利于他。当他接受了一种成套的思想之后，他的思想便总是固定的了，于是发着傲慢的眼光，睨视着一切，讽嘲着一切，他从没有意识到自己的思想的不成熟。他的读书，是没有严格的界限的（我的那位老友说他是无书不读），但一种成见他是承继了来——凡是老的书便是好的，反之，他对于新的出版物是厌恶的，至少他是以轻蔑的眼光来接受那些书籍的。他的主见很强，先入的为主，想克服了在他的知识中一种固定的思想，是要他经过一翻〔番〕很大的痛苦。他的家乡我不清楚，但他是生长在北方，受教育在北方，像在上海的一般青年那样极热烈地迎接新思想的冲动，他是没有的；由南方的青年看来，他是该具有一副老学究的面孔。

但表现在他的文章中的这个夭死的青年的心，却完全是孩子似地单纯。他的讲话，大多的场合，是背叛着他的心的，他的心是极容易感慨,极不健康,但他又极端崇拜着健康的心,他努力想在古典文学中学得一种幽冥的手法,以隐藏起他的心的不健全,可是并没有成熟,所以他的文章的幽冥,有时会响起一种辛酸的调子,并不能像他崇拜着的作家在文章里所使用的幽冥那样,给读者以会心的微笑,他之崇拜健康——歌颂流浪汉,歌颂强盗,歌颂一切罗曼蒂克的事件,是从理知〔智〕的观点,不能与他内心的情感相融和。他生长的时代,在我们的文学上正是普遍的感伤的时期,郁达夫先生的小说是具有最大的支配力,这种感伤并不是不适合他的性格,而因为他周围的青年们是过份地放纵了他们的情感,反给他一种自省的机会,把他的感伤放纵于另外的一种调子,变成"拙笨的幽冥"的讽嘲。

(摘录自侍桁《最近逝世的梁遇春》,《现代》1933年第2卷第3期第423—424页)

其师长同辈晚辈学者如温源宁、叶公超、冯至、施蛰存、唐弢等,普遍对年轻的梁遇春有着一种宽容的爱惜之意,肯定的居多,评价甚高。施蛰存认为《春醪集》是"正统的英国式散文",可以比肩钱锺书的《写在人生边上》,甚至前者比后者更为"冲淡和闲雅"。这是极高的评价。

梁遇春的《春醪集》,我们也不应该让它被冷落下去,它可以与钱钟书的《写在人生边上》并读。这两本都是英国式的散文,在冲淡和闲雅这一点上,钱君似乎犹去梁一间。

(摘录自施蛰存《北山散文集·我的爱读书》第258页)

朱自清的《背影》和梁遇春的《春醪集》,都是三十年代出现的优秀的散文集。梁遇春死得太早,他的文学生活没有几年,因而很少人知道他。他是在北京大学读英国文学的,他这本《春醪集》,确是正统的英国式散文。

(摘录自施蛰存《北山散文集·说"散文"》第717页)

遇春所著不多,而奇思横溢,每有掣胜之笔。《春醪集》出版于一九三〇年三月,由北新书局发行,收散文十三篇,如《寄给一个失恋人的信》,《醉中梦话》,《人死观》,《"还我头来"及其他》,《"失掉了悲哀"的悲哀》等,一看题目,就知道作者苦思竭虑,(戈按:对人生进行着不断探索,——1962年版后加)所谓"语不惊人死不休"者也。

[摘录自唐弢《新文艺的脚印——关于几位先行者的书话·梁遇春》,1949年8月5日《文艺复兴》杂志"中国文学研究号"(下册)第354页]

虽仅留下两本篇幅不厚的散文集,却为读者珍若拱璧,在这一点上即足以在新文学史上占一席之位,名垂不朽。……

梁遇春的第一本散文集《春醪集》前面九篇,均写于北大的最后二年,大抵多发表在《语丝》,难怪,早年的梁遇春因而被目为语丝作家。

(摘录自秦贤次《梁遇春散文集·梁遇春的文学生涯》第331、335页)

首先使我知道英国散文中有兰姆这位大师的,是一九三〇年上海北新书局出版的梁遇春的《春醪集》。梁遇春的散文那时以他清新独特的风格驰骋在中国文坛上,而读了他收入《春醪集》一书中的《查理斯·兰姆评传》,才知梁先生文有所宗,原来他是私淑兰姆的。

(摘录自卫建民编《冯亦代散文选集·得益于兰姆》第280页)

不过台湾诗人症弦最近说,台湾散文创作的风气一直很健,而作者又往往受惠于前代作家,如朱自清、周作人、梁实秋,其中还有梁遇春。这当然不是无缘由的外行话。

(摘录自吴方《一个凡人和一本薄书》,1990年10月27日《文学自由谈》第20页)

4月1日

《北新》半月刊第4卷第7期出版,刊登了"一九三〇年出版新书(2)"的广告,其中有梁遇春的《春醪集》。

4月16日

《北新》半月刊第4卷第8期出版,刊登了梁遇春《春醪集》的广告。

4月

梁遇春在给石民的信(1930年5月5日)里提及,此月他把《英国诗歌选》译注稿寄给北新书局老板李小峰,请石民替他编上英文原稿,并询问书稿是否已经付印。

前月弟寄与老板的英诗注,想早已收到,劳你代为编上原稿,实在谢谢得很,现已付印否?

(摘录自李冰封整理、唐荫荪译校《梁遇春致石民信四十一封》,《新文学史料》1995年第4期第138页)

《小品文选》此月由上海北新书局初版,作为"自修英文丛刊"之一,收序文一篇,译文二十篇。图书封面图案由梁遇春自己挑选,是很有西式风格的四个滑稽人物跳舞的插图。版权页标注:1930年2月付排,1930年4月初版,每册实价一元二角。此书于1930年8月再版,书末印有本书与梁遇春《英诗选》(应为《英国诗歌选》)等广告;1931年4月三版,1934年4月四版。

需要说明的是,梁遇春自己挑选的《小品文选》封面图案,得到北新书局的认可,后来的"自修英文丛刊",除梁遇春译注的《小品文选》和《英国诗歌选》外,顾仲彝译注的《独幕剧选》和《欧美演说选》,石民译注的《文人尺牍选》和《文艺谈》,张友松译注的《欧美小说选》,袁家骅译注的《英国散文选》,袁嘉华(即袁家骅)译注的《文学家传记选》都不例外,封面用的都是这个图案。关于这个图案的来历,梁遇春自己是这样说的:

封面画是 W. S. Gilbert 的《滑稽诗选》里的插画,我觉得那种嘻嘻哈哈的跳舞好像小品文家的行文,并且那首诗是以人生之谜为题材的,同小品文的内容又刚相合,所以把它剪下,印在封面上。

(摘录自《小品文选·序》第7页文末附记)

关于《小品文选》,当时学者叶公超、毛如升有过评点,尤其是毛如升对二十篇译文及注释逐一点评。

我听说他所译注的《小品文选》及《英国诗歌选》都已成为中学生的普通读物。我是不爱多看翻译的人,他的也只看过这两种,觉得它们倒很对得起原著人。

(摘录自《泪与笑·叶公超跋》第145页)

这书是由二十篇小品文字合组而成的,汉英对照,甚便初学。就大体上说,梁先生(字驭聪,笔名秋心,闽人。他是一位很有希望的青年作家,惜于前年死了)的译注,总算是不坏的。因在许多地方,他曾费过一番心血,竭力想把中文来迎合原意。可惜"利之所至,害亦随之",译文中因此便有许多"英文化的中文",和所谓"拖泥带水"之处。此外还有几点,似因字典不好而致误;更有几点,则因误认词性而弄错。最不可以原谅的是:有的地方,明明可注,惟因译注者懒于问人或查书,以至阙而不注,甚或注如未注。关于阙而不注之处,可不苛责。因为"自修"的人,程度很不一律,有的十分需要多注,有的却不需要多注。惟对所谓注如未注之处,我却想举两个最滑稽的例子:……

(摘录自毛如升《梁遇春译注的英文〈小品文选〉》,《图书评论》1934年第2卷第6期第53页)

在毛如升上述书评文章后面,《图书评论》编辑有几段编者按,非常值得一读,既指出了毛评的质量,又点出其疏漏之处,还顺笔怀念了梁遇春。

这一篇书评,梁遇春先生是永远不会答覆的。编者深感责任之重,愿在此地表示一些个人的意见。平心而论,《小品文选》不是一部醇美无疵的书,尤其是既标"自修英文丛书之一"的名义,其译注是应该异常审慎的。不过我们知道也要知道,这本书是为帮助中学程度的学生"自修英文"之用,那么,它的译文不过是为辅助英文之了解而已,其性质自非单行之译本可比,所以译文只要没有曲解原文,只要不错,只要能令人懂,我们便也无需苛责了。其实,梁先生的译文,虽然是小疵不免,但尚有胜于时下流行的"硬译"和"曲译"。

(摘录自毛如升《梁遇春译注的英文〈小品文选〉》文末编者按,《图书评论》1934年第2卷第6期第67页)

后辈学者冯亦代、周珏良等,则在其文中说及他们受梁遇春《小品文选》等翻译影响之深。

那时北新书局出版了一批英文文学书,有注释的也有英汉对照的;对我影响最深的,是梁遇春和石民译注的英国散文选。

(摘录自冯亦代《荒漠中的摸索》,1989年8月15日《外国文学评论》第3期第121页)

除了原版的英文书以外,当时我国的一些出版商也出版过一些英文书籍,如北新书局的英汉对照本小品文选(梁遇春选),诗选和散文选,商务印书馆或中华书局出版的一套戏剧选,这些书我当时都有,不时浏览,既引起我对文学的兴趣,也提高了英语水平。

(摘录自周珏良《却顾所来径,苍苍横翠微——学习英语五

十年》，李良佑、刘犁主编《外语教育往事谈——教授们的回忆》第232页）

5月5日

写信给石民，此信为第一部之十一，曾部分收入《秋心小札》。信末署"总理就非常大总统纪念日"，即是为纪念1921年5月5日孙中山在广州就任非常大总统。信中称赞石民翻译的《曼侬》，对自己进行心理分析，说自己是一个伤感有余而热情不足的人，"情感始终在于微温（Lukewarm）的状态里"，"过着灰色的生活"，想写一篇"一个无情的多情人"，还说一生迷信"怀疑主义"。又提到废名正在办《骆驼草》，太太快要生产，说"北大是个藏污纳垢之区，对于人世又减少了一些留恋"，发现自己和世故还隔得远，认为"人生和人心实在是更麻烦的东西"。

5月9日

写毕《谈英国诗歌》，文末署"十九年五〈月〉九〈日〉于北平报房胡同"。此文后作为《英国诗歌选》序言。

5月12日

由废名、冯至负责编辑的《骆驼草》周刊创刊，刊名由废名拟定，发刊词由废名撰写："不谈国事。不为无益之事。文艺方面，思想方面，或而至于讲闲话，玩古董，都是料不到的，笑骂由你笑骂，好文章我自为之，不好亦知其丑，如此而已，如此而已。"同年11月3日停刊，共出26期。梁遇春在该杂志上发表《破晓》《她走了》《苦笑》《坟》《猫狗》《这么一回事》《勿忘草》《黑暗》《善言》9篇文章，除《勿忘草》署名"霭一"，其余都署名"秋心"。笔名霭一只用于这篇文章。

1930年从5月到9月，我和废名在北平办过一个小型周刊《骆驼草》……这刊物也登载过几篇梁遇春（秋心）的散文，梁遇春在北大英文系当助教，他才华茂盛，对文艺和生活都有独到的见解，写的散文清新隽永，耐人吟味，……梁遇春在《骆驼草》发表的文章，原稿最初是废名拿来的，不久我和他也渐渐熟识了。我身边没有《骆驼草》，无从查考梁遇春的哪些文章是在这刊物上发表的。

（摘录自冯至《谈梁遇春》，《新文学史料》1984年第1期第112页）

《骆驼草》还是登载过一些值得一读的作品，如岂明（周作人）、秋心（梁遇春）的散文，废名的小说等。

（摘录自冯至《〈骆驼草〉影印本序》，1985年9月上海书店《骆驼草》影印本）

5月16日

《北新》半月刊第4卷第10期出版（实际出版日期在6月12日以后，详见其第109页），刊登了"自修英文丛刊 英汉对照 《小品文选》 梁遇春译注 实价一元二角"的广告，与本年

3月16日《北新》半月刊第4卷第6期刊登的广告相同。又刊登了"《春醪集》 梁遇春著 实价七角"的广告，与4月16日《北新》半月刊第4卷第8期刊登的广告相同。

5月26日

发表小品文《破晓》于《骆驼草》周刊第3期，署名"秋心"。此文后收入《泪与笑》集。

诚然，梁君有他自己的人生观，他究竟是不是一个悲观者或相信命运说者，我们可以撇开不谈，我们且看他写在《破晓》一文里对于人生的见解。

"成功的人们劳碌一生，最后的收获是一个空虚，一种极无聊赖的感觉，厌倦于一切的胸怀，在这本来无目的的人生里，若使我们一定要找一个目的来磨折自己，那么最好的目的是制做'空持罗带，回首恨依依'的心境。"（页四二）

他认定人生"本来是无目的的"，所以他在《破晓》一文里前面说：

"'空持罗带，回首恨依依'，这真是我们这一班人天天尝着的滋味。无数黄金的希望失掉了，只剩下希望的影子，做此刻惆怅的资料，此刻又弄出许多幻梦，几乎是明知道不能实现的幻梦，那又是将来回首时许多感慨之所系。"（页四〇）

他感觉到人生的寂寞，故此他把"希望的影子"和"几乎是明知道不能实现的幻梦"都珍惜起来，因为在他，他不但要以之"做此刻惆怅的资料"，他还要作准备"将来回首时许多感慨之所系"的好题材哩。

[摘录自朱司晨《泪与笑（读书杂感）》，《晨光周刊》1934年第3卷第28期第13页]

他说，希望是一服包医百病的良方。希望的来源是烦恼，因为烦恼使人不得不有希望；希望的去处应该是圆满和成功。可是圆满的地位等于死刑的宣告，成功的代价是使人感觉迟钝，不再前进。他说他喜欢读屠格涅夫的小说，由于"屠格涅夫所深恶的人是那班成功的人"，他从中推论出"值得我们可怜的绝不是一败涂地的，却是事事马到功成的所谓幸运人们"。（戈按：引自梁遇春《破晓》）

（摘录自冯至《谈梁遇春》，《新文学史料》1984年第1期第110—111页）

5月

北平小剧院召开成立大会，梁遇春是该剧院52位赞助会员之一，"凡对戏剧有相当兴趣并愿切实赞助该院事业者，皆得为该院赞助会员"（见《北平小剧院简则》）。从1930到1933年，北平小剧院先后公演《伪君子》《压迫》《挂号信》《醉了》《软体动物》《茶花女》《最后五分钟》《秦公使的身价》《回家》等戏剧。赞助会员52人名单如下：

余上沅、熊佛西、陈治策、徐彬彬、周仲眉、孙洪芬、章元美、张纳川、白敦庸、陈衡哲、胡适之、周寄梅、朱继圣、凌其峻、邱大年、程乃颐、郑颖苏、秦缜略、陈弥猷、梁基泰、黄宪儒、钟相青、熊洛生、杨金甫、溥西园、蒋廷黻、梁遇春、钟作猷、张维贞、杨光弼、陈岱生、翁文灏、张丽门、章元善、李仲华、陈绍勤、王孝饴、崔贡深、张通骏、朱自清、张鹤翎、张子年、杜仁轩、李善卿、张幼珊、田伯苍、郭斌佳、陈桂梅、陈实策、何烈臣、梁铭常、叶恭绍。

（摘录自《本院会员职员及董事一览》，1932年11月15日《北平小剧院院刊》第6期第45—46页）

据1930年5月北京大学文牍课编印《国立北京大学职员录》，梁遇春北京的通信处为东四报房胡同26号，而其书信中和信封上则写作报房胡同56号。此年他担任北京大学图书部事务员兼预科英文讲师，其同事有如下人员。

图书部：编目课书记、河北昌平人于德馨（得心），典书课事务员、河北宛平人王锡英（俊臣），书记、辽宁铁岭人申佩芳（纫秋），书记、浙江海盐人朱承祖（守先），登录课助教、四川丰都人李正翰（绥垣），事务员李皓，编目课助教、安徽人汪涤陈，书记庚继麟，典书课书记、浙江绍兴人周彬（枢元），编目课书记、河北大兴人金宝成（松泉），书记胡启元，编目课助教、江苏溧水人张一航，书记、浙江镇海人张纲（允元），书记、云南大理人张季芗，书记张世康，书记陆式蘅，助教、河北涿县人冯承植（君培，即冯至），书记、河北大兴人赵锡霈，书记、河北清苑人赵怀叙（秩甫），典书课书记、河北固安人刘峻德，助教、河南邓县人滕统音（叶声），典书课书记、河北宛平人卢遇庚（西垣），购书课书记、浙江慈溪人韩希敬（蕴华），史学系教授兼图书部主任兼研究所国学门导师、浙江鄞县人马衡（叔平）。

英文系：讲师、江苏人王文显（力山），讲师泰丽琳，讲师、德国人艾克，讲师、陕西泾阳人吴宓（雨生），讲师李治，讲师、湖北江陵人余上沅，预科英文讲师金振华，教授、英国剑桥芮卡慈，预科英文讲师、浙江海盐人查士鉴（冰如），预科英文讲师、江苏崇明人孙瑞麟（公生），讲师、广东人陈福田，讲师、广东南海人陈应荣（嗣云），讲师、湖南人陈逵（弼猷），讲师、美国人陈罗墨丽，预科英文讲师、广东南海人张煜全（昶云），讲师、贵州绥阳人张则之（晋臣），教授、福建惠安人郭汝熙（怀康），讲师、美国人毕莲，预科英文教授、广东新宁人梅卓生，讲师常浩德，预科英文讲师、广东中山人黄国聪（少榆），讲师、江苏镇江人杨宗翰（伯屏），讲师、广东番禺人叶崇智（公超），教授兼主任、广东陆丰人温源宁，讲师、美国芝加哥城人温德，讲师翟孟生，讲师翟太太，预科英文讲师、江苏江阴人刘寿慈，预科英文讲师、江苏吴县人潘家洵（介泉），预科英文讲师、湖南沅陵人欧本鹏（少文），预科英文讲师、四川双流人钟作猷，教授、广东宝安人罗昌（文仲），预科英文教授、江苏武进人严毅（士弘）。

其他还有校长、浙江绍兴人蔡元培（子民），东方文学教授兼主任兼研究所国学门导师、浙江人周作人（启明），史学系教授兼主任兼研究所国学门导师、浙江海盐人朱希祖（逖先），哲学系讲师、安徽旌德人江绍原，国文系教授兼研究院国学门导师、浙江吴兴人沈兼士,国文系讲师、湖南常德人余嘉锡(季豫),国文系讲师、浙江绍兴人范文澜(仲沄),国文系教授、浙江德清人俞平伯,国文系教授兼主任兼研究所国学门导师马裕藻(幼渔),国文系讲师兼研究所国学门导师、广东人陈垣(援庵),史学系教授陈衡哲,哲学系讲师、河北献县人张菘年(申府),国文系教授兼研究所国学门导师、广东顺德人黄节(晦闻),史学系讲师、山东聊城人傅斯年(孟真),国文系教授兼研究所国学门导师、江苏江阴人刘复(半农),国文系教授(讲师待遇)、安徽合肥人刘文典(叔雅),国文系讲师、湖南湘潭人黎锦熙(劭西),东方文学系讲师、浙江吴兴人钱稻孙,国文系教授兼研究所国学门导师(讲师待遇)、浙江吴兴人钱玄同(疑古),史学系讲师、浙江人罗家伦(志希),等等。(以上均据《北京大学史料》第二卷第363—373页)

冯至与梁遇春,不仅是《骆驼草》编辑和撰稿人的关系,还是北大上下届的同学和同事,交往较为密切。

我和梁遇春交往虽然不久,在1930年从晚春到初秋不过五六个月,却也共同度过些只有青年人才能享有的愉快的时日……

(摘录自冯至《谈梁遇春》,《新文学史料》1984年第1期第109页)

6月1日

《北新》半月刊第4卷第11期出版(实际出版为6月17日

后，详见其第 74 页)，第 48 页刊登了《现代文学》第 1 卷第 2 号目次的广告，在其"随笔"栏目里有"《救火队》 梁遇春"的内容。第 110 页刊登了"本局所出其他屠格涅夫著作"的广告，其中包括"《浮士德》（*Faust*，1855） 顾绶昌 五角 附《柏心可夫》（*Yakov Pasikov*，1855）"。《柏心可夫》即《潘新可夫》，为梁遇春译作，1928 年 3 月初版于上海北新书局。

6 月 10 日

写毕小品文《她走了》，6 月 23 日发表在《骆驼草》，文末署"六月十日午夜一时"，并附言："今天把昨夜写的重读一遍，觉得还没有说出我千万分之一的情绪，此后恐怕还免不了再写几篇这类的文字，我将自个的心灵搓碎，化成这区区几万字，也许会博读者的一粲罢!"后收入《泪与笑》集时，落款时间和以上附言都被删去。

6 月 9—14 日

寄五万字《荡妇自传》书稿给北新书局老板李小峰，请他汇稿费，详见下信。

6 月 14 日

寄给北新书局老板李小峰一篇散文《救火夫》，详见下信。

6 月 16 日

写信给石民，此信为第一部之十二。信中提及石民《机器，这时代之巨灵》和徐玉诺《谁的哭声》的诗；说自己前一星期已寄给北新书局老板《荡妇自传》的译稿，前日又寄出散文《救火夫》的稿子；近期在《骆驼草》七、八期上刊登了《她走了》《苦笑》两篇文字。又说到太太快生小孩，北大工资又拖延不发，请石民帮忙向老板李小峰催要稿费。

6月23日

发表小品文《她走了》于《骆驼草》周刊第7期，署名"秋心"。

然而他的心到底是怎样会死的呢，我们就用他自己的话来找证明吧，他在《她走了》一文里写着：

"她本是我生命源泉中心里的一朵小花，她的根总是种在我生命的深处，然而此后我也许再也见不到那隐有说不出的哀怨的脸容了。这也可以说我的生命的大部份已经从我生命里消逝了。"（页五一）

女人有时候是男人生命中的一部份，因此他比她是他"生命源泉的中心里的一朵小花，"她走了，他的生命的大部份也因之消逝了；所以后来他又说：

"你走了，我生命的弦戛然一声全断了，你听见了没有？"（页五四）

生命的弦，"生命的弦戛然一声全断了，"他的心不死何待，令人怀疑的，是在她尚未走的时候，为什么一样的不能充实他的大命，也许，那就是指有难言之隐的所谓"苦痛"的那两个字吧。实际上,"两个死的心再连在一起有什么意义呢,"所以,说他是人生无目的论者,他实在是有目的的,只是他的目的,似乎全在"制做〔作〕'空持罗带,回首恨依依'的心境"而已。结果,仍旧免不了"苦痛"和"心死"。

[摘录自朱司晨《泪与笑(读书杂感)》,《晨光周刊》1934年第3卷第28期第13—14页]

6月28日

编辑赵景深于《现代文学》创刊号(7月16日出版)写毕《编辑后记》,其中有以下评论:

梁遇春的《论〔谈〕英国诗歌》文字非常流利,以各家诗人分节,段落清楚,也是一篇很重要的参考文字。

(摘录自赵景深《编辑后记》,《现代文学》1930年第1卷第1期第290页)

6月30日

发表小品文《苦笑》于《骆驼草》周刊第8期,署名"秋心",后收入《泪与笑》集。

然而他真的是一个人生无目的论者吗?我们且来看他在《苦笑》一文里所写着的话:

"你的心死了,死得跟通常所谓成功的人的心一样地麻木;我的心也死了,死得恍惚世界已返于原始的黑暗了。两个死的心再连在一起有什么意义呢?苦痛使我们灰心,把我们的心化做再燃不着的灰烬,这真是'哀莫大于心死'。所以我们是已经失掉了生的意志和爱的能力了,'希望'早葬在坟墓之中了,就说将来会实现也不过是僵尸而已矣。"(页五八)

所以他本来是不灰心的,他本来也有着生的意志和爱的能力的,使他灰心,使他失却生的意志和爱的能力的是"苦痛",因为苦痛,才使他和她的心都死了。

[摘录自朱司晨《泪与笑(读书杂感)》,《晨光周刊》1934年第3卷第28期第13页]

6月

梁遇春译注的《英国诗歌选》由上海北新书局付排。

7月14日

编辑赵景深于《现代文学》第1卷第2期(8月16日出版)写毕《编辑后记》,其中有以下文字:

梁遇春的散文(著有《春醪集》),徐霞村的《最近的世界文坛》(一九二七年曾在《小说月报》上写过许多文坛杂话)以及蒲梢的目录(编有《汉译东西洋文学作品编目》)都是各擅所长的。

(摘录自赵景深《编辑后记》,《现代文学》1930年第1卷第2期第216页)

7月16日

发表《谈英国诗歌》于《现代文学》创刊号。此文于《英国诗歌选》再版时作为序言。梁遇春自己对该文有如下说明：

> 日来为《英国诗歌选》做一篇序，不知不觉写得太长了，大概将到二万字，这真是无聊，不过自己因此对于英诗的发展有个模糊的概念，这也未始不是好处。
>
> （摘录自李冰封整理、唐荫荪译校《梁遇春致石民信四十一封》，《新文学史料》1995年第4期第138页）

毛如升1935年发表关于此书的评论，提及许多英国诗歌的情形与别人翻译的情况，对梁遇春的选诗与翻译有些吹毛求疵。

> 选诗凡一百余首，书首冠以序言，对于初习诗者颇有裨益，但有数点可讨论者：
>
> 第一，本书第一章讲英国古民歌，梁先生说，民歌的"第一特色是没有个性……第二特色是简单……"，可是把最主要的"民谣是为歌唱或朗诵而作的短篇的叙述"的诗（见小泉八云的 *Interpretations of literature* 书中《英国的民谣》一文）一点，完全忽略，而且小泉八云说，"民谣……为一种用简单的韵文叙述的短篇故事……不得与任何的歌相混，"现在梁先生称之为歌，亦有未妥，（虽然"民谣最初原是一种和跳舞相伴的歌唱"。）
>
> 第二，伊利莎白时代，莎士比亚的十四行诗（Sonnet），比较重要，但梁先生介绍莎士比亚时，却很简单，反对那个形而上学的诗人约翰邓（John Donne），也占了几乎同样的篇幅……而且莎士比亚的十四行诗所以重要，就在他不一味像Wyatt，Daniel Lodge等十六世纪英国诗人，盲目地模仿英法十四行诗的

形式和题旨，另外表现英国特具的风格。这种种，梁先生都未曾提及。

第三，本书里未曾选司各脱的诗，我以为欠妥。……

第四，本书近代诗选译太少。……

第五，本书付排在一九三〇年六月，但这年英国桂冠诗人R. Bridges 已于四月逝世，由现存诗人 J. Masefield 继任，本书介绍 J. Masefield 时，竟未提及。

以下谈他的翻译。

大体说来，梁先生的翻译，太偏重意义的阐明，而忽于形式的优美。可是诗，同其他的文学不同，应得"形""容"并重。近代意大利美学家 Croce 且更主张形式为内容之内容呢！所以本书译诗的缺点，就是太过于散文化。其他可商榷的地方，也狠〔很〕不少。

（摘录自毛如升《梁遇春译注的〈英国诗歌选〉》，1935年6月6日《大公报》第11版）

诗人屠岸于1948年的评论，说明了后人对梁遇春《英国诗歌选》剽窃的情况，还指出了当时的翻译名家李唯建、胡适、胡仲持、方然、邹荻帆、朱湘、高寒、郭沫若、韩侍桁、袁水拍、戴望舒、梁宗岱等人翻译的漏洞，因关联不大，在此略过。

去年一个下午，看完了李岳南先生的译诗集《小夜曲》。李先生在他的另一本创作诗集《午夜的诗祭》里说过："当你要给诗穿上件美丽的外衣时，不要忘掉给予他一个美丽的灵魂。"而《小夜曲》中的诗，虽然选得杂乱无章，虽然是从梁遇春先生的

《英国诗歌选》中剽窃而来，至少那些诗的原作是可以算"有美的灵魂"的罢，可惜李先生把它们严重地侮辱了一番，然后将书本的装潢弄得十分媚人，这，大概就是所谓"给穿上件美丽的外衣"了。

北新"自修英文丛刊"之一的梁遇春先生的《英国诗歌选》，是英汉对照，虽然是用散文译出，译笔却自有独到的地方。选诗标准，虽大体根据英国派尔格雷夫的《诗选》（*Palgrave's Golden Treasury*），但在现代诗的选择上却有独到的目光；编排也根据年代次序，卷首并附有梁先生写的《谈英国诗歌》的序言，相当扼要简明，确是初学英国诗歌者的一本好读。（虽然也不免几处小错，如济慈的《希腊皿颂》中就有译错的地方。）然而梁先生殁后多年，居然有人利用英汉对照的便利，把《英国诗歌选》做蓝本而作"造书的艺术"（见厄尔文《拊掌录》）了。《小夜曲》避重就轻，从《谈英国诗歌》造出了一篇草率粗劣的《英国诗歌的递嬗》放在卷首，散文翻译改成了分行，把编排次序搅乱了一通，而目录里又不注明作者姓名，古民谣放在近代作家的作品之后，使读者糊涂一下；另外添了一二篇从《高中英文读本》里译出来的，以及苏曼殊曾经译过的，乃蔚为大观，加上毫无鉴赏能力的"云远兄"的"鼓励"，使出而问世了。

（摘录自屠岸《译诗杂谈》，1948年2月14日《大公报》第4版）

本期《现代文学》创刊号刊尾，刊登了梁遇春译注的《小品文选》的广告，内容与1930年3月16日《北新》刊登的相同。

狄克（据宋希於考证为范争波）在评论1930年中国文艺杂志时，论及《现代文学》杂志时说道：

在论文方面，如梁遇春的《论〔谈〕英国诗歌》这一类的文字，是颇值得我们的注意，而且是极可供研究诗歌者的参考。

（摘录自狄克《一九三○年中国文艺杂志之回顾》，《当代文艺》1931年第1卷第1期第51页）

7月21日

发表小品文《坟》于《骆驼草》周刊第11期，署名"秋心"。文中写道：

上面当然也盖一座石坟，两旁的石头照例刻上"春秋多佳日，山水有清音"这付〔副〕对联，坟上免不了栽几棵松柏。……

石坟上松柏的阴森影子遮住我一切年少的心情，"春秋多佳日，山水有清音，"这二句诗冷嘲地守在那儿。十年前第一次到乡下扫墓，见到这两句对于死人嘲侃的话，我模糊地感到后死者对于泉下同胞的残酷。自然是这么可爱，人生是这么好玩，良辰美景，红袖青衫，枕石漱流，逍遥山水，这那里是安慰那不能动弹的骷髅的话，简直是无缘无故的侮辱。现在我这座小坟上撒但刻了这十个字，那是十朵有尖刺的蔷薇，这般娇艳，这般刻毒地刺人。所以我觉得这一座坟是很美的，因为天下美的东西都是使人们看着心酸的。

(摘录自梁遇春《坟》,《骆驼草》1930年第11期第1—2页)

关于梁遇春此篇及其他与爱情题材相关的文章,评论家有如是评论:

这颗心的鲜活,热烈,我们在《她走了》,《苦笑》,《坟》诸篇上看着他的奔腾与燃烧(在别的篇中也无时不现出那种影子)。《她走了》中的"她劝我此后还是少抽烟,少喝酒,早些睡觉,我听着我心里欢喜得正如破晓的枝头弄舌的黄雀,我不是高兴她这么挂念着我,那是用不着证明的,也是言语所不能证明的;我狂欢的理由是我看〈出〉她以为我生命还未全行枯萎,尚有留恋自己生命的可能,所以她进言的时期还没有完全过去;否则,她还用得着说这些话吗?"(五三页)而其实,不是有一个"未枯萎"的热烈的生命还会有这样热烈的心情吗?在《苦笑》里,这个"她"牢固地占据了他半个世界"你",和"非你"的那样追求而傍〔彷〕徨者,是深深的忆念,到了《坟》,遂在他"心里的隐处"奠居一个永不能磨灭的影子了。这样炽热的感情是青年人才会有的,也只有青年人才配有的。关系爱的纠纷的题材,即使你自以为是怎样深经世故,万事皆可无动于心的人,也不能掩饰你的热情,而保有你的平淡。

(摘录自甘永柏《书评:〈泪与笑〉》,《人间世》1934年第13期第64—65页)

我只记得他的三篇关于爱情的文章曾引起我的惊讶。这三篇散文的标题是《她走了》、《苦笑》、《坟》,读后的印象觉得它们既是用散文写的抒情诗,又是用诗的语言写的爱情论。这三篇每篇的首句各自以"她走了"、"你走了"、"你走后"开端，象一组"走了"的三部曲，说尽了爱人走后一片错综复杂的凄苦心情，对于人生有一层又一层深入的体会。第一篇里他说，"命运的手支配着我的手写这篇文字"。第二篇是痛苦的断念。第三篇则是"叫自己不要胡用心力，因为'想你'是罪过，可说是对你犯一种罪。……然而，'不想你'也是罪过，对自己的罪过。"在这样的矛盾中只好什么也不想，可是心里又不是空无一物，却是有了一座坟，"小影心头葬。"作者说，"我觉得这一座坟是很美的，因为天下美的东西都是使人们看着心酸的。"这最后一句话涵义很深，在当时一般文艺作品里是读不到的。

（摘录自冯至《谈梁遇春》，《新文学史料》1984年第1期第112—113页）

其友人鹤西（程侃声）也记得梁遇春（称之为诗人，有点奇怪）写的这段话，在其《为拔钊题端午姑娘纪念册》文中写道：

已故的诗人梁遇春曾经看到一个墓园有联曰：春秋多佳日，山水有清音。

（摘录自《鹤西文集》第92页）

7月25日

梁遇春与温源宁、废名聚谈，聊及石民。又提到读了一篇莱蒙托夫的短篇小说，称他为"帆的诗人"。

前日温源宁对弟说，石民漂亮得很，生得很像Angel，当时废名兄也在旁,这话大概是你所乐闻的吧!

……………

前日读一篇 Lermontov〔莱蒙托夫,1814—1841,俄国诗人,作家〕短篇小说,碰到一首诗,也是说帆的,他真可以叫做"帆的诗人"了。

(摘录自李冰封整理、唐荫荪译校《梁遇春致石民信四十一封》,《新文学史料》1995 年第 4 期第 140 页)

6 月—7 月 27 日

女儿出生,取名燕瑛,意为燕京美女。具体见 6 月 16 日和 7 月 27 日给石民的信。2018 年 1 月,孔夫子旧书网曾惊现封面有梁遇春签名的《益智图节本》两册,为 1918 年商务印书馆初版,崇明童叶庚原著,童大年选录。所存者为第三册人事图与第四册器具图,均为 64 页图文本。这是民国用于儿童益智启蒙的七巧八分板一类,可以拼出各种图案。推想这也许是梁遇春给女儿启蒙的资料。

关于他妻子分娩与女儿出生,冯至在《谈梁遇春》的回忆文章中也有提及。

这三篇文章(《她走了》《苦笑》《坟》)是用"秋心"笔名发表的。在我初读原稿以及校对清样时,已经感到惊奇,不久我又知道,他写这三篇文章,他的妻子正住在妇产医院里。妇女分娩,是希望与痛苦并存、生的快乐与死的担心互相消长的时刻,梁遇春独自在家里的灯下写这样的文字,到底是什么意思呢？我更无从得到解答。这里所说的"她"是另一个人呢？还是象征他的妻子，认为孩子一降生，往日的爱情就会变成另一个样子？或者"她"既不是另一个人，也不是象征他的妻子，而是个抽象的人物？后来我在《春醪集》里读到两篇《寄给一个失恋人的信》，收信人的名字也叫"秋心"，我才若有所悟，原来那位虚构的收信人如今现身说法了。在那两封信里，写信人畅谈易逝的青春如何值得爱恋，"当初"是如何永远可贵，（因为一般失恋者常说"既有今日，何必当初"那类的话），变更是不可抗拒的自然规律。他劝人不要羡慕得意的人们，"人生最可怕的是得意，使人精神废弛一切灰心的事情无过于不散的筵席。"写给"秋心"的两封信和署名"秋心"的三篇散文，二者写作的时间相隔两三年，却可以互相补充，表达了梁遇春的恋爱观。

我对那三篇散文虽然有过疑问，但我和遇春见面时从未问过他是怎么写出来的。后来他的妻子出院了（那时产妇住院的时间比较长些），他这样的文章也从此搁笔了。一天，我到他在北池子租赁的寓所找他，他的妻子已出满月，按照南方的习惯，煮了美味的汤圆招待我，他抱出他新生的女儿给我看，同时他说："在这'曾是华年磨灭地'，听着婴儿的啼声，心里有一种难以形容的又苦又甜的滋味。"

（摘录自冯至《谈梁遇春》，《新文学史料》1984年第1期第113页）

7月27日

写信给石民,此信为第一部之十四。信中提及石民的恋爱事件,说到温源宁对石民的评价,向石民推荐莱蒙托夫关于帆的诗;还说"北大经费渺茫",让石民再催稿费,请石民定下译著专有名词的译名。信末提到给女儿取名燕瑛,意为 Peking Beauty。

8月1日

《北新》半月刊第4卷第15期出版(实际上出版于8月20日以后,详见其第16页),刊首目录后刊登了"英文学小丛书"(后更名为"英文小丛书")的广告,包括梁遇春译的《红花》《诗人的手提包》《幽会》《厄斯忒哀史》《草原上》五种。

我们为什么编这部丛书呢?因为:

一、许多想念外国文学的人们外国文程度不够,随便拿起一本书来,必定碰到许多困难,不知道如何着手。

二、自修英文的人们找不到有意思的,可以无师自通的英文读物。

三、教高级英文的先生们苦于不能有一种活页本式的教材,可以随意拣选,使学生不觉的单调,教授上也有伸缩的余地。

为着要解决这几个问题,所以我们这部丛书中的特色是:

一、选印欧美各国大文豪的短篇代表作品,每本包含一篇以至四五篇。

二、英汉对照，尽量采取直译法。

三、将困难的字句同 idiom 用两种文字详细注释，以期精确。

四、每本附一篇简约的作者评传，使喜读这位作者的人可以进而再读他的别种作品。

五、这部丛书里面有短篇小说，散文，谈近代思想的文字的童话，独幕剧，诗选，信札，文学批评等，现已出五种。书目如下：

英汉对照《红花》梁遇春译注 实价二角半

英汉对照《诗人的手提包》George Gissing 著 梁遇春译注

英汉对照《幽会》John Galsworthy〈著〉梁遇春译注

英汉对照《厄斯忒哀史》Mark Rutherford 著 梁遇春译注

英汉对照《草原上》高尔基著 梁遇春译注

北新书局发行

（摘录自《北新》1930 年第 4 卷第 15 期刊首目录后广告）

在本期第 34 页，又刊登了"英文学小丛书"中梁遇春译《厄斯忒哀史》《草原上》两书的内容介绍。

8月3日

据 8 月 5 日给石民的信，此日看见报上说，上海"歇浦潮兴"，把四川路都给漫了。歇浦即黄浦江。当时还有本风靡一时的长篇小说——朱瘦菊《歇浦潮》，发表于《申报》，从 1916 年连载至 1921 年 5 月，后出单行本，被誉为"民国时代的《红楼梦》"。梁遇春对石民说"那一定是很有意思的",不知他是不是看过这部小说,才有此感。

前日看见报上说,歇浦潮兴,四川路浸了,那一定是很有意思的。

(摘录自李冰封整理、唐荫荪译校《梁遇春致石民信四十一封》,《新文学史料》1995年第4期第142页)

8月5日

写信给石民,此信为第一部之十五。信中提及与王普极短会面,找不到同乡和朋友,只好回家与太太对坐,遂发"结婚者真不胜其悲哀"的牢骚。当日还应朋友之邀"到清真馆子吃洋菜,谈了许多'毁灭'之话"。买了英文《圣经》却没看,想起《罪与罚》里主人翁和娼妓跪在床前同念《圣经》的故事,说只有娼妓可陪读《圣经》,"比红袖添香姨太太式办法高明得多",想写一篇《娼妓礼赞》。极力推荐陀思妥耶夫斯基《卡拉马佐夫兄弟》,认为是"天下古今第一本小说",并要奉送一部书给石民。信中还是催稿费,又调侃说是写这封信的唯一动机。

8月16日

发表小品文《救火队》于《现代文学》第1卷第2期。此文后收入《泪与笑》集,题目为《救火夫》,文章改动较大。该期《现代文学》刊首还登出梁遇春译注《小品文选》的广告。根据6月16日写给石民的信所言,此文寄出去的标题是《救火夫》，刊登出来的标题是《救火队》，有点奇怪，不知是谁改的，后来编入《泪与笑》集又改了回来。梁遇春对自己《救火夫》的评价说明如下：

前日弟寄给老板一篇散文《救火夫》（"新土地"的稿子），那是"流浪汉"一流的文字，弟想足下看着也许会喜欢，那篇里面的意思，蕴在心里已经三年了。和《骆驼草》里的《破晓》一样，我自己的情绪总是如是矛盾着，这么乱七八糟，固然可以苦笑地说："夫子之道一以贯之，矛盾而已矣！"但是的确使我心里闷得难受，这也许是出于我的懦弱性所做成的怀疑主义吧？

（摘录自李冰封整理、唐荫荪译校《梁遇春致石民信四十一封》，《新文学史料》1995年第4期第138—139页）

关于此文，评论家有如下评论：

能给我发现一点儿光明的，在这集子里，只有两篇文章，这就是《救火夫》与《黑暗》。在第一篇里，脱出了个人的圈子，是他表现一种对于光明的向往，那种对于救世者的同情的向往，充满着一个诚实的青年的悲绪。

（摘录自甘永柏《书评：〈泪与笑〉》，《人间世》1934年第13期第65—66页）

他热爱人类。他1930年写的《救火夫》是他散文中最有积极意义的名篇。他看见某处失火，救火的人们争先恐后奔赴火场，把生死置之度外，他们多半素不相识，但在救火时都成为互助的同志，他们也不问失火的那家主人是好人或是坏蛋，那时他们去救的好象不是某个个人,而是"人类"。他热情颂扬救火的人们,谴责隔岸看火的旁观者。同时他认为,如今全世界,至少在中国,到处都着了火,如果见火不救,就等于对人类失职。他说他三年来的"宏愿"是想当个救火夫。但他的"宏愿"并没有实现,他直到逝世只不过是一个对人类抱有悲悯之情的旁观者。他自身内就存在着一个这样的矛盾。

(摘录自冯至《谈梁遇春》,《新文学史料》1984年第1期第110页)

《北新》半月刊第4卷第16期出版,封面后刊登了"北新书局发行'自修英文丛刊'"的广告。此广告与此前在《语丝》所登"学生英文自修读本"广告大同小异。广告后所列书目,即包括梁遇春的7种译著在内:已出版的英汉对照本《小品文选》《英国诗歌选》,及正在印刷中的《红花》《幽会》《草原上》《厄斯忒哀史》《诗人的手提包》。

除以上外,本期刊首目录后还刊登了"英文学小丛书"的广告,与8月1日《北新》半月刊第4卷第15期的广告内容相同。

8月11—17日

这一周"天天喝酒(Beer),每晚回家时,凝想酒后的莫须有世界"。详见下信。

8月19日

寄一快信给北新书局老板李小峰,催他汇稿费,还要石民帮着催。晚上读宋代陈与义《临江仙·夜登小阁，忆洛中旧游》词。详见下信。

8月20日

写信给石民，此信为第一部之十六。信中提及两人兆丰花园的故事，说自己天天喝酒，常常记起石民《酒歌》的诗，从叶遂宁的血诗遗言，联想到《世说新语》《西厢记》和宋词语句，感慨做人"手挥五弦易，目送飞鸿难"，"二十余年成〔如〕一梦，此身虽在堪惊"。又问及前面寄给北新的《救火夫》，说自己正在写一篇《黑暗》。还是说自己穷得很，已给老板一快信催稿费。

8月

《英国诗歌选》由上海北新书局初版，"自修英文丛刊"之一，总页数339页。版权页标注：1930年6月付排，1930年8月初版，每册实价一元二角。书末还有"自修英文丛刊 梁遇春译注 《小品文选》《英诗选》（应为《英国诗歌选》） 实价一元二角"等广告。此书于1931年4月再版，加上了1930年7月16日发表于《现代文学》的《谈英国诗歌》一文作为序言，定价还是不变。

叶公超说梁遇春的《英国诗歌选》与《小品文选》一样，翻译"很对得起原著人"，是当时"中学生的普通读物"。《语丝》和《北新书目》上的广告，准确揭示了此书特点。

你们喜欢读英国诗歌吗？你们又觉得有许多难懂的地方，想找一个真懂得英诗，又是具有耐心的人来替你们一字字地解释吗？

你们想对于英国诗歌的演进有个具体的概念吗？你们想多读些会亲切地感动你们的心灵的当代诗歌吗？

你们要看到中国诗歌里所无，外国诗里所特有的种种形式，境界同情调吗？你们打算拿外国诗歌来做创造中国新诗的参考吗？

那么，请你们读这本英汉对照，并加详注的《英国诗歌选》。

全书包含有一百几十首的诗歌，自古代民歌起一直到当代的诗人止，中间以十九世纪的浪漫派同当代诗人占的篇幅为最多。里面所选的是具了种种不同的色彩的，〈有的〉沉雄悲壮，有的柔情如水，有的是热烈的恋歌，有的是诅咒爱情，有的用简单的词句说出宇宙中的顶大神秘，有的凄凉地哭着人世的空虚，有的是现出一片纯洁的童心，有的是借个世路已惯的老人的口吻，此外沉醉于"自然"之中所发的赞美歌声同为着不幸人儿而痛哭的同情的泪花……读起来的确能够对于英国诗歌有个深切的了解。

欲增进自己英文程度的青年们读到这本书，只觉得一身浸在诗情之中，丝毫不感到攻读外国文字时所常有的枯燥无聊，一定会舍不得放下。

（摘录自1929年12月2日《语丝》第5卷第38期刊末广告）

翻译家朱生豪在1935年9月24日给宋清如写的信里,引用雪莱《西风歌》(现多译《西风颂》),用的就是梁遇春翻译的版本。在那时,雪莱的这首诗译本至少有郭沫若(《西风歌》,1923年2月《创造季刊》第4期)、田世昌(《西风辞》,1924年《国学丛刊》第1期)、涧漪(《西风歌》,1929年《朝华》第1期)、邢光祖(《西风歌》,1933年《光华大学半月刊》第2期)等数个版本,而朱生豪慧眼识珠,选录梁遇春译的版本,只就少数用字做了修改,说明他对梁遇春翻译的认可。下面为两个译本的比对:

西风歌 IV

若使我是片你能吹动的枯叶;
若使我是朵与你同飞的流云;
一丝在你威力下喘息着,分有
你浩然之气的波浪,只赶不上
你的自由,啊,不可拘束的大力!
甚至于若使我还在我的稚年,
能做你在天上漫游的侣伴,
以为能跑得比你在天上的
漫游还快;我绝不会这样感到
痛切的需要,向你努力祷告:
吹我起来吧,象一丝浪,一片叶,一朵云!
我坠在人生的荆棘上!我流着血!

> 时光的重担锁住且压着一个
>
> 太象你的人:难驯、轻捷、而骄傲!

(摘录自宋清如整理《朱生豪书信选》,《新文学史料》1990年第3期第188页)

> 若使我是个你能吹动的残叶,
>
> 若使我是片与你同飞的流云;
>
> 若使我是在你的威力下喘息着,
>
> 分有你大力的浩然之气的波浪,
>
> 只赶不上你那样的自由,
>
> 呵不可拘束的大力呀,
>
> 甚至于若使我还在稚年,
>
> 能做你在天上漫游的伴侣,
>
> 那时我以为跑得比你在天上的遨游还快是属可能,
>
> 我也不会这样深感到需要,努力来向你祷告。
>
> 呵吹我起来,像一波浪花,一片白云,一叶枯叶罢!
>
> 我坠在人生的荆棘上!我流血着!
>
> 时光的重担锁住同压着一个太像你的人儿
>
> 和你一样的难驯,迅速同自骄。

(摘录自梁遇春《英国诗歌选·西风歌》第159、161页)

关于《英国诗歌选》,以下还有其他各家的评论。

我国介绍沙氏十四行诗的人,似乎很少。我以寡闻,只知道三位:梁遇春先生底英汉对照的《英国诗歌选》中国散文译了六首。

（摘录自真勤《莎士比亚底十四行诗》，1947年4月23日《申报》第9版）

诗最难译，徐志摩、朱湘、梁遇春、梁家〔宗〕岱、卞之琳、冯至诸人对于西诗各有尝试，但都限于零篇断简。总观翻译界，努力很可观，而成就不算卓越。

（摘录自朱光潜《现代中国文学》，1948年1月《文学杂志》第2卷第8期第16页）

……其中英汉对照的《英国诗歌选》，有在三四十年代攻读过英国文学的大学生，在他们已将进入老年的今天，还乐于称道这本书，说从中获益匪浅。

（摘录自冯至《谈梁遇春》，《新文学史料》1984年第1期第109页）

9月1日

发表小品文《猫狗》于《骆驼草》周刊第17期，署名"秋心"，后收入《泪与笑》集。

周作人和徐耀辰发起聚餐，送别即将去德国留学的冯至，邀请俞平伯、废名、梁遇春等人一起作陪。

周作人致俞平伯信：冯君培君不久将往德国去，耀辰和我定于三日下午六时在苦雨斋请他小酌，请光临。此外来者大抵系废名、秋心（梁遇春）、慧修（杨晦）及弼猷（陈逵），届时希早来闲话为幸。

（摘录自《周作人俞平伯往来通信集》第144—145页）

9月3日

中午，梁遇春应周作人邀请，师友九人在周氏宅第苦雨斋聚餐，为即将留学德国的冯至饯行。

午同耀辰共宴，君培及慧修夫妇、遇春、平伯、废名、弼猷等共九人，下午四时后去女大。

（摘录自《周作人日记》下册第113页）

晚周作人、徐耀辰在苦雨斋为即将赴德国留学的冯至饯行，废名与杨晦夫妇、梁遇春、俞平伯等九人作陪。

（摘录自《废名年谱》第97页）

晚，周作人与徐耀辰在苦雨斋为即将赴德国留学的冯至饯行，俞平伯与废名、梁遇春、杨晦以及陈逵应邀作陪。

（摘录自《俞平伯年谱》第126页）

以上后两部年谱都写晚餐，应误。实际是原定晚餐小酌，后改为午餐。周作人9月1日的信和9月3日的日记"豫记"栏都写"下午六时聚餐"，9月3日的日记正文却是写作"午"字，下面还有"下午四时后去女大"的文字；而由周作人日记影印本明显可以看出，此处是将原来的"晚"字划掉而改为"午"字，所以确定此次在苦雨斋共聚的是午餐。

冯至曾谈及他出国之前与梁遇春交游的情形。

我们还欣赏那时不知从哪里听来的一句诗"六〔南〕朝人物晚唐诗"。在六朝和晚唐极其混乱的时代，能产生那么多超脱成规、鄙夷礼教的人物和一往情深、沁人肺腑的诗篇，是中国历史上特殊的光彩，我们不同意有些人把他们与西方世纪末的颓废派相提并论。

我们上天下地无所不谈，但两个人好象不约而同，也有所不谈。一，不在背后议论共同的朋友和熟人。二，不谈个人的苦恼。梁遇春在《坟》里转述友人沉海（石民）的话："诉自己的悲哀，求人们给以同情，是等于叫花子露出胸前的创伤，请过路人施舍。"我不知"沉海"是谁，我记得我也说过这类的话。三，不谈个人的家世。他的家庭情况，我一无所知。只有一次例外，我去德国前，他说他有一个叔父在德国学医，但没有告诉我他叔父在德国的住址。

我在1930年9月下旬到德国后，我们通信不多，我有时在报刊上读到他新发表的文字。……

（摘录自冯至《谈梁遇春》，《新文学史料》1984年第1期第114页）

"六〔南〕朝人物晚唐诗"，出自日本明治诗人大沼枕山《枕山诗钞·杂言》。周作人《夜读抄·苦茶庵小文》说道，"大沼枕山句曰：一种风流吾最爱，南朝人物晚唐诗。此意余甚喜之，古人不可见，尚得见此古物，亦大幸矣"。冯至、梁遇春其时与周作人过从甚密，此句诗从其处得来也未可知。

暑假至9月14日

整个暑假，梁遇春都在温习陀思妥耶夫斯基的《卡拉马佐夫兄弟》，还没有看完。详见下信。

另写信的前两天，废名嘲笑梁遇春"不甘于没有恋爱事体"，为此梁遇春专门在信中论述了为何"不甘"。详见下信。

8月5日—9月16日

写信给石民，此信为第一部之十三。写信时间考证为1930年8月5日后至9月16日前，其依据是，此信中有"朵氏杰作明日寄上，那本书我温了整个暑假，还没有看完"和"关于《K兄弟》这本书，我总不能说不喜欢"的信息，一与1930年8月5日信中的内容相对应（见前引），"朵氏"即陀思妥耶夫斯基，"那本书""《K兄弟》"即《卡拉马佐夫兄弟》。二与1930年9月16日信中内容"Dostoivsky收到没有？开始念没有？"相对应，推断写此信的时间应在这两封信之间。

信中提及，《北新》生田春月照片像石民，朵氏杰作《K兄弟》明日寄上，还写到生田春月、梁济、王国维的自杀，与其《人死观》的思想一脉相承。送了一张自己很喜欢的相片给石民，说"你看脸上没有一线笔画分明的轮廓，这指出我意志力的薄弱，而那种渺茫地欲泣的神情，是很能道我心曲的"，想必就是后来《泪与笑》集初版中的那张。

9月14日

北大新学期开学，胡适发表演讲。当日蒋梦麟等劝胡适任北大文学院院长，胡没有答应。

北大开学，梦麟与刘树杞、周炳琳二院长皆有报告，演说者三人,我是其一。……梦麟与梅荪(周炳琳)皆要我任北大文学院长,今天苦劝我,我不曾答应。

[摘录自《胡适日记全编(六)》第152页]

9月16日

写信给石民,此信为第一部之十七。信中提及北大因欠薪不开学,只办上半天工;自己下午游荡,也并未去看电影,因为在上海都看过,加以近来大有"幽姿不入少年场"之概。问石民《卡拉马佐夫兄弟》的书收到没有,并说自己近来深悟叔本华所谓只有苦痛是肯定的,快乐都是否定的思想,"颇有学佛之意"。信末向石民请赠他即将出版的《英国文人尺牍选》。

9月29日

发表小品文《这么一回事》于《骆驼草》周刊第21期,署名"秋心"。

9月

梁遇春译注的高尔斯华绥《幽会》和迦尔洵《红花》由上海北新书局付排。

10月1日

《北新》半月刊第4卷第17期出版(根据目录页上的出版日期,版权页标注的出版日期是9月1日),封面后刊登了"北新书局发行'自修英文丛刊'"的广告。刊首目录后刊登了"英文学小丛书"的广告，与8月16日出版的《北新》第16期广告相同。第88页刊登了"自修英文丛刊 英汉对照 《小品文选》 梁遇春译注 实价一元二角"的广告。

同时出版的《北新》半月刊第4卷第18期（根据目录页上的出版日期，版权页上的出版日期是9月16日），亦刊登了同上广告。

10月6日

北京大学新学期正式开学。

根据此前9月26日教务会议议决，北大延期至10月6日开学。（据《北京大学纪事》第174页）

10月10日

《益世报》第8版刊登"北平北新书局非常大廉价 英文自修丛刊"广告，与1930年8月16日《北新》第4卷第16期的广告内容基本相同。后面所列具体书籍如下：全部英汉对照《欧美小说选》（张友松译注）、《英国诗歌选》（梁遇春译注）、《独幕剧选》（顾仲彝译注）、《小品文选》（梁遇春译注）（以上都是实价一元二角），《屠格涅夫散文诗》（清野白棣译注 实价八角）。

10月13日

《华北日报》第4版刊登"北平北新书局非常大廉价 英文

自修丛刊"广告，与1930年8月16日《北新》第4卷第16期的广告内容基本相同。广告书目有"英汉对照 《英国诗歌选》《小品文选》（梁遇春译注 实价一元二角）"等书。

10月15日

北京大学这学期开始上课。

据1930年10月8日《北京大学日刊》第2464号的10月7日《教务处布告》，北大于10月15日开始上课。

（摘录自《北京大学史料》第二卷第942－943页）

《华北日报》第4版刊登与10月13日相同的广告。

10月16日

《北新》半月刊第4卷第19期出版（根据目录页上的出版日期，版权页上的出版日期是10月1日），刊登了与1930年8月16日《北新》基本相同的广告。广告内容有：英汉对照《小品文选》、《英国诗歌选》（梁遇春译注 实价一元二角）"英文小丛书"：携带方便、趣味浓郁、时间经济、增进英文。《红花》《幽会》《厄斯忒哀史》《一个自由人的信仰》（梁遇春译注 都是二角半）、《草原上》（梁遇春译注 印刷中）、《我们的乡村》《诗人的手提包》《老保姆的故事》（梁遇春译注 都在排印中）等。另每部"英文小丛书"的书前或书后都有一篇类似前言或后记的小文，介绍评价该书作者和作品。

《现代文学》第1卷第4期出版，刊首登载梁遇春译注《幽会》的广告。第 10 页又刊登梁遇春译注《红花》和《诗人的手提包》的广告，广告词略显简化，后扩写详细，见后文初版时所附评论。

10 月 19 日

梁遇春下决心把波德莱尔的诗集买回来，见到废名，说波德莱尔的东西还不够浓，不如陀思妥耶夫斯基、高尔基等浓。以上详见 10 月 21 日信。

10 月 20 日

发表小品文《黑暗》于《骆驼草》周刊第 24 期，署名"秋心"，后收入《泪与笑》集。

在这本集子里，我们从"黑暗"，"悲哀"等等的字眼下看出来的并不是"悲观"与"绝望"，却是一颗热烈烈的年青的心。

…………

……而在黑暗中，他对光明与黑暗已然有了了然的分辨！他说，是要心地闪耀着光明的人，才会是知道黑暗的人。他把世界的人类分作知道黑暗的人和不知道黑暗的人两种；是的，如果人人都是知道黑暗的人，那么，这世界不是就有光明的时候了吗？

（摘录自甘永柏《书评：〈泪与笑〉》，《人间世》1934 年第 13 期第 64、66 页）

他赞美光明。他认为只有深知黑暗的人才会热烈地赞美光明,同样,想知道黑暗的人最少总得有光明的心地。他例举某些著名的作家和作品,说明在黑暗中受过痛苦和考验的人最能迫切地向往光明,反过来说,若是谁的心里没有光明,也不能真正描写黑暗,象一度流行的黑幕小说,只能污染读者的心灵。

(摘录自冯至《谈梁遇春》,《新文学史料》1984年第1期第110页)

10月21日

写信给石民,此信为第一部之十九,曾部分收入《秋心小札》。信中说到自己病了一场,病中读晏几道《小山词》,认为胜过他父亲晏殊。又说前天买回了波德莱尔的诗集,"深恨读之太晚";见到废名,和他谈及波德莱尔。认为法国人太会写文章,讲究风格,读久令人腻。读了波德莱尔,自己对于娼妓概念又有变化,认为"他们的确伟大得很"。同时将前天在一家书店广告上看到的一幅波德莱尔灌溉"恶之花"的图画,特意剪下寄给石民。

10月23日

晚上和废名一起拜访周作人。

晚废名、秋心来谈,十时去。

(摘录自《周作人日记》下册第137页)

10月27日

发表小品文《勿忘草》于《骆驼草》周刊第25期,署名"蔼一",后收入《泪与笑》集。

10月30日以前

写信给石民,此信为第一部之十八,曾部分收入《秋心小札》。信末无日期,写信时间可考证为1930年10月30日以前,其依据是,此信中有"前得来函,说到我是个神经过敏的人","雁君昨日来说,要南飞了","《骆驼草》大概会继续下去,这点得更正一下"等内容,一是与10月21日信中"久不接到你的信了,也久未写信给你了"的内容相对应;二是与10月30日信中"朋友,你说我神经过敏","《骆驼草》真将停刊了,此次系雁君告我,非前半官(方)消息之可比也"的内容相对应。

信中提及,北新书局老板李小峰说不能出版其第二本散文集,但梁遇春还是向石民预约要他写序言。同时托石民将同乡兼北大同学刘先生的法朗士处女译作刊登到《北新》(经查阅《北新》,未有刊登)。还感慨自己心境枯燥,文章难写。信中又提到废名要回南方,《骆驼草》会继续办下去;朱森来信说年底要北上,问石民是否要来北京过年。

10月30日

写信给石民,此信为第一部之二十。信中说,石民日前订婚,梁遇春十分高兴,准备用漂亮信纸写贺信给他。和石民讨论二人的病情,石民说他"神经过敏",他说石民"神经衰弱",二人是同病者;同时说"希望自己能够健康长命,为着大她(母亲),中她(太太),小她(燕瑛)的缘故"。说要留意帮石民找工作,《骆驼草》要停刊了;希望石民来北京结婚,让大家热闹一下,并引用美国门肯的话调侃说,单身汉有了朋友,结了婚的人有了老婆,而你我既有朋友又有老婆。信末模仿波德莱尔笔触写了一段话,幽默且自得。

昨晚下了整夜的雨———秋天的霖雨,今早他走出门时,街上满是泞泥的路,寂寞得有如月亮高挂中天的午夜,他独自站在街心,脚旁的积水黑得像明媚佳人的眼睛,围着他,使他寸步不前,正如前晚狂舞时,他的灵魂给她的双眼紧紧地拥着一样……

(摘录自李冰封整理、唐荫荪译校《梁遇春致石民信四十一封》,《新文学史料》1995年第4期第145页)

10月

梁遇春译注的高尔斯华绥《幽会》由上海北新书局初版,为"英文小丛书"之一,总页数87页。《幽会》收录《远处的青山》《浪漫情调三瞥》《幸福》《幽会》4篇译文。版权页标注:1930年9月付排,1930年10月初版,印数1－2000册,实价两角五分。

高尔斯华绥的戏剧《争斗》已经成为世界上的名著,中国也有一个译本了。但是他那冰雪聪明的散文却还没有被介绍过。然而是很值得一读的。

这里选了四篇《远处的青山》，《浪漫情调》，《幸福》同《幽会》。前三篇是他用爱美的心灵来描状自然的美。第一篇是欧战后他发的感慨，很能说出战争的苦痛和根苗。《幽会》是他靠着恬静澈明的心境想像出一个已嫁的女人和另一男人恋爱的始末，当他们正在公园里幽会的时候。这四篇都是从 The Inn of Tranquillity 选出，那是英国当代的一部散文杰作。

（印刷中）

北新书局发行

（摘录自 1930 年 10 月 16 日《现代文学》第 1 卷第 4 期刊首广告）

梁遇春译注《幽会》，一册，定价 0.25，北新出版，内容大意："此书'英文小丛书'之一，内计 A Green Far Away, Romance — Three Gleams, Felicity, The Meeting 四篇，均为 J. Galsworthy 所著。"

（摘录自 1931 年 1 月《中国新书月报》第 1 卷第 2 期第 41 页广告）

梁遇春译注的迦尔洵《红花》由北新书局初版，为"英文小丛书"之一，总页数 105 页。封面作者名错成 V. N. Garshin，应为 V. M. Garshin。版权页标注：1930 年 9 月付排，1930 年 10 月初版，印数 1－2000 册，实价两角五分。1931 年 4 月再版，印数 2001－4000 册，实价不变。

这篇小说是叙述一个疯子的死，但是作者自己就是一个疯子。那种深刻的描写的确绝非神经健全的文学家所能办到。

这篇小说里面的疯子也可说是一个为着要拯救人类，自愿走上毁灭之途的人，也就是替人类背十字架的好汉。

疯子的话总是值得听的，无论如何，总比聪明的人们说得更有道理些！

（摘录自1930年10月16日《现代文学》第1卷第4期第10页广告）

此月，梁遇春译注的W. H. 怀特《厄斯忒哀史》由上海北新书局付排。

10月16日

《北新》半月刊第4卷第20期出版（根据版权页上的出版日期，目录页上的出版日期是11月1日），目录页后刊登了"英文学小丛书 《一个自由人的信仰》 罗素著 梁遇春译"的广告。

11月3日

发表小品文《善言》于《骆驼草》周刊第26期，署名"秋心"，后收入《泪与笑》集。《骆驼草》出完此期后，即停刊。

11月29日

《益世报》第8版又刊登了"北平北新书局非常大廉价'英文自修丛刊'"的广告，除了以上标题和购书地点等情况介绍外，还有"英汉对照 《英国诗歌选》《小品文选》 梁遇春译注 实价一元二角"等广告。

12月1日

《北新》半月刊第4卷第23、24期合刊出版（根据版权页的出版日期），第8页刊登了"英文小丛书"两种《厄斯忒哀史》《一个自由人的信仰》的广告。

赵景深写毕《现代文学》月刊第1卷第6期的《编辑后记》，其中写道：

《现代文学》出到本号为止，明年《北新》半月刊也停刊，合并为一种月刊《青年界》，使精力集中。内容除国际问题和文学以外，还增加其他的稿件，作为全国青年普遍的读物。

（摘录自赵景深《编辑后记》，《现代文学》1930年第1卷第6期第219）

12月3日

收到石民的书，应该就是前面信中提及的Letters（《英国文人尺牍选》）。此书中有报告订婚消息的信数封，因此前得到石民订婚的消息，故梁遇春称之为"译谶"。详见以下12月5日信。

11月—12月5日

写信给石民，此信为第一部之二十一。此信无署名、日期，根据此信排序、纸质、前后信的写作时间及其中的"久未通信"等内容,可推断此信写作时间为11月至12月5日前。

信中说自己前两天牙痛,足以使人自杀,但又畏医如虎。昨天去看了日本牙医,居然奇迹生还。还说来日大难方多,请石民为他祈祷。

需要说明的是,梁遇春去世后,此信手迹后一页(自"牙痛。我素来畏医如虎"到信末),与其遗像一起,刊载于1933年1月1日《现代》第2卷第3期插页。此应系石民提供。当代学者吴福辉所编《梁遇春散文全编》,也以此相片与手迹作为书前插页。

12月5日

写信给石民,此信为第一部之二十二。此信无署名、日期,根据信中"还有许多话,等明天再写信。今夜心境太凄其了!!!"的内容,与12月6日信中"前书仓卒,未尽欲言"的内容相对应,可推断此信写作时间为12月5日。

信中各种地夸石民,说他翻译得好,"读你的译文,仿佛同读你的信一样,你的Style多少跑到里面去了";"还有你遣使文言,颇有'神差鬼使'之妙";说废名近来大赞美他的诗。信中提及废名与梁遇春自己都有南下之意。

12月6日

写信给石民,此信为第一部之二十三,曾部分收入《秋心小札》。根据信中"雁君昨日想复兴《骆驼草》,要弟担任些职务,弟固辞,莫须有先生颇为怫然"和"弟近日细读Baudelaire……"等内容,可推断此信写作时间应在1930年。

信中说自己最近在读波德莱尔《恶之花》,觉得比他的散文诗好;想写一篇《理想的女性——娼妓》的文章;废名想复兴《骆驼草》,请梁遇春担任职务,梁固辞;指出石民所译书信集中的三个疏忽之处。需要说明的是,这三处疏忽,前两处,石民在1931年2月此书再版时依据梁遇春的意见做了更正;而第三处,石民回复说并没有问题,后面12月28日梁遇春在给石民的信中做了更正。

12月7日

此日,《华北日报》第4版刊登"北新书局 (庚)英文文学"的广告,除了以上标题和报社等信息介绍外,还有"《英国诗歌选》《小品文选》(梁遇春译注)"等广告。

12月16日

发表小品文《无情的多情和多情的无情》于《现代文学》第1卷第6期,后收入《泪与笑》集。该期刊末刊登了《北新》半月刊、《现代文学》月刊合并声明。

12月17日

写信给石民,此信为第一部之二十四,曾部分收入《致石民书六通》。信中提及女儿燕儿种痘，夫人又怀孕。石民应该是在前信中问他要同乡兼同学的刘先生在法国留学的地址，梁遇春回复说一个多月没有收到对方的信，现去向一位朋友要他最近的地址。信中说到自己为四川新娘、广东新郎的新婚夫妇拟写了一集句对联，寒假准备读卜伽丘的《十日谈》。

12月27日

梁遇春到苦雨斋拜访周作人。

上午往孔德。午往德国饭店，同源宁、培之、丙辰共宴，梦麟、百年等北大同人共到一十一人。四时散（各人十五元，源宁代付）。同耀辰回家，废名、古藩、遇春、慧修前后来谈，晚九时顷去。

（摘录自《周作人日记》下册第167页）

12月28日

写信给石民，此信为第一部之二十五，曾部分收入《秋心小札》。信中提及，要做"理想的丈夫"和"贤明的父母"，像兰姆那样把责任化成乐事。认为手挥五弦就是石民所谓"做庸人"，自己所谓"尽责"，目送飞鸿则是超凡入圣。昨日与废名谈到对石民所说"就只好忍耐着生活下去"的认识。指出自己前信中所说石民书中第三处错误是"自己的胡涂"，并没有错。列出19部外国文学名著清单，计划每篇撰写四千至一万字的文学批评，给石民编辑的《青年界》供稿。信中还说到元旦日自己准备大请客。

信中写到梁遇春与石民、废名三人的交往,而废名在其文章《斗方夜谭(十)》中也专门说及他们三人间的"相好",可与此信相参看,特别是其中涉及"庸人论"的话题,可称为文坛佳话,别具一格。

我有两位相好,均是六年之同窗,大概谁都可以唱它一出独脚戏,谁也不光顾谁,好比我同他们的一位写好契约借一笔款竟料到居然是大碰一个钉子,其人现在海上,好像是(姓)沈名海,说起来真是怪相思的,两个黄蝴蝶,双双飞上天,三千弟子谁个不知,谁个不晓,如今是这一个冰天雪地孤孤单单的刚刚游了一趟北海回来。还有一位,若问他的名姓,是一个愁字了得。话说这一字君,很受了我的冥落,就因为这一个字,但目下已经是四海名扬,大有改不过来之势了。天下事每每悲哀得很,我与一字君几几乎一失千古,当年一年三百六十日,一日六小时,我缺课他迟到不算,然而咱们俩彼此都不道名问姓,简直就没有交一句言,而他最是爱说话的,就在马神庙街上夹一本书也总是咭咭咶咶,只不同我同沈海,我时常嘱耳而语沈海曰:"这个小孩太闹!"而在最近三日我同一字君打了两夜牌,沈海君远不与焉。沈海君最近丢了诗人不做要"努力做一个庸人",(来信照录)这才引动了今夜我谭话的雅兴。我同一字君捧了他的来信读,我实在忍不住要赞美这一篇庸人论实在是高人的题目,而且有点不敢相信沈海,因为他到底是诗人出身,于是我端端正正的把一字君相了一相,觉得我要佩服他,他的"庸人"大致可以做到一个英雄的境界,多福多寿且莫多男子焉。他已经是一位年青的爸爸。沈海君最近才请了医生检查身体,明春再出请帖行结婚礼。说来说去原来言下都是对我下一个针锋,说我则不是一个庸人。于是我们三个中间发生庸人与不庸人难易论战。结果都仿佛有点说我难,虽然都有点不甘俯首。我实在不能不平心静气的说一句,我很有点私自惭愧,我还是赞美你们,庸人不易做,不知怎的我真个仿佛有点做不上,我还不知道我怎么好。从前有人说夷齐不食周粟,未必不是没有得吃的,乐得做一件大事,也许多少是甘苦之言也。言有尽而意无穷,再谭。

(摘录自《废名集》第三卷第1268—1270页)

文中的沈海,即石民,取义于"石沉(沈)大海",因姓石而工作居住在上海,故以此为笔名。梁遇春给石民的信中有"只好赶紧写信告之情海中之沉石",也是调侃恋爱中的石民,带点昵称的味道。1928年,石民北大毕业后到上海北新书局工作,当年及次年《北新》杂志的"补白"栏目有署名"沈海"的作品。1929年在《语丝》杂志发表《友人马君的遗书》文章和按语,也都用"石沈海"或"沈海"的署名。1936年5月1日《西北风》创刊号刊载《秋心小札》,有沈海的按语。

12月

梁遇春译注的 W. H. 怀特《厄斯忒哀史》(Mark Rutherford 怀特的笔名)由上海北新书局初版,为"英文小丛书"之一，总页数 125 页，是一本书信体小说。版权页标注：1930 年 10 月付排，1930 年 12 月初版，印数为 1－3000 册，实价银二角五分。此书 1931 年 6 月再版，印数为 3001－6000 册，定价不变。

一个妻子因为夫妇间没有热烈的爱情，离开她的丈夫，回到乡下娘家过凄凉的生活，这是这篇小说的本事，也是结婚生活里最常遇到的事情。

作者是深于悲哀的人，这里借母女通信的口气来描写家庭中平凡的悲剧，更见真挚动人。

作者文字像明镜止水那么清晰，是极值得诵读的。

（摘录自 1930 年 8 月 1 日《北新》第 4 卷第 15 期广告）

另，梁遇春译注的罗素《一个自由人的信仰》由上海北新书局付排。

《中国新书月报》杂志创刊，每期都有"中国新书分类目录"的栏目，印成表格，表格栏设著者、书名、册数、定价、发现者、内容大意。其中在"语学""小说"和"小说戏剧"分类目录中刊登了梁遇春多部译文集的广告，根据具体的出版时间，按序收录。

本年

本打算翻译《伊里亚随笔》，后未能如愿。

去年曾立下译他那《伊里亚随笔》全集的宏愿，岁月慢悠悠地过去，不知道何日能如愿，这是写这篇序时唯一的感慨。

（摘录自《小品文续选·序》第 3 页）

1931年（民国二十年） 26岁

1月1日

据上年度12月28日梁遇春给石民信，此日他大请客，但不知客人有哪些。

1月8日

晚上七点，浦江清在清华大学西客厅请客，客共九人。邀请了梁遇春，却没来，不知为何。

晚七时在（工字厅）西客厅宴客，到者有顾羡季（随）、赵斐云（万里）、俞平伯（衡）、叶石荪（麟）、钱稻孙、叶公超（崇智）、毕树堂、朱佩弦（自清）、刘廷藩，客共九人。（邹）湘乔及梁遇春二人邀而未至。席上多能词者，谈锋由词而昆曲，而皮黄，而新剧，而新文学。钱先生略有醉意，兴甚高。客散后，钱先生与斐云留余于西客厅谈，灯熄继之以烛。

（摘录自浦江清《清华园日记 西行日记》第45—46页）

1月9日

中华教育文化基金董事会在上海召开第五届常会，议决：自1931年起，中华教育文化资金会每年资助北大20万元。北大配套同等的资金，用于设立北大研究教授、扩充北大图书仪器及他种相关之设备、设立北大助学金及奖学金项目，期限为五年。（据《北京大学纪事》第178页，《中华教育文化基金董

事会第六次报告》第 51 页）

1 月 12 日

北京大学本学期开学。

据 1931 年 1 月 13 日《北平晨报》登载《北京大学昨已开学上课》，"国立北京大学，年假放假二十一日，兹已满期，已于昨日开学上课，三院五宿舍各门首皆悬挂国旗及该学〈校〉三色学旗，惟并未举行任何仪式，待钟声锵然，已开始上课矣"。

（摘录自《北京大学史料》第二卷第 1318 页）

1 月 1—16 日

写信给石民，此信为第一部之二十七。信末无日期。据信中"若使暑假他们两位都到上海，弟亦有躬与盛会之意"，"前日送雁君南下"，和废名 1 月初赴青岛，及 1 月 16 日俞平伯"得废名青岛来信"等信息考证，写此信时间应为元旦后 1 月 16 日之前，系在废名去青岛后两日。

信中说袁家骅、顾仲彝来北平，前日一起商讨注释五十本英文名著丛书目录，自己写信给北新书局老板李小峰，希望石民能合作。二人已回去，并带走了废名，前日送废名南下。近日自己正在翻译《最后一本的日记》，书里的心境与他一样，黑漆一团。

1月27日

写信给石民,此信为第一部之二十八。信中解释没有及时回信的诸种原因。说自己写了一首七绝:"忍死京华事可哀,青春黯淡奈愁何。偶闻温语天风下,坠溷翻为落絮飞。"但奇怪的是,这首诗平仄合律,韵脚不对。信中附上《注释英文名著》的目录,说原先李小峰答应每本报酬一百元上下,现打算按照石民建议采用抽版税法。还说前信已和老板说,计划把最近两年内写的散文合起来印为《空杯集》,请石民催促,并写序。(书名与第一本《春醪集》对应,但后面不知为何改名为《泪与笑》。此书并未在北新书局出版,直至梁遇春去世后,才辗转在开明书店出版。)说自己近来喜读唐诗,买了一部木板《杜诗镜铨》;近来喜欢黄庭坚。引用废名的话,赞赏石民"具有彻底的青春",始终心境陶然。

1月

梁遇春译注的罗素《一个自由人的信仰》由北新书局初版,总页数121页。版权页标注:1930年12月付排,1931年1月初版,印数1—2000册,每册实价三角。1931年5月再版。本书收英国哲学家罗素的长文 A Free Man's Worship(《一个自由人的信仰》)、Machines and the Emotion(《机械与感情》)和《罗素的自序》三篇。自序一文,目录作《罗素的自序》,正文标题作《罗素的自叙》,最初发表在1929年1月《北新》第3卷

第 1 号，为罗素自传。原译者附识写道：

去年美国《近代丛书》出一本《罗素文存》（Selected Papers of Bertrand Russell）。这本小书是他自己亲手选的，而且还特地做一篇长序，叙述他个人为学的经过。上面所译的就是这篇长序。

差不多凡是受过高等教育的中国人，都听过罗素这个名字。然而罗素天远地远跑到中国，到处讲演，最后的结果不过使中国人更加自满。罗素心里恨极欧美那种狭窄的国家主义，那种本国东西总是好，毫不能够容纳他人好处的态度，所以他到处诋骂西洋文明。他心里既然万分地厌恶欧美近代人生活的方式，一看到和西洋完全不同的中国文化，他免不了非常高兴，好像放下了一个担子一样，因此不去细察中国人的实在情形，老是啧啧地赞美，把印度中国混在一起，说这都是中国人的生活美。然而这实在是他的谦恭处。可是我们听到几句入耳的话，风魔似的大声嚷着我们中国的文化是超乎一切国家以上，就是鼎鼎大名的西洋哲学家现在也看出我们的好处了，真像一个做梦拾到黄金的人，偶然醒来，睡眼矇眬把铜板当做金磅〔镑〕，笑迷迷〔眯眯〕地翻个身又做好梦去了。罗素最反对的是对自己本国盲目的赞美，我们现在因为他几句话，却大发挥我们腓立士丁（戈按：英文 philistine 的音译，即庸人、市侩）的精神，闭着眼睛来说自己的好话。罗素先生若使真知道了个中情形，又将作何感想？

（摘录自 1929 年 1 月《北新》第 3 卷第 1 号第 127—128 页）

近来欧美思想界公认世界上有三篇"自由"的绝妙文字：

一、米尔敦的《自由论》

二、穆勒的《群己权界论》

三、罗素的《一个自由人的信仰》

这三篇杰作道自由的真谛，又都很能代表时代精神，罗素所说的正是徘徊我们心中，百思不能解决的问题。凡是爱自由的人们读起来都会起共鸣之感。

这篇不朽的自由论不单是思想精深，而且文字伟丽，热情奔腾，使人走到一个新的境地里去，彷佛是一篇散文诗。

此外尚有一篇《机器与情感》，那是从他的近作《怀疑主义论文集》选出的，所谈的是近代工业文明和个人自由的心境的冲突和应当怎样去调剂，很可以跟前一篇参读。

后面还附有《罗素自传》的译文，读者可以藉此看见他思想的背景。

（摘录自1930年11月1日《北新》第4卷第20期目录页后广告）

本月，樊际昌代理北京大学图书馆主任，到本年2月。

马衡辞去了（北京大学）图书馆主任职务，到故宫博物院任职，樊际昌、钱稻孙先后短期代理图书馆主任。……二人均属临时兼任性质。马衡辞职两个月后，校方正式任命毛准（子水）为图书馆馆长。

（摘录自吴晞编著《北京大学图书馆九十年记略》第63页）

《中国新书月报》第1卷第2期第41页刊登梁遇春译《红

花》《幽会》广告。

2月13日

看 Abelard and Eloise（阿贝拉尔与爱洛依丝）的情书。详见2月15日信。

2月15日

写信给石民，此信为第一部之二十六。信末落款时间为"除夕前一日"，即2月15日。信中说自己得了一场感冒，没有及时回信。收到老板李小峰的信，说石民要注《十日谈》，自己有两本《十日谈》，准备送给石民，明天寄出，当新年礼物。病中读孟郊和贾岛诗，觉得比刘长卿、王维、孟浩然要有意思得多，让石民选诗时多选些他们的诗。说老板恐怕不答应收版税，准备写信与袁家骅、顾仲彝两人去商量一下，但自己也认为可能没什么效果。又提及前日看 Abelard and Eloise 的情书，触动情怀，也要写篇《情话》寄上，请石民斧正。

2月25日

温源宁担任北京大学英文学系主任。（据《北京大学史料》第二卷第1843页）

2月

《中国新书月报》第1卷第3期第45页刊登梁遇春译《荡妇

自传》广告,后 1933 年《北新书目》、1934 年 11 月 1 日《青年界》第 6 卷第 4 期刊末广告,均与此同。

钱稻孙代理北京大学图书馆主任,到本年 3 月。

3月6日

梁遇春译作《荡妇自传》序,由叶公超"于故都西郊〈竹〉影婆娑室"写毕。叶公超当时住在清华北院 11 号,他在南窗外种了竹子,故给寓所取名"竹影婆娑室",并请黄节(晦闻)题写了横额。本书序除了提及该小说风靡世界外,又说明已有法、德、意大利、西班牙译本,还介绍了小说作者狄福和小说主角佛(法)兰德斯。其中涉及梁遇春的相关内容如下:

我想假使有人能够"过阴"去告诉佛兰德斯(以宗教之善恶观念而论,她总该还在地狱里才是),说梁某某已把她的自传译成中国文了,她大概还会像书中那样从容的说:"我希望这位中国的梁先生没有删掉我半句的原话。记得狄福先生为我笔记的时候,那肯让我少说一句话!即使是芝麻绿豆的事,他也得盘问个十分明白才让我接着往下说。好在我做人的时候不是那类顾影自怜的女人;若是的话,我便终日咽泪吞声都来不及,那里还有什么气力对人说这些话。"若使读者恐怕过了阴再回不来了,那么看完这部自传之后,自然也会觉得这几句想像的话不是牵强附会的。

(摘录自《荡妇自传・序》第 1—2 页)

3月10日

译文《东西》(俄国 Valentine Kataev 著 梁遇春译) 发表在《青年界》创刊号第1卷第1号,这篇译文不见于之前已出版的梁遇春文集,现作为集外译文收入全集。

《青年界》创刊,北新书局出版,编辑石民、赵景深、袁嘉华、李小峰。该杂志起初为32开本,从第5卷第1号(1934年1月)起改为16开本。1937年5月后曾休刊,1946年1月又复刊,复刊后仍改回32开本,卷期另起。后于1948年12月停刊。该杂志每五期为一卷。梁遇春的译文《东西》、《小泉八云》(戈斯著) 和《王尔德》(林德著) 都发表在《青年界》杂志上。

3月23日

《益世报》第8版刊登"北平北新书局非常大廉价一月 英汉对照丛刊"广告,除了以上标题和特别启事、订购办法、地址、电话等情况介绍外,还有梁遇春译注"《英国诗歌选》 实价一元二角,《厄斯忒哀史》 二角半,《红花》 二角半,《幽会》 二角半,《小品文选》 实价一元二角"等广告。此后3月28、29、30日《益世报》第8版也连续刊登与3月23日相同的广告。

3月

梁遇春译注《诗人的手提包》(*The Poet's Portmanteau*),

"英文小丛书"之一,由上海北新书局初版印行,总页数 77 页。版权页标注:1931 年 3 月初版,印数 1－3000 册,每册实价二角半。

梁遇春译《诗人的手提包》,一册,定价 0.35,北新出版。内容大意:著者 George Gissing 专描写伦敦贫民窟和工厂的灰色生活,本书就是他的人生观的表现。

(摘录自《中国新书月报》1931 年 7 月第 1 卷第 8 期广告)

作者是个饱尝人世苦恼的人,所以对于穷愁潦倒的人们深有同情。他又是个悲观主义者,觉得世上无处不是凄凉的境地,太阳光射不到屋里,他极能道出沦落者的心境。这篇小说是叙述一个浪漫女子的悲剧,却用滑稽的笔调写了出来,真是一篇笑中有泪的绝好作品;正如作者所说,当今的艺术应当传达出困苦的意义。

(摘录自 1933 年 10 月 6 日《北新书目》第 152 页广告)

此月,毛子水开始担任北大图书馆馆长,直至 1935 年 8 月。

毛准(子水)以史学系教授身份兼任图书馆馆长。

(摘录自吴晞编著《北京大学图书馆九十年记略》第 63 页)

4 月 6 日前

写信给石民,此信为第一部之二十九。信末无日期,根据信中"北大图书部更动人员,这几天很忙",可知时间为此年三四月间。信中又说"惊悉你跟老板吵架而失业了",指石民和北新老板李小峰因闹翻而辞职之事。信中还写到"我万分希望你能到这儿来",并托叶公超、废名等师友帮石民找一职位。后一封信说"弟连日向几位师长找位置",但不顺遂,即承接此信而言,故此信时间在前。信中说到北平北海图书馆非要学过图书馆学者不行,由此感慨:"世界混饭事都得有那一个无聊资格,我们这班学文学的人却大有困难之势。"故而说自己想办实业,如开点心铺、文具店、理发馆、糖店之类,会更有意思些。又说到北大图书部因更动人员,这几天很忙,感到整个人沉没了;近来常念起一位朋友的诗"埋没空哀一世狂"(郑孝胥)。

需要说明的是,信中所说石民与老板李小峰闹翻,已有多次,又和好了多次,所以梁遇春在其闹翻时热心费心地帮石民找工作(虽没成功也有苦功),在他们和好后又请石民审稿、催稿费。石民一直在北新书局工作到1935、1936年才离职。

抗战前一两年,他(石民)实在受不了李小峰的剥削,到武汉大学教书去了(在这以前,他和李小峰也闹翻过,他告诉过胡风。)

(摘录自梅志《有关石民情况的两封信》,《新文学史料》1995年第4期第160页)

4月6日

写信给石民,此信为第一部之三十。信末只署"六日",而没标年月。根据1930年12月28日"刘君信已写去了"和此信中"刘君有回信"的信息,加上前信中"北□大学现在改组中,办公处亦扩充……北大图书部更动人员,这几天很忙"的内容,2月15日信中"顷得老板的信,说你要注Decameron,删节后出版"等,说明2月石民与老板李小峰尚未吵架。1931年春节在2月17日,上封信说明已是寒假结束并开学的工作状态,而3月6日还在寒假时间内,故此信不可能写在3月,而应在4月24日信之前。综上所述,可推断出此信写作时间应为1931年4月6日。

信中说一直通过老师学长帮石民找工作,但并不顺利,故感叹"天下事皆难如恋爱,然亦皆易如恋爱"。针对石民向同乡兼同学的刘君约稿一事,梁遇春回复刘君回信,说是太忙,转荐叶子静作稿,叶子静又说须先知是什么性质的刊物,于是梁遇春又感叹"吃洋面包者(留学生)之盛气凌人",以后要"敬鬼神而远之"。信末说自己"近来牢落万分,精神极其疲累。闻君失业,于图书部事更加留恋。然真是鸡肋",再次感叹"人生吃饭难焉!"

4月23日

给北新书局老板李小峰寄出康拉德《青春》译稿。详见4月24日信。

4月24日

写信给石民,此信为第一部之三十一,曾部分收入《致石民书六通》。信中说前日与废名闲聊了一天,说"他面壁十年,的确有他独到之处"。说昨日"看见燕子穿杨柳枝飞过,觉得真是春到人间了",又问石民,"你记得这儿的柳树吗?那是上海永远找不到的,南京也许还可看得见,然而隔六朝太远了",春日隔空思友的情绪表达得十分别致。又说自己"近来颇有多读书、少做文章之意"。信末问及朱森去调查地质没有。信后又有几段补记,说废名给石民的结婚贺礼已经备好;昨天给老板李小峰寄了康拉德《青春》译稿,让石民有闲时拜读;自己正在译注吉辛的《草堂随笔》;问石民《十日谈》还要不要;最末让石民代向张友松问好。

这部《十日谈》,在梁遇春给石民的信中已出现多次,看来是一波三折。2月15日信说,第二天除夕要寄给石民当新年礼物(见信第一部之二十六)。但实际并未寄出,因为4月24日这天还在问"《十日谈》还要不要?"后面5月19日前的信中又说"明天寄上,足下其将作十夜谈乎?"又是要把此书当作给石民的新婚礼物(见信第二部之一)。这次书确实寄了,因为6月7日的信问"《十日谈》已收到没有?大概在十夜谈之后,才能开始谈吗?"(见信第二部之三)

4月

梁遇春译注的迦尔洵《红花》由上海北新书局再版。译注的盖斯凯尔夫人《老保姆的故事》、米特福特《我们的乡村》、巴比利恩《最后的一本日记》、哈代《三个陌生人》《忠心的爱人》由上海北新书局付排。

顾仲彝译注的《独幕剧选》再版书末印有"自修英文丛刊"的广告,其中收有梁遇春译注的《小品文选》《英诗选》(应为《英国诗歌选》)等。

褚问鹃《评梁遇春著〈春醪集〉》在《新学生》月刊1931年第1卷第4期发表。

5月2日
《华北日报》第4版刊登北新书局"《一个自由人的信仰》梁遇春译 实价三角"等广告。

5月10日
《青年界》第1卷第3号刊首刊登"梁遇春译注《英美诗歌选》(应为《英国诗歌选》)"广告。

4月24日—5月19日
写信给石民,此信为第二部之一。信末无日期,根据上一信和此信"雁君贺礼已预备好了","我的文章,洋洋一千言,前日才做好,定十九号可裱好(裱得很讲究呀!)预算寄到上海总在廿一二号左右"等内容,可推断此信应写于5月19日前。信中又说"听说你要在首善之区举行婚礼",可推断出石民与表妹尹蕴纬于4月24日至5月21日之间在南京举行婚礼;另下一封6月7日的信中"是以久不作信与这位新郎先生",以及6月10日信中"天天等你俩结婚的玉照寄来,……礼物收到多久了?"等,也都是旁证。石民夫妇结婚,很多文章写的时间是1932年11月,由此可证有误。此信提及张友松来北京,已经代收礼物(可能是石民给香山上废名的礼物),准备后天送去。听说石民在南京结婚,自己费工夫写了洋洋一千言的贺文,并做精致装裱后寄出。明天还准备寄出《十日谈》,调侃石民是否要做"十夜谈",此后不会再有"单身汉的怨言"。

5月

梁遇春译注的盖斯凯尔夫人《老保姆的故事》、米特福特《我们的乡村》、巴比利恩《最后的一本日记》、哈代《三个陌生人》《忠心的爱人》由上海北新书局初版。

《老保姆的故事》(*The Old Nurse's Story*),"英文小丛书"之一,封面作者名错印成 Mss Gaskell,应为 Mrs Gaskell,总页数137页。版权页标注:1931年4月付排,1931年5月初版,印数1—2000册,实价三角半。

这是一篇凄冷的鬼怪故事,从一个和蔼可亲的老保姆口里道出,将一个浪漫传说烘染得好像真实的人生。作者是以善描写英国工人的生活著名。她能走进朴素生活里去,看出平凡无奇事件的意义,会体贴到一般人的心境,可说是天生具有平民主义精神的作家。并且作者文笔纯洁,娓娓动人,确实是记叙文的良好模范。

(摘录自1933年10月6日《北新书目》中《老保姆的故事》广告)

《我们的乡村》,"英文小丛书"之一,收录《老游民》《年青的游民》《落叶》3篇译文,总页数125页。扉页作者名错印为mltfod,应为Mitford。版权页标注:1931年4月付排,1931年5月初版,印数1—2000册,实价三角半。

梁遇春译《我们的乡村》,一册,定价0.35,北新出版。内容大意:著者M. P. Mitford专叙一个忠实而孝顺的女儿,能从劳苦得来的钱,供养一个挥霍无度的父亲。

(摘录自1931年7月《中国新书月报》第1卷第8期广告)

这位女作家最会描写乡村景物,她具有极微妙的幽默笔调,活画出天国般的农村生活。我们这里所选的是她谈一队"寄泊栖"的两篇文字。这般游民是欧洲最有趣味的民族,她把他们放在如是美妙的背境里,读者只要闭目一想:就可以猜出这本书会是多么有趣!此外尚有一篇《落叶》,也很可以代表她那特有的作风。

(摘录自1933年10月6日《北新书目》中《我们的乡村》广告)

《最后的一本日记》(*A Last Diary*,Barbellion 巴比利恩著),"英文小丛书"之一,总页数107页。正文第一页和第三页书名以及下面信中与广告中的书名都印成"最后一本的日记"。版权页标注:1931年4月付排,1931年5月初版,印数1—2000册,实价三角。

梁遇春致石民信第一部之二十七中有言:

近日译一本《最后一本的日记》(小丛书),觉得里面所说的心境,颇与我现在相似。近日来的确不行极了,从久不写信给你，而且这封信是如是乱杂上，你可以窥见我心中是多黑漆一团也。

（摘录自李冰封整理、唐荫荪译校《梁遇春致石民信四十一封》，《新文学史料》1995年第4期第149页）

作者天生一个极锐敏的心灵，他在世上短短三十年的岁月多半是在梦魇之中，可是从这血肉模糊的病榻却开出一朵惨绿的花，那是他的日记。

他是个科学家，对于自己具有客观的态度；他又带了诗人的心境，能够婉转地说出自己的情怀。

这部日记是他在世最后两年的日记，他自己也知道一两年内会死去，可说是睁着眼睛，走进坟墓时的哀歌。

（摘录自1931年6月10日《青年界》第1卷第4号刊末广告）
《三个陌生人》，"英文小丛书"之一，总页数135页。版权页标注：1931年4月付排，1931年5月初版，印数1—3000册，实价两角半。

梁遇春译《三个陌生人》，一册，定价0.35，北新出版。内容大意：这是T. Hardy的小说，现给梁君译成中文对照印行。

（摘录自1931年12月《中国新书月报》第1卷第12期广告）
《三个陌生人》是哈代短篇小说里登峰造极的作品。

里面说一个逃犯在一个牧羊的汤饼筵上碰到他的刽子手。这是多么惊心动魄的事情。哈代却镇静地用深刻的辞句把这个小故事渲染得可以代表整个人生悲剧。所以大家公认为这篇可以跟他的长篇杰作同样地不朽。

我们念完这篇故事,彷佛看得见一个枯瘦的老头子托着烟斗,向我们苦笑。

(摘录自1931年6月10日《青年界》第1卷第4号刊末广告)

《忠心的爱人》(*The Constant Lover*),"英文小丛书"之一,总页数93页。扉页作者名错印成Mr Miftord,应为St. John Hankin。版权页标注:1931年4月付排,1931年5月初版,印数1—2000册,实价二角半。

梁遇春译《忠心的爱人》,一册,定价0.25,北新出版。内容大意:著者St. John Hankin是牛津大学出身,曾当过新闻记者,他是一个戏剧名作家,本书是他平生杰作,研究戏剧者不可不看。

(摘录自1931年7月《中国新书月报》第1卷第8期广告)

这是青春的喜剧。虽然全部剧只是一对年青男女在树荫下几十分钟的对话,可是他们却从姓名不相悉的陌生变为沉醉在热吻里的情人,接着就是吵嘴,那是爱的附产品,最后默默地低头各走各的路,心中都添上惆怅。这出滑稽的独幕剧却还含有微妙的恋爱哲学,道出爱情的真谛,那也是保留永久青春的惟一良方。

(摘录自1933年10月6日《北新书目》中《忠心的爱人》广告)

另,其译注的《草原上》由北新书局付排;罗素《一个自由人的信仰》由北新书局再版,印数为2001—4000册。

6月5日

梁遇春父母到北京,他陪同游览名胜古迹。(据6月7日给石民信)

6月7日

写信给石民,此信为第二部之二。写信给石民,此信为第二部之二。信中说父母来北京,忙于"接驾""漫游";游山玩水需杖头钱,故请向老板代催《荡妇自传》稿费。此信写得简短,却是难得轻松谐趣的篇章。

妆台眼波之消息如何说法,得容敝人如是我闻乎?家中二老北上,前日预备迎驾,现则忙于漫游,是以久不作信与这位新郎先生。近来生活状况,乞见告一二。此乃套话,现在说来却新鲜可喜,可见新郎不可不做,连朋友的文才都沾光不少。子元病现如何?老板处稿费(《荡妇自传》)请代一催,游山玩水,须杖头钱故也。

(摘录自李冰封整理、唐荫荪译校《梁遇春致石民信四十一封》,《新文学史料》1995年第4期第152页)

6月10日

写信给石民,此信为第二部之三。从信中"天天等你俩结婚的玉照寄来"和信末"嫂夫人"的称呼,说明已是在石民结婚之后。信中要石民寄结婚照,问其新婚感受,并畅想今后去上海石民家中畅聊抽烟喝咖啡的情景；问《十日谈》收到没有；说一个多月没有见到废名，"西山多芦苇，大概是得其所哉"。

《青年界》第1卷第4号刊末刊登梁遇春译注的《三个陌生人》《最后的一本日记》广告。

6月22日

温源宁任北大外国文学系主任兼英文组主任。

北京大学下学期聘任教员，外国文学系，系由德、法、英、日四系合组而成，分为各组，系主任为温源宁，兼英文组主任。

（摘录自《北京大学史料》第二卷第1843页）

6月30日

叶公超与袁永熹结婚。据常风《回忆叶公超先生》，胡适、温源宁等十位老朋友赠送的结婚礼物是路卡斯（Lucas）编的《兰姆全集》（*Complete Works of Charles Lamb*）和路卡斯写的《兰姆传》。这礼物也应有梁遇春的一份子。

6月

梁遇春译注的《草原上》由上海北新书局初版，为"英文小丛书"之一，高尔基著，收录《草原上》《可汗同他的儿子》两篇短篇小说，总页数121页。版权页标注：1931年5月付排，1931年6月初版，印数1—3000册，实价三角半。

这位作家是用不着介绍的。

他的短篇小说的长处在于能够深刻地描绘出（一）漂泊者的心情和生活，同（二）人间世惊心动魄的浪漫情调。

这本书里第一篇《草原上》叙述三个流浪汉在无边的草原上的生活，第二篇《可汗同他的儿子》是父子同一个女囚犯的三角恋爱故事。两篇合起来很可以代表这位当代短篇小说大家。

（摘录自1930年8月1日《北新》第4卷第15期广告）

这是高尔基早年的小说，识者以为以此期的小说为最有艺术价值，因为其中很少杂有其他分子。这篇《草原上》是述广漠的草原生活，令人想起塞北的风烟，恍如置身关外，风吹草低见牛羊，大可为之神爽。另外一篇《可汗同他的儿子》，是极热烈的三角恋爱故事，却说得这么旖旎温柔。真堪称做英雄肝胆，儿女情怀呢。

（摘录自1933年10月6日《北新书目》中《草原上》广告）

梁遇春译注的W. H. 怀特《厄斯忒哀史》由上海北新书局再版，印数3001—6000册。

7月

《荡妇自传》由上海北新书局初版，狄福（今译笛福）著，为"世界文学名著之一"，总页数608页。本书由叶公超作序，正文前有《荡妇法兰德斯自传》。版权页标注：1931年6月付印，1931年7月初版，实价银一元八角。季羡林评论梁遇春翻译的《荡妇自传》，说它"非常生硬僻涩"，与其创作的《春醪集》大不相同，还对叶公超说自己很喜欢写essay，可知受到

《春醪集》的影响。

一个天真烂漫的女孩,居然变成荡妇,嫁了十几个丈夫(其中有一个还是她的亲兄弟),年老色衰的时候,又学会当小窃,弄得最后抓到狱里,放流外国,这是多么可怕的一生。但是她一步步的堕落好似都是必然的,我们读的时候对于她始终有些同情,笛福这副写实本领同人道精神真是值得我们的佩服。当代诗人苔薇士说:"把《圣经》除外,我从来没有看见过一本书,写得这么坦白。我以为《荡妇法兰德斯自传》是第二本圣经,凡是具有信仰的人们都应当虔敬地把它念一遍,因为对于他们会很有益处的。"

全书译成中文计十余万言,喜欢看描摹逼真,把人生赤裸裸地写在纸上的长篇小说的读者,不可不读。

(摘录自1929年6月1日《北新》第3卷第10号广告)

《荡妇自传》 英国狄福著 梁遇春译 卅二开本 一册 实价一元八角 廉价期八折

正如在《鲁滨逊漂流记》里他写出了一个富于冒险的英雄,而在这本书里我们的作者则写出了一个富于冒险的女英雄佛兰德斯——一个荡妇!她"生来就是一个囚犯的女儿,她的命运,在当时的传统观念之下,总算够坏了;再加上那些命运的遭遇和个人经济的压迫,让她走上那几条生活的道路,也不算什么,这里值得我们注意的,不在经过的事实,而在佛兰德斯如何应付她坠入的种种难境。我们至少得承认她根本不是一个坏人,因为她脑中始终是存着道德观念的;虽则她自己也承认她的意志确然是薄弱，但是人类意志的强弱往往是随环境而转移的。我们仔细研究她的心理又不能不承认她的欲望是继续不停的在那里想挽救她自己，甚至于妄想做高贵的夫人。假设佛兰德斯是一个甘愿为娼为贼的人，她的生活也就没有这些不测的风浪了；惟其总想求善求全，结局反到〔倒〕如此。……佛兰德斯可算是一个极端摩登的女子。"所以她虽则是十八世纪的人物，为人所鄙弃，而毕竟博得近代批评家的注意，和读者的同情。不用说，法，德诸国早已将这部"自传"译出，就是在西班牙和意大利近来也有了译本。如今，多谢梁先生的努力，我们有了中文的译〈本〉了。全书六百余页，定价特别低廉。

北新书局印行

(摘录自1931年8月24日《申报》第4版广告)

又读《春醪集》。

我对他(指叶公超，下同)讲我最近很喜欢写essay。他给了我很多指示，并且笑着说"现在中国文坛上缺少写essay的人，你很可以努力了。"

看梁遇春译的《荡妇自传》(*Moll Flanders*)非常生硬僻涩，为什么这样同他的创作不同呢？

(摘录自季羡林《红·清华园日记》第176、321、332页)

梁遇春译注的《青春》由上海北新书局初版，为"世界文学名著丛书"之一，总页数136页。版权页标注：1931年6月付印，1931年7月出版，印数1—3000册，每册实价六角。有硬精装、道林纸精印版本。另《青春》更早有蒋学楷的译本，康拉特著,1929年南华图书局初版。

作者是一个二十年沧海寄身的老舟子,又是个深有文学修养的艺术家,所以能够写出满纸的波涛,万千的气象。这篇小说是他第一次航行东方的纪实。怀了憧憬的幻梦,年少的心情,驶一只破旧帆船,历尽辛苦,终于坐一条十四丈长的艇,到神秘的、芬芳的、谜一样的东方。这是多么浪漫,真可说是青春精神的结晶。

(摘录自1933年10月6日《北新书目》中《青春》广告)

《中国新书月报》第1卷第8期第58—59页刊登梁遇春译《诗人的手提包》《我们的乡村》《忠心的爱人》的广告。

8月24日

译作《荡妇自传》的广告刊登在《申报》第4版。

夏

次女出生。

弟夏间添一女,终日脱不了儿女事,有时也以为苦。

(摘录自李冰封整理、唐荫荪译校《梁遇春致石民信四十一封》,《新文学史料》1995年第4期第152页)

9月

暑假,北京大学图书馆从红楼搬入松公府,9月正式开馆,梁遇春开始到此上班。图书馆包括大阅览室、特别参考室、杂志阅览室、阅报室四个阅览室，七个书库，另有目录厅兼出纳室。

北京大学图书馆便于 1931 年暑假由红楼迁入松公府前部的殿堂，9 月份正式开馆。……图书馆内部的工作机构也恢复了正常的职能，馆内仍设购书、登录、编目、典书四课，共有职员 25 人。图书馆直属校长和图书委员会领导。1931 年 9 月成立的图书委员会由蒋梦麟亲任委员长，委员有毛准（子水）、樊际昌、李四光、刘复等 18 人。

（摘录自吴晞编著《北京大学图书馆九十年记略》第 65 页）

写信给石民，此信为第二部之四。信末无日期，根据信中"图书馆搬到操场后面松公府"，可推断出写信时间为 9 月。信中提及朱森前日到此；仍在盼石民的照片；夏天生了二女儿；北大图书馆搬到松公府，讨厌忙碌的办公生活。

10 月 19 日后

《泪与笑》集书稿交由废名带到上海，准备找出版社出版，但没找到。1932 年春（4 月 18 日前），原稿又寄回北平梁遇春处。

去年重九（即 1931 年 10 月 19 日），将《莫须有先生传》草草完卷之后，跑到南边走一趟，年底又北来。

（摘录自废名《纺纸记·前记》，1933 年 3 月 1 日《新月》第 4 卷第 6 期）

秋心的这本集子，在去年（指 1931 年）秋天曾经由废名兄带到上海来，要我们给它找一个出版家，而且"派定"我作一篇序文。但结果到今年春间这原稿还是寄回北平去了，而我的序文也就始终没有写，曾日月之几何，如今只落得个物在人亡了。

（摘录自《泪与笑·石民序三》第9页）

文稿已收到，谢谢。它这么往海上一游，好像《红楼梦》中之宝玉，所以我对他也刮目相待了。

（摘录自李冰封整理、唐荫荪译校《梁遇春致石民信四十一封》，《新文学史料》1995年第4期第155页）

写信给石民，此信为第二部之五。信末无日期，根据"乘去雁之便，送些笔墨诗韵以及饽饽，当时匆忙忘却写信，现在只好付邮了"，说明此信写于废名10月19日以后（据《废名年谱》）离开北京赴上海之后，梁遇春委托废名带了笔墨诗韵和饽饽给石民。信中还说已译完《小品文续选》，寄到北新书局，问石民见到没有；读托翁《安娜·卡列尼娜》，里面有说到新婚，遂问起石民新婚三月后的生活情形。

写信给石民，此信为第二部之六。信末无日期，根据信中"雁君真是不愧为红娘，他一去，你的信就滔滔不绝的来"，说明是废名去上海之后写的信，且在上一信之后。信中说：得到石民的大札并小书。废名去了上海，没有什么可畅谈的人，因此很嫉妒石民。自己近来有些老了，又很喜欢说自己是中年人，但还脱不了孩子气。北平图书馆里面乌烟瘴气，整天谈图书馆学。还说到胡适的中华教育文化基金项目翻译计划的详情；近来读《安娜·卡列尼娜》与《战争与和平》后，动起想写长篇小说的念头。

10月
译注的《情歌》由上海北新书局付排。

秋天
此年秋天，有人说梁遇春在上海某中学代课两星期，教英语。此说存疑。

我之认识梁遇春，是在民国廿年的秋天，那时我正肄业海上某中学，有一次英文教员请假，布告上说是请梁遇春先生代授，那时我已读过他的《春醪集》，因为文字的富有魅力，对于作者亦异常憧憬，不料居然有这么一个机会使我们能够瞻仰丰采，亲聆謦欬，当然异常高兴。轮到梁先生的课来临时，我带着孺慕的心情，踏进了教室。

"来了，来了，"在全教室的喊喳声中，一个器宇轩昂仪表美秀的"新人"堆着满脸的笑容呈现在我们的面前，近百只眼睛集中在他身上，要找出一个谜。

那时我们用的课本是商务出版的《古史钩奇录》，书籍本身，已富情趣，他逐句讲来，旁证博引，妙语如珠，大家都听得神魂飞越，一致倾倒。

在两星期的代课中，我们几乎天天都见面，我渐渐地和他厮熟起来，他住在慕尔鸣路（戈按：即今茂名北路），我也常去走动走动。那时他犹未结婚,态度异常和蔼,一见面终是满脸笑容,斗室晤对,或讲述文艺,或研讨人生观,清谈娓娓,备感亲热。他亦爱电影,特别喜欢德国乌发公司的出品,有一次说得高兴,我们一同到北京大戏院去看了一次雷马克名作《西线无战事》。在归途中他盛道该片的好处,更从文艺的观点,阐发了许多雷马克的思想,当时我学力甚浅,对于他的话语,似懂非懂,不过唯唯而已。

(摘录自江上风《惊蛰集·春醪梦醒的梁遇春》第50—52页)

上文说"那时我已读过他的《春醪集》"(1930年3月初版),还写明时间是1931年的秋天。然而此说存疑:一是梁遇春于1930年2月8日回到北平后,即一直在北大工作,这期间再跑到上海中学去代课,有些让人难以置信;二是1931年秋天把《泪与笑》的书稿交给废名带到上海,在此前后没有其他信息证明他去过上海,且专程去上海代课两周。所以这个时间点和代课之事,总感觉很是奇怪,目前也只有江上风一人持此说,有可能是误记。此事已成孤证疑案,还有待未来学界佐证。

11月19日

徐志摩坠机遇难。1932年4月11日,梁遇春在天津《大公报·文学副刊》上发表《Kissing the Fire(吻火)》的文章,以纪念徐志摩。

11月26日

《申报》本埠增刊第3版"书报介绍"栏目发表徐睡麟关于

梁遇春译《近代论坛》（英国狄更生著）的书评，书评标题是"近代论坛"。

11月28日

《申报》本埠增刊第5版"书报介绍"栏目发表徐睡麟关于梁遇春译《近代论坛》（英国狄更生著）的书评，书评标题是"近代论坛（续）"。

11月29日

《申报》本埠增刊第5版"书报介绍"栏目发表徐睡麟关于梁遇春译《近代论坛》（英国狄更生著）的书评，书评标题是"近代论坛（续）"。

11月

《情歌》由上海北新书局初版，"英文小丛书"之一，梁遇春译注，总页数191页。版权页标注：1931年10月付排，1931年11月出版，每册实价四角五分。本集所选的43首（应该是42首，加上1篇类似译后记）情歌，是代表英国四百年来的情诗。

这本集子包含四十二首情歌，都是清新可喜的作品。这里面有：十六世纪音调甜适，一往情深的情歌；十七世纪立意古怪，辞采精辟的情歌；农夫用土语信口唱出，真情流露的情歌；浪漫作家想入非非，迷梦方浓的情歌；近代大文豪哈代悱恻动人的悼亡作品；当代女诗人痛快淋漓，尽情高唱的情歌。一般做桃色之梦的人均宜购备。作为结婚礼物亦极适宜。

（摘录自1933年10月6日《北新书目》中《情歌》广告）

12月3日

读《红楼梦》。详见12月5日的信。

12月5日

写信给石民，此信为第二部之七。信末写明日期"五日"，根据信中所说"雁君已抵家（指其老家湖北黄梅县），可是又将回〈北〉平"，此信不是写于11月5日，就是12月5日。从10月29日周作人致废名信中所言"在上海期间希望费心代办一件事……乞代买一本（《陀螺》）寄来"，说明10月底废名还在上海，而年底前废名先到湖北老家再回到北京，故此信应写于12月5日。信中提及，已收到石民夫妇玉照，祝他俩"炉边絮语的乐趣"；前日读《红楼》，至那段昆曲"何处觅雨笠烟蓑卷单行，一任俺芒鞋破钵随缘化"，想写副对联送给废名，可惜自己的字蹩脚；废名已回湖北老家，朱森回上海；向石民要其翻译的《他人的酒杯》（可惜终是没见到此书，北新书局至1933年10月才初版）；对北新书局老板李小峰不寄钱可以容忍，而对"信五去而不一覆"感到怫然。

12月

《中国新书月报》第1卷第12期第61页刊登梁遇春译《三

个陌生人》《荡妇自传》的广告。

冬天

写信给石民,此信为第二部之八。信末无日期,根据信中"此间连日天阴欲雪,却没有下起雪","中华文化基金闻在译莎士比亚全集,外尚有译《衣裳哲学》、哈代之《谛斯姑娘》者,可见范围很广也"等内容,可推断此信写于1931年底或1932年初的冬天。信的开头,即细致描摹一幅北平的冬景"油画"赠与诗人(石民)。提及中华教育文化基金翻译项目的范围很广。说这几天在看近代哲学论文,以解闷消愁。

编译委员会……现已决定翻译莎士比亚全集,聘定闻一多、徐志摩等五君为委员,担任翻译及审查。现拟先行实地试译,以期决定体裁问题。预计五年到十年,可以全部完工。此外尚有小说剧本多种在翻译中。

(摘录自1931年12月刊行《中华教育文化基金董事会第六次报告》)

本年

其收入《泪与笑》集的小品文《第二度的青春》,写于本年。依据是文末说:"记得去年快有儿子时候,我的父亲从南方写信来说道,'你现在也快做父亲了,有了孩子,一切要耐忍些'。"其大女儿燕瑛出生于1930年6月初。另外,需要说明的是"快有儿子",表明孩子还没出生,不知道性别,只是习惯说法而已。梁遇春就只有两个女儿，没有儿子，温源宁的英文文章"Liang Yu-Ch'un, A Chinese Elia"［原刊 *The China Critic*（《中国评论周报》）1934 年第 7 卷第 15 期］中写得非常清晰明确。

1932 年（民国二十一年）　　27 岁

1/2/3 月 11 日

写信给胡适，尊称"夫子赐鉴"，落款"受业梁遇春鞠躬"，恭敬备至。信中说他自己写《Kissing the Fire（吻火）》纪念徐志摩的文章事宜，请胡适修改斧正。此文也请叶公超修改过，根据废名所说"今年他做了一篇短文，所以悼徐志摩先生者，后来在《大公报·文学副刊》（第二百二十三期）发表"［《悼秋心（梁遇春君）》］和叶公超所说"写的时候大概悼徐志摩的热朝〔潮〕已经冷下去了"（《泪与笑·叶公超跋》）判断，此文不是写于 1931 年。从信中说此文"系前月回忆志摩先生时写的"，落款时间为"十一"及文章发表于 4 月 11 日的各种情况分析，此信应写于 1 月至 3 月间。此信被学者陈建军新近发现并公开发表，原件现藏于中国社会科学院近代史研究所胡适档案内。信全文如下：

适之夫子赐鉴：

附上短文一篇，系前月回忆志摩先生时写的。里面所说吻火一节，却是三年前实秋先生宴饮《新月》同人时的情事。当时，夫子亦在座，或者还能想起。记得希腊一位哲学家主张火是宇宙的本质，他曾经说一个人在河里不能两次洗同一的水。

志摩先生的气质真好比一团灿烂的火花，他在生命的河流里洗净自己，刻刻有新的意境，新的体验，仿佛也可以说没有洗过同一的河水，所以"动"好像是他生活的真髓。夫子以为如何？短文请为斧削，诸容面陈。专此，并请

道安

受业梁遇春鞠躬　十一

（摘录自陈建军《梁遇春致胡适信》，2021年5月26日《中华读书报》第14版）

3月1日

北京大学发布新学期注册日期通告。

国立北京大学布告　兹将二月二十九日本校第九次教务会议重要议决案公布如下：一、延期注册日期案。……二、点名日期案。议决：自三月七日起各院一律点名，凡未到校注册或注册而不上课者，均以缺席论。

（摘录自《北京大学史料》第二卷第946页）

3月17日

给石民寄了一本文法书 West：Revised Grammar（《韦氏：文法修订本》）。详见3月18日的信。

3月18日

写信给石民，此信为第二部之九。信末写明日期"三月十

八日",根据信中"结果长老(指废名)上山跑一趟","我的新居非常寂寞","子元近况如何,目下当然谈不到出外调查了。他的弟弟已自前线归来没有"等内容和顺序,可推断此信写于1932年。信中说已找到哈代《市长》《哈代传》的书并寄给了石民。引用王国维、刘辰翁的诗词,说自己近来"饱食终日,咄咄书空","于身世恍有所悟"。说石民"潇洒的文笔"令人神往,回赠以"写信的天才"的话,说废名对其书札也"啧啧称善"。问及朱森及其弟的情形;昨天寄出一本从钟作猷处拿来的文法书;问石民想不想编小丛书,说自己有些小本英国中小学生读物,可以寄给他。

3月20日

发表戈斯《小泉八云》的译文于《青年界》第2卷第1号"文学讲话"栏目。

4月8日

作家毕树棠在其日记中品评叶公超、梁遇春二人,说叶公超"才力却有几分,只是汉文之造诣不够,有心有余而力不足之慨",而其高足梁遇春"情词俱茂,青出于蓝",对梁氏评价颇高。

八日,阅 TH 周刊,Y 君之散文《门》颇隽巧,有 Wit,在今日之小品文中可谓难得。Y 君治英国文学,最推重 Charles Lamb,才力却有几分,只是汉文之造诣不够,有心有余而力不足之慨。其高足梁遇春君亦走此路，情词俱茂，青出于蓝。

［摘录自螺君（毕树棠）《日记摘抄》，1944年11月1日《艺文杂志》第2卷第11期第33页］

上文中的TH周刊是指《清华周刊》，Y君即叶公超，其散文《门》发表于1932年4月2日《清华周刊》第37卷第6期。

4月11日

发表《Kissing the Fire（吻火）》于天津《大公报·文学副刊》第223期第8版，署名"秋心"。

《吻火》是悼徐志摩的。写的时候大概悼徐志摩的热朝〔潮〕已经冷下去了。我记得他的初稿有二三千字长，我说写得仿佛太过火一点，他自己也觉得不甚满意，遂又重写了两遍。后来拿给废名看，废名说这是他最完美的文字，有火炉纯青的意味。他听了颇为之所动，当晚写信给我说"以后执笔当以此为最低标准。"

（摘录自《泪与笑·叶公超跋》第144页）

今年他做了一篇短文，所以悼徐志摩先生者，后来在《大公报·文学副刊》（第二百二十三期）发表，当他把这短短的文章写起时，给我看，喜形于色，"你看怎么样？"我说"Perfect! Perfect!"他又哈哈大笑，"没有毛病罢？我费了五个钟头写这么一点文章。以后我晓得要字斟句酌。"因为我平常总是说他太不在字句上用工夫。他前两年真是一个酒徒，每每是喝了酒午夜文思如涌。因了这篇短文章他要我送点礼物作纪念，我乃以一枚稿笔送他,上面刻了两行字,"从此灯前有得失,不比酒后是文章",他接着很喜欢,并且笑道,"这两句话的意思很好,因为这个今是昨非很难说了。"

［摘录自废名《悼秋心（梁遇春君）》,1932年7月11日《大公报·文学副刊》第8版］

徐志摩是梁遇春读北大时的老师,梁遇春不仅在徐志摩去世后写了文章纪念,还在翻译兰姆文章时特意提及他。

Candide（戈按：《戆第德》,今译"老实人"或"乐观主义"）：法国服尔德（Voltaire）（戈按：今译伏尔泰）所作,有讥笑宗教的论调,因为Voltaire是个怀疑主义者。此书徐志摩先生有译本。

（摘录自《英国小品文选》第58页注释）

4月16日

废名送梁遇春一管笔。详见4月18日信。

4月18日

写信给石民,此信为第二部之十。信末写明日期"十八日",根据信中"前日长老送我一管笔",及废名《悼秋心（梁遇春君）》中"因了这篇短文章他要我送点礼物作纪念,我乃以一枚稿笔送他","长老"指废名,"这篇短文章"指梁遇春的《Kissing the Fire（吻火）》,两相对照起来推断,此信应写于4月18日。信中提及"文稿（指《泪与笑》集）已收到",可与石民的《泪与笑·序三》"但结果到今年春间这原稿还是寄回北平去了"相对照,也算是旁证。信中说二人久未联系,实际距上信约一个月。说自己近来在看《联语汇编》同《灯谜丛话》以及宋人笔记,算是有闲,"脱不了一个'闷'字,仿佛这一颗心儿真是孤单单地关在门里了"。帮石民解答了三个问题,给石民说了四个谜语。前日废名送了一管笔,自己"近日颇有学书之意,涂出寒鸦万点,亦一快事也";"近来写了一两篇文章,颇有继续写下之意"。《泪与笑》文稿寄去上海,没有出版,又寄回来了,调侃说像《红楼梦》中之宝玉,要刮目相待。

4月下旬至5月上旬

梁遇春到清华园拜访叶公超。〔据废名《悼秋心(梁遇春君)》〕

5月1日

《现代》月刊创刊于上海,16开本,现代书局发行。每半年为1卷。施蛰存主编。第3卷起杜衡(苏汶)参与编辑。1934年11月1日出至第6卷第1期后,改为政治、经济、文化及艺术的综合性刊物,由汪馥泉主编。1935年5月1日出至第6卷第4期,因现代书局歇业而停刊,共出版34期。《致石民书六通》发表于1933年2月1日出版的《现代》第2卷第4期,署名"故梁遇春"。

5月20日

晚上去拜访周作人。

晚秋心来谈,九时去。

(摘录自《周作人日记》下册第242页)

5月下旬

与许君远在一个结婚典礼筵上相见,共同参加一场婚礼。

我最后见他,是在一个结婚典礼筵前,去他死不过一月。

(摘录自《读书与怀人:许君远文存·谈梁遇春》第150页)

5月

《英国小品文选》由开明书店初版,收译者序1篇,译文10篇。版权页标注:民国廿一年五月初版发行,实价大洋伍角五分。

初版的封面和版权页书名上方印有"英汉对译",版权页书名下方写有"普及本",后面的版本都没有。此书以后多次再版,都印有"民国廿一年五月初版"字样。

1933年10月再版,实价大洋五角五分。

1941年11月三版,实价二元二角五分。

1944年9月内一版。"内一版"应该是指抗战后开明书店迁到内地印行的版本,发行地点都在内地,书末广告页里的书名也大多充满战争气味。此版为浅黄色封面,印有"ENGLISH

ESSAYS 英国小品文选 Translated with Notes by Liang Yu-chuen 梁遇春译注"等文字，没有任何图案，与其他版本绿色图案完全不一样。版权页标注：中华民国三十三年九月内一版，实价国币二元三角（外埠酌加运汇费）。发行者：范洗人，赣县西安路开明书店。印刷者：开明书店。总发行所：重庆保安路一三二号开明书店。分发行所：赣县、重庆、成都、昆明、桂林、衡阳、贵阳、江山、西安开明书店分店。书末广告页，印有"《英国小品文选》，梁遇春译注；《战时英文选》，陈麟瑞编著；《太平洋战争》，拉铁摩尔等撰；《欧洲战争》，休门教授等撰"等。

1947年3月三版，每册定价国币二元二角。根据上文版次，实际应为四版。

1949年3月五版，每册定价0.90元。

梁遇春译注 英汉译注丛书 英国小品文选一册 0.55

本书共译注十个英国著名小品文作家的作品，每篇各成一作风。译注者是国内著名小品作家，故译笔的通畅，不同凡响。

（摘录自1937年3月重庆开明书店编印《开明书店分类书目》第90页广告）

《英国小品文选》于本年5月初版，但殊为奇怪的是，现代文学研究学者吴福辉编《梁遇春散文全编》（浙江文艺出版社，1992年），在《英国小品文选》开篇辑封页下方，标注版本为"上海开明书店1929年初版"，不知此据何而来。更奇怪的是，搜索北京大学图书馆、复旦大学图书馆馆藏图书，居然显示藏有 1929 年初版的《英国小品文选》，并且还有索书号。但经委托专人查阅，都没找到 1929 年初版的此书，很有可能是信息登记有误。虽然梁遇春很早就开始译《英国小品文选》，1928 年 8 月就已翻译完毕，并交付开明书店，9 月 5 日即写好《译者序》，但其初版时间比更晚翻译的《小品文选》（上海北新书局，1930 年 4 月初版）还迟。

另外，关于此书再版的各个版次记录，第三版出现两次，分别为 1941 年 11 月和 1947 年 3 月，都有白纸黑字的版权页为证；而没有记录第四版，其间又有个"内一版"，这可能是因为当时正值抗战，开明书店辗转迁徙内地，于是弄了个特别的版本；但因无法查证版本，后面的版次记录还是出现了差错。

关于梁遇春的才力学力及此书在早期英国文学译介史上的影响力，同辈学界自有评价。

但是他却没有出过国门，吃过牛油面包。起初我们完全不相信他不是留学生，后来有一次我们在课室里问起他，他老老实实地告诉我们。他虽然不是英国留学生，但他讲起培根那种充满了智慧的简洁而辛辣的文体，倒使我们佩服不止。年青小伙子，总是雄心勃勃，不知天高地厚，以为培根的文章实在也没有什么了不起，读不上几遍，提起笔来就译。等到听了他的课之后，才知道培根的散文，在中国之所以还没有人敢轻易动笔介绍，并不是完全没有道理的事；因为培根散文的神髓根本就不容易表达出来。他起初选一篇培根的《结婚与独身》的散文给我们作教材。我们素来知道培根这个老家伙是不可轻侮的，等到我们重读了培根的散文，才知道此公学力渊博，来头不小，决不是光读了几部洋书便可了解的。以梁先生的才力和学力，他研究散文所下的功夫，他实在可以介绍培根的。但终其一生，他始终没有译过一篇培根的散文！

他后来还给我们讲蓝姆兄弟，讲现代的英国散文作家，如数家珍。我们虽然听了他一年的功课，但对于英国散文的大概情形，总不致一无所知了。

（摘录自温梓川《文人的另一面·梁遇春与散文》第40页）

后来，我又买到一本旧书：梁遇春译注、英汉对照的《英国小品文选》，内容只有短短十篇，却使我尝到异味似地第一次感受到 Addison、Steele、Lamb、Hazlitt 等英国随笔名家的魅力，从此对于英国散文发生了强烈兴趣。

［摘录自刘炳善《英语学习：回忆与感想》，《外国语》（上海外国语大学学报）2003年第5期第16页］

6月初

将《Giles Lytton Strachey，1880－1932》《亚密厄尔的飞来茵》《又是一年春草绿》《春雨》四篇文章交给《新月》杂志编辑发表。此据后来在《新月》发表的《Giles Lytton Strachey，1880－1932》文末编者附记："在他（梁遇春）得病前的两星期，他很慷慨地给了我们（《新月》杂志编辑，有可能是叶公超）四篇文章。"以上四篇文章，头两篇发表在1932年10月1日《新月》第4卷第3期上，第三篇发表在1932年11月1日

《新月》第4卷第4期，第四篇发表在1932年11月1日《新月》第4卷第5期，皆署名"秋心"。

6月7日

晚上，梁遇春到周作人家归还借阅的英文书《古希腊人的性生活》。此书为德国学者保罗·布兰德特（Paul Brandt）以汉斯·利奇德（Hans Licht）的笔名撰写，1932年才刚刚出版。

晚遇春来访，交来英书一册。Hans Licht，*Sexual Life in Ancient Greece*。

（摘录自《周作人日记》下册第251页）

6月中下旬

梁遇春拜访周作人，二人共同探讨法国哲学家巴斯喀（Pascal）的"草叶奥理"，得到周作人的充分肯定，说他"所得已深"。（据《凄风苦雨吊文豪》，1932年7月10日《北平晨报》第6版）

6月20日

突然染患猩红热。

6月22日

到温源宁家，在其书房谈论弥尔顿。

6月23日

还在生病中。

6月24日

要废名致意于石民。

6月25日

因患猩红热,医治无效,病逝于北平,年仅27岁。

关于病逝地点,有二说。一是7月7日《大公报》第5版《追悼梁遇春君》报道说"在北平寓宅逝世"。一是7月10日《北平晨报》第6版《凄风苦雨吊文豪》说是"病殁〈北〉平市某医院"。

去世后,师友胡适、周作人、叶公超、俞平伯、废名、蒋梦麟、毛子水、吴宓、李化棠、钟作猷、袁家骅等十五人发起治丧委员会,拟定于7月9日(星期六)上午十时在北京大学第二院礼堂举行追悼会。

6月26日

周作人日记记录同人谈及梁遇春去世之事。

上午废名来,往同古堂托刻印。午至忠信堂应孟邻之招,同子水说梁遇春君于昨日死亡,下午往看废名,即返。川岛、季谷来访不值。入浴。徐祖芳女士来访。晚废名又来谈梁君事。

(摘录自《周作人日记》下册第261页)

6月30日

周作人日记记录废名付梁遇春追悼会费之事。

废名来,下午去后又来,付秋心追悼会费五元。

(摘录自《周作人日记》下册第263页)

石民在《文艺月刊》发表《亡友梁遇春》的文章,纪念梁遇春。此文后来稍作修改,收入《泪与笑》文集,作为序三。

秋心的死不仅在朋友间是一个可悲的损失。虽则他并没有在所谓文坛上享过什么盛名,而且他所留下给我们的只有一本大部份是在大学生时代所写而在两年前出版的《春醪集》和一部遗稿《泪与笑》(其中有些是在《骆驼草》上发表过的),以及一些翻译工作,然而他才气的发皇和灵智的闪耀已经是不可埋没的了。他的东西最初是在《语丝》上发表,但开始引起我个人注意而且感着亲切的是在《奔流》上登载过的《"失掉了悲哀"的悲哀》,其时我们都已经到了上海而做了朋友了。……
....

以后频频的来信往往总不免诉说牢愁。那牢愁倒并不全是由于生活的繁剧,而大半还是由于他的感觉敏锐,好逞遐想。凡是精神不能安分于实际生活的人总是如此的。但他却并不消沉,并不颓唐。生活的繁剧并未把他压倒,他始终保持着一种"情趣",这在他每次的来信里都可以看得出来。去秋友人废名君自北平来,告诉我说他年来虽则样子老了一点,却还是生气勃勃的。我听了很佩服他。但在文章上他是渐渐由发扬而转为收敛，由汗漫而转为沉着了。他当初的东西往往显得有点笔滑，所谓"如长江大河夹泥沙以俱下"，是好处也是不好处。记得有一回我和我的另一位朋友企霞君谈及他的文章，企霞君也表示相似的意见，但我说他现在却有点不同了；其时正寄来了一份《骆驼草》，上面有他以"秋心"这个不为人知的笔名所发表而题为《善言》的一篇文章，企霞君看过后说道，"这是他写不出来的"。我便笑着说这就是他，企霞君颇为诧异似的。他在《骆驼草》上所发表的东西都很短，文章是精炼的多，不过我读着某一两篇不免叹息那不应该是像他那样一个青年人写的。此刻我手边并没有《骆驼草》，无从说起，总之我似乎觉得他的东西开始染上了一种阴冷的情调。而且那时他看到我所译波特莱尔的《回魂》(Le Revenant)，来信说他很喜欢，那与他的心境很相合。我觉得不免悲哀。难道这是他短命的征兆么？年前他寄来他的一张相片，上面题了他所爱念的"二十余年成一梦"这句诗，如今这竟是他的一句挽诗了。他死得这么早而又死得这么快。他病了的第二天，即死的前一天，他要废名君致意与我，仿佛他当时已预感到我们的永诀了，呜呼秋心！

（摘录自石民《亡友梁遇春》，1932 年《文艺月刊》第 3 卷 5、6 期合刊第 771—773 页）

7 月 1 日

周作人在致胡适信中，叹惜梁遇春的病逝，并写到废名因此而颓丧。

秋心（梁遇春君）忽作古人，甚可叹惜，废名和他交甚深，故益颓丧。

(摘录自《胡适遗稿及秘藏书信》第 29 册第 607 页)

7月5日

废名作《悼秋心（梁遇春君）》一文，发表于 7 月 11 日的《大公报·文学副刊》。

大约两月前，秋心往清华园访叶公超先生，回来他向我说，途中在一条小巷子里看见一副对子，下联为"孤坟多是少年人"，于是就鼓其如莲之舌，说得天花乱坠，在这一点秋心君是一位少年诗人。他常是这样的，于普通文句之中，逗起他自己的神奇的思想，就总是向我谈，滔滔不绝，我一面佩服他，一面又常有叹息之情，彷佛觉得他太是生气蓬勃。日前我上清华园访公超先生，出西直门转进一条小巷，果然瞥见那副对子，想不到这就成了此君的谶语了。

[摘录自废名《悼秋心（梁遇春君）》，1932 年 7 月 11 日《大公报·文学副刊》第 8 版]

7月7日

《大公报》第 5 版刊登《追悼梁遇春君》的报道。

【北平通信】小品散文作家梁遇春君，笔名秋心，为近数年来新起作家中之最富风韵者。其创作有《春醪集》（十九年北新书局出版），《泪与笑》（将由新月书店出版）（戈按：后由开明书店出版）及未发表之散文十余篇，其译著已出版者共二十余种，均准确精严，而尤以《现代论坛》（戈按：应为《近代论坛》）、《荡妇自传》及《英文短诗选注》，《英文小品散文译注》（戈按：应为《英国诗歌选》《英国小品文选》）等为世所称，其散文风格取法于英国散文家考力（Cowley）、拉穆（Land）（戈按：应为 Lamb，兰姆）及赫士立特（Hazlitt）等，又善能引用唐宋人诗词句，镕化入文、不着痕迹。本报文学副刊第二百二十三期曾载君所做《吻火》一篇，系追悼徐志摩君者，不图曾几何时君竟为人所悼也。君字驭聪，福州人，于民国十六年毕业于北京大学英文系，成绩优卓，历任国立暨南大学外国语文系助教及北京大学英文系教员兼图书馆西书编目主任，不幸于六月二十五日以猩红热病在北平寓宅逝世，年仅二十七岁，伤哉！闻其师友胡适之、周岂明、叶公超、俞平伯、废名（即冯文炳君）、毛子水、李化棠、袁家骅等十五人已定于七月九日（星期六）上午十时假北京大学第二院礼堂开会追悼，以资纪念。又闻梁君遗著将由叶公超、冯文炳二君为之编定付梓云。

（摘录自《追悼梁遇春君》，1932年7月7日《大公报》第5版）

7月8日

周作人致沈启无信，谈及第二天上午参加梁遇春追悼会之事。

周作人致沈启无信：明日上午须赴秋心居士追悼会。

（摘录自《知堂书信》第242页）

7月9日

上午十时,北京大学在新二院礼堂为梁遇春举行追悼会。追悼会由其师友胡适、周作人、叶公超、俞平伯、废名、蒋梦麟、毛子水、吴宓、李化棠、钟作猷、袁家骅等十五人发起。到会者除上述发起人外,尚有陈西滢(通伯)、马衡(叔平)、马裕藻、梁实秋、许君远诸人,到场总人数有一百五六十位。追悼会现场情景,7月10日《北平晨报》的报道文章《凄风苦雨吊文豪》有详述。

周作人日记记录参加追悼会之事。
至北大二院赴秋心追悼会。

(摘录自《周作人日记》下册第268页)

7月10日

《北平晨报》第6版刊登专题报道文章《凄风苦雨吊文豪》,并附刊梁遇春黑框头像照片,照片中梳中分头,戴圆框眼镜,穿中式衣领服装。照片上方标注"故文学家梁遇春"。文章具体如下:

凄风苦雨吊文豪

"此人只好彩笔成梦"　　昨追悼会之见见闻闻

"在遇春死后的那天下午,我去跑到他家,参加他的出殡。——其实所谓殡,不过是用六名扛夫,把他由后居大院抬到法源寺吧〔罢〕了。但我从来没见过一个小小的棺材,装走过这末许多东西的。遇春早死十年,或是晚死十年,我们的悲哀也许没这末〔么〕大,但偏偏在他的天才刚刚长翅的时候,我们才觉得十分可惜。

"有一次我同他吃'淮阳春',他说道:'以武力金钱压迫人,固然可鄙,但以学问压迫人,也是一样的可鄙。'他死后,这两句话马上回到我的脑海,这种态度,足以表示他整个的人生,足以证明他是很可爱的人物。他对家庭很好,对朋友也很好。他的散文有人说同他的说话一样,犯不顺的毛病。但他文章意境之新奇,为一般散文家所不及。"

乐奏过了,叶崇智先生须以这段演说开始。

梁遇春君同叶先生是师弟的关系,在北大英文系读书,叶先生很赏识他。梁君毕业之后,叶先生即把他叫到暨南教书,后来叶先生北来,梁君也就回到北大图书馆作事。他们的关系比较长久,因而这段演说也很重要。

梁君系福建闽侯人,民十七卒业于北大英文系。他喜欢文学,但对于哲学也很有工夫。在英文系读书时代,最为陈通伯,温源宁,叶崇智诸教授所赏识,他们给予他不少的鼓励。北大卒业,他即任课于暨南大学,后来才回北大作助教,兼任图书馆的事务。他于六月二十日染患腥〔猩〕红热,二十五日病殁〈北〉平市某医院,享年二十七岁。遗有妻子,现寄居其叔父梁医士家。

追悼会由胡适之,周岂明,叶公超,俞平伯,冯文炳,毛子水诸人发起,会场设于景山东街北大二院大讲堂,时间是昨日上午十点。会场布置简单,黑幔之上,悬有梁君放大像片,像上有鲜花一簇,像旁有一联,文曰:"此人只好彩笔成梦,为君应是昙华招魂。"是俞平伯写的(戈按:应为废名所拟),但无上下款。

坛上列鲜花盆,形同八字,中有鲜花篮一,桌上则供以白莲花,挽联约七八对,多为集句。叶崇智一联为"留春不住,费尽莺儿语,满地残红宫锦污。剪灯夜话,旧游皆似梦,凄风苦雨诉秋愁。"联文旁注有小字数行,其文曰:"驭聪平日喜读诗词,常以宋人词句入其小品。盖虽取法于英法诸散文家,然善引用吾国古人佳句,不着痕迹。其《春醪集》后所作,意境尤觉凄凉洒落,隐隐有独上高楼,望尽天涯之感。数年前同客江南,过从无虚夕。月明之夜,每对饮纵谈,至星稀始散。而今庭空人去,不胜彷徨泪下也。驭聪笔名秋心,论词最尊苏辛。兹集宋人王平甫辛稼轩句以悼之。驭聪灵在,读此能无凄然?"

俞平伯冯文炳合挽一联,文曰:"仗酒祓清愁,花销英气","正十分皓月,一半春光",下注"集白石梦窗句"。

叶崇智外,演说者为毛子水,周岂明,冯文炳,钟作猷四人。毛氏叙梁君在图书馆工作之勤。周氏则谓梁君在两星期前访彼,以法哲学家巴斯喀(Pascal)草叶奥理相询,盖梁君所得已深。孔子说:"朝闻道,夕死可矣。"因此梁君之死,并不是虚度此生了。冯钟与梁君同班,近二年来彼等过从甚密,梁曾谓惟冯能了解彼之作品。

钟演说毕，复奏哀乐，然后散会。

到会者除上述发起人外，尚有陈通伯、马叔平、马裕藻、梁实秋诸人。到场总数约一百五六十位。

梁君著作

多在北新书局出版，创作以散文为主，师承英人兰姆（Charles Lamb）与海兹李提（William Hazlitt）。体似生硬，但内容十分丰富，耐人咀嚼。译文六七种，《荡妇自传》（*Moll Flanders*），《青春》（康拉德作），《草原上》（高尔基作），《英文短诗选译注》（戈按：应为《英国诗歌选》），及《英文小品散文译注》（戈按：应为《英国小品文选》）等等，均极忠实流畅。预备出版的还有一本《泪与笑》。

（摘录自《凄风苦雨吊文豪》，1932年7月10日《北平晨报》第6版）

废名《秋心遗著序》提及参加追悼会及他所拟挽联。

他死后两周，我们大家开会追悼，我有挽他一联，文曰，"此人只好彩笔成梦，为君应是昙华招魂，"……

（摘录自1933年《现代》第2卷第5期第723页）

7月11日

废名在天津《大公报·文学副刊》第236期发表文章《悼秋心（梁遇春君）》。文章前面有一段编者按语。

按梁遇春君（笔名秋心）在北平逝世消息及追悼会预志，已见七月七日本报第五版新闻。梁君生平事迹及著作，亦已于该篇约略评述。兹特约梁君之知友废名君撰文一篇,以志哀悼。本刊编者识。

秋心君于六月二十五日以猩红热病故,在我真是感到一个损失。我们只好想到大块的寂寞与豪奢。……

我说秋心君是诗人,然而他又实在是写散文的,在最近两三年来,他的思想的进展,每每令我惊异,我觉得在我辈年纪不甚大的人当中,实在难得这样一个明白人,他对于东方西方一班哲人的言论与生活,都有他的亲切的了解。他自己的短短的人间世,也就做了一个五伦的豪杰,儿女英雄了。他的师友们都留了他的一个温良的印像,同时又是翩翩王孙。我同公超先生说起"五伦豪杰"四字,公超先生也为之点头。这四个字是很不容易的,现代人做不上,古代人做来又不稀奇,而且也自然的做得不好。

秋心君今年才二十七岁。以前他虽有《春醪集》行世,那不过是他学生时期的一种试作。前年我们刊行《骆驼草》,他是撰稿者之一,读他的文章的人,都感到他的进步。最近有两篇散文,一为《又是一年芳〔春〕草绿》,一为《春雨》,将在《新月》月刊披露。关于这一方面,我很想说话。我常想,中国的新文学,奇怪得很,很少见外来的影响,同时也不见中国固有的文化在那里起什么作用。秋心君却是两面都看得出。我手下存着他去年写给我的一封信,里面有这一段话:

安诺德批评英国浪漫派诗人,以为对于人生缺乏明澈的体验,不像歌德那样抓到整个人生。这话虽然说得学究,也不无是处。所以太迷醉于人生里面的人们看不清自然，因此也不懂得人生了。自然好比是人生的镜，中国诗人常把人生的意思寄之于风景，随便看过去好像无非几句恬适的描写，其实包括了半生的领悟。不过像宋朝理学家那样以诗说道，倒走入魔了。中国画家仿佛重山水，不像欧洲人那样注意画像，这点大概也可以点出中国人是间接的。可是更不隔膜的，去了解人生。外国人天天谈人生，却常讲到题外了。

我觉得这话说得很好，正因为秋心君是从西方文学的出发点来说这话。至于中国诗人与画家是不是都能如秋心君所说，那是另外一回事。即此数十言语，已可看出秋心君的心得。再从我们新文学的文体上讲，秋心君之短命，更令人不能不感到一个损失。我常想，中国的白话文学，应该备过去文学的一切之长，在这里头徐志摩与秋心两位恰好见白话文学的骈体文的好处，不过徐君善于运用方言，国语的欧化，秋心君则似乎可以说是古典的白话文学之六朝文了。此二君今年相继而死，真是令人可惜的事。秋心君的才华正是雨后春笋，加之他为人平凡与切实的美德，而我又相知最深，哀矣吾友。

....

二十一年七月五日

[摘录自废名《悼秋心》（梁遇春君），1932 年 7 月 11 日《大公报·文学副刊》第 8 版]

7 月 17 日

周作人在致施蛰存信中，感慨"秋心病故，亦文坛一损失",废名因此也大为颓丧。

秋心病故,亦文坛一损失,废名与之最稔,因此大为颓丧,现又上山休养去,一时或不写文章也。

(摘录自孔另境编《现代作家书简》第79页)

7月20日

废名写毕《今年的暑假》,其中说到梁遇春赞赏废名的"常出屋斋"斋名,认为与"十字街头的塔"一样妙不可言,都是矛盾结合体。

我于民国十六年之冬日卜居于北平西山一个破落户之家,荏苒将是五年。这其间又来去无常。西山是一班士女消夏的地方,不凑巧我常是冬天在这里,到了夏天每每因事进城去。前年冬去青岛,在那里住了三个月,慨然有归与之情,而且决定命余西山之居为"常出屋斋"焉。亡友秋心君曾爱好我的斋名,与"十字街头的塔"有同样的妙处。我细思,确是不错的。其实起名字的时候我并没有想到许多,只是听说古有田生,十年不出屋,我则常喜欢到马路上走走,也比得上人家的开卷有得而已。……

(摘录自废名《今年的暑假》,1932年9月1日《现代》第1卷第5期第643—644页)

8月前

现代书局在8月前出版的第3期《现代出版界》(月刊)刊

登"出版界消息",其中一条专门提及梁遇春去世之事。

6. 梁遇春君逝世

曾译有但福氏《荡妇自传》及为北新开明等书店译注英文书多种之梁遇春氏,已于七月(戈按:应为六月)中逝世于北平。

(摘录自1932年《现代出版界》第3期第9页)

夏

冯至在《谈梁遇春》的回忆文章中,说起此年夏天在德国听说梁遇春逝世的消息,是"怎么也意想不到的事","遇春的言谈面貌总在萦绕着我"。

1932年夏,我在柏林读里尔克晚年的两部诗集《杜伊诺哀歌》和《致奥尔弗斯的十四行诗》,在十四行诗里读到"苦难没有认清,/爱也没有学成,/远远在死乡的事物/没有揭开了面幕",我想起遇春的散文《人死观》里有类似的思想;在哀歌的第一首里读到"因为美无异于/我们还能担当的恐怖之开端",又使我想起,这与《坟》里的那句"天下美的东西都是使人们看着心酸的"也有些相似。我很想把这些诗写给他,和他讨论,不料一天在国内寄来的报纸上读到梁遇春逝世的消息,这对我是怎么也意想不到的事。为了排解哀思,我到德国东海吕根岛上做了一个星期的旅行,一路上,遇春的言谈面貌总在萦绕着我,我应该用什么来纪念他呢?

(摘录自冯至《谈梁遇春》,《新文学史料》1984年第1期第114页)

10月1日

《新月》第 4 卷第 3 期发表梁遇春的遗文《Giles Lytton Strachey，1880－1932》（附像一），署名"秋心"。此文后收入《泪与笑》集。《新月》原刊实际并没有附像，只有编者附记。在该文末又另起小字一段，专门写到梁遇春生平遗著的数量以及对此文的评价。

首先，无论是《新月》编辑（据秦贤次《梁遇春的文学生涯》认为即是叶公超），还是叶公超、冯至等，都对此文给予了很高的专业评价。

这篇论文在近年来的介绍作品中可算是难得的笔墨。自斯特剌奇死后，英国的《泰晤士文学副刊》，美国的《星期六文学周报》，以及法国的《法文新评论报》均先后有专论发表，但是读了这篇文章之后，我们觉得梁君了解与鉴赏似乎都在它们的作者之上。梁君不但能从斯特剌奇的几部传记中找出斯特剌奇的面目来，还能用如斯特剌奇那样邃密的眼光和巧妙的笔路来反映他自己对于一个伟大作家的印象。梁君的相识和朋友读了他这篇遗稿不知作何感想。——编者

（摘录自《Giles Lytton Strachey，1880－1932》编者附记，1932 年《新月》第 4 卷第 3 期第 17 页）

Lytton Strachey 这篇论文是他的绝笔。他最后那一年很用心的去看了许多近代传记作品，尤注意 Strachey 和 Maurois 二人的方法，因为他自己也想开首写一本长篇的传记。Strachey

死后,他又重把他的作品细读一遍,然后才写成这篇,前后大致用了三四个月的工夫。悼 Strachey 的文章长篇的我在英法文的刊物上也看过四五篇,(大概只有这么多吧,)我觉得驭聪这篇确比它们都来得峭核,文字也生动得多。我希望将来有人把它译成英文,给那边 Strachey 的朋友看看也好。

(摘录自《泪与笑·叶公超跋》第 144—145 页)

……他也许成长为一个优秀的评论家,因为《泪与笑》最后的一篇评论英国传记作家齐尔兹·栗董·斯特拉奇的长文,品评得失,持论透彻精辟,就是放在我们现在有关外国文学的论文中,也毫无逊色;他也许会写出更多优秀的散文,成为中国的兰姆。

(摘录自冯至《谈梁遇春》,《新文学史料》1984 年第 1 期第 120 页)

棠臣(叶公超)在《新月》第四卷第三期"书报春秋"栏目发表评论李素伯《小品文研究》的文章,最后写道:"然而有一位新起作家——梁遇春先生——也绝未提及,未免可怪。假如'小品文'就是翻译的英文 Essay 的话,那我敢坚持梁著《春醪集》确乎是小品文,而梁先生确乎是小品文作家。再假如照编者所说:Essay 文学,在英国的文坛上,放着特殊的光彩的话,那末梁先生的散文便应该认做是小品文的正宗,因为他的作品,很明显的是英国 Essay 的风格。编者不知看过梁著的'流浪汉'那篇文章没有,那实在是一篇精心结撰的 Essay。梁先生现在是'已经成了古人了',但是当本书出版的时候,梁先生固依然健在,则其不获入选也,当然不是什么著述体例上的关系了。那么(是)为什么原故呢?大概是由于'新起'二字罢?这是第二重魔障反面的证明。"

叶公超先生在《新月》四卷三期上,曾以"棠臣"之笔名,提到梁遇春说……(略,见上文)

叶公超先生也几乎是唯一的一个能指出梁遇春的批评文章有其过人的地方。在同期《新月》上,他曾以编者身份在梁遇春遗稿《Giles Lytton Strachey,一八八〇——一九三二》一文后,加上案语道……

(摘录自秦贤次《梁遇春的文学生涯》,《梁遇春散文集》第341页)

我接触到可归入现代主义范畴的拆台派(debunking)传记文学,也是首先通过叶先生的介绍。我在他主编的《新月》杂志上读了他的得意弟子梁遇春谈斯特莱切那篇"绝笔",感到确如编者按语所说,远胜过当时英法一些报刊应景的悼念文章,才起意译《维多利亚女王传》的。……

这可能是从他欣赏自己的得意门生梁遇春谈斯特莱切等文章中无意感染到的一点冷眼阅世的无所谓态度(或如他就梁所说的"幻灭"感)吧。

(摘录自卞之琳《纪念叶公超先生》,《回忆叶公超》第22、26页)

其次,文末编者附记也详细论及梁遇春生平著译的数量品种。

著者梁遇春先生（笔名秋心）不幸已于六月二十五日在北平病故。在他得病前的两星期，他很慷慨地给了我们四篇文章。本期先登他的两篇批评（另一文见"海外出版界"），其余两篇小品文以后当分期发表。梁君遗著已出版者有小品散文《春醪集》以及《英美诗歌选》（戈按：应为《英国诗歌选》），《小品文选》，《红花》，《草堂随笔》，《厄斯忒哀史》，《草原上》，《荡妇自传》等译品共二十四种，未出版者有小品文集《泪与笑》及"随录"十余篇，现已由其知友废名君负责编辑，不久将由新月书店出版。

（摘录自《Giles Lytton Strachey，1880－1932》，1932 年《新月》第 4 卷第 3 期第 17 页）

此处写到梁遇春遗著文集的数量，初步统计出他生前已出版了 24 种，身后还有 1 种《泪与笑》与十余篇"随录"待出版。此文也被认为就是编者叶公超的意见。

而唐弢认为，梁遇春的翻译作品才十余种。

梁遇春别署驭聪，又名秋心，擅长译事，所译文艺作品凡十余种，但他自己的著作，却只有散文两册，曰《春醪集》，曰《泪与笑》。

（摘录自唐弢《新文艺的脚印——关于几位先行者的书话·梁遇春》，1949 年 8 月 5 日《文艺复兴》杂志"中国文学研究号"下册第 354 页）

在《新月》初步统计 24 种的基础上，当代学者吴福辉对此做了解释，罗列出了书名。

梁的师友说他留下著作约有二三十部。他夭〔早〕逝后，《新月》4卷3期（1932年10月1日）的编者写有一则附记，曾说他的作品"共二十四种"。至今，我使出浑身解数找到的译著计有：《英国小品文选》、《小品文选》、《小品文续选》、《英国诗歌选》、《浮士德》（合译，梁译其中《潘新可夫》一篇）、《近代论坛》、《红花》、《幽会》、《厄斯忒哀史》、《诗人的手提包》、《老保姆的故事》、《我们的乡村》、《最后的一本日记》（此书所署前后名字不一，另一种曰《最后一本的日记》，余采用前者）、《青春》、《情歌》、《草原上》、《荡妇自传》（又名《摩尔·弗兰德斯》）、《吉姆爷》（合译，梁生前译二十三章，后由其同学袁家骅译完而成全璧）。还有三十年代书刊的广告上披露的其他译著《哈代评传》、《恋爱与婚姻》、《草堂随笔》、《海上棠棣》（合译）四种，至今惜未见书。这样一凑，几乎与"二十四种"一说差不大格。

（摘录自吴福辉《梁遇春散文全编·前言》第15页）

吴福辉列出译著22种，认为已差不多，其实这里面有点误差，因为其中罗列的《吉姆爷》和《小品文续选》，在1932年10月《新月》杂志第4卷第3期印发时都还没有出版，《新月》编辑当然没有把这两种计算到24种作品中去。《吉姆爷》（梁遇春、袁家骅合译），1934年由中华教育文化基金董事会编译委员会编辑，1934年3月上海商务印书馆初版。《小品文续选》，1935年6月由上海北新书局初版。其实，应该补充进去的是北新书局分别在1931年1、5、7月出版的"英文小丛书"《一个自由人的信仰》（罗素著）、《三个陌生人》（哈代著）、《忠心的爱人》（汉金著）3种译著，这样就与《新月》杂志所写的24种对得上了。

吴福辉所说"至今惜未见书"的4种，还得细述一番。《恋爱与婚姻》《哈代评传》两种，最早见于《近代论坛》初版和谢冰莹《从军日记》书末的广告，后面秦贤次《梁遇春的文学生涯》与吴福辉《梁遇春散文全编·前言》都有提及。《草堂随笔》，除了上文《新月》第4卷第3期有说到外，梁遇春自己也曾三次提及。一是在其《人死观》中："George Gissing（吉辛）在他的《草堂随笔》（*The Private Papers of Henry Ryecroft*）说生之停止不能够使他恐怖，在床上久病却使他想起会害怕。"二是在《诗人的手提包》（吉辛著）序言中："他（吉辛）晚年写有一本散文，*The Private Papers of Henry Ryecroft*。充满了恬静幽怨的情调，是散文里一部杰作。"三是在给石民信第一部之三十一中："现正从事注《草堂随笔》，变个十足的马二先生了。"可见这三本书也许已在翻译和计划出版之中，但因为梁遇春的猝然去世而中断，也有可能或已出版，但没有留存后世，所以没有看到实书。《海上棠棣》（合译），此书实为江西永修人，左派作家王秋心、王环心兄弟合著的诗歌戏曲集，1923年7月由上海新文化社出版，并不是梁遇春的译作。因秋心与王秋心同名，吴福辉误将此书移植到梁遇春头上。

另外，还有几本书也被人认为是梁遇春的译著，具体如下。

《鲁宾（滨）逊（孙）漂流记》，笛福著，署名梁遇春译。

此书当代出版过多个版本，分别为海南出版社1997年版、吉林出版集团2013年版、春风文艺出版社2017年版、古吴轩出版社2017年版、中信出版社2018年版、晨光出版社2020年版等。比对前两版，均源自同一版本，书中个别字稍有不同。此书未找到梁遇春译民国原版，是否为他翻译存疑。

施托姆《青春》。据张泽贤《中国现代文学翻译版本闻见录》（2008年6月版，第198页）说，1940年北新书局出版过梁遇春翻译的施托姆《茵梦湖》，书名改为《青春》。梁遇春只翻译过康拉德的《青春》，1931年7月由上海北新书局初版，不是施托姆的。另北新书局1930年代出版过张友松翻译的《茵梦湖》。此书当时已有三个译本，具体见1930年10月16日《现代文学》第1卷第4期的广告。

《老太婆们的故事》。许君远译为《老妇谭》。1929年6月1日《北新》半月刊第3卷第10号第24页刊登"世界文学名著百种 《老太婆们的故事》 本涅特著 梁遇春译"的广告，但至今未见实书。其作者Arnold Bennett，英国文学家，黄俊东《薄命文人梁遇春》中提及此书，秦贤次《梁遇春的文学生涯》译成柏奈特。梁遇春在《寄给一个失恋人的信（二）》里写道："我还记得去年读Arnold Bennett的*The Old Wives' Tale*最后几页的情形。"

哈代《无名的朱德》（*Jude the Obscure*）。许君远译为《晦涩的朱德》。1929年6月1日《北新》半月刊第3卷第10号第24页刊登"世界文学名著百种 《无名的朱德》 哈代著 梁遇春译"的广告，但至今未见实书。黄俊东《薄命文人梁遇春》中亦提及此书。据梅志《有关石民情况的两封信》（《新文学史料》1995年第4期，第160页）称，石民翻译过《忧郁的裘德》，由胡风交三户图书出版公司，1942年出版，抗战时期被毁。

霍桑《红字》。1929年6月1日《北新》半月刊第3卷第10号第14页刊登"世界文学名著百种 《荡妇法兰德斯自传》 笛福著 梁遇春译 《红字》 霍桑著 梁遇春译"的广告，但至今未见实书。黄俊东《薄命文人梁遇春》中亦提及此书。

此外，网络上还有人提及梁遇春翻译过妥斯托也夫斯基（现译陀思妥耶夫斯基）的《罪与罚》（出版年月不详）和康拉德的《水仙号上的黑家伙》（出版年月不详）（袁家骅翻译为《黑水手》，商务印书馆1936年1月初版）。广西大学程璐2019年硕士学位论文《北新文学广告研究》还提及梁遇春翻译陀思妥耶夫斯基《卡拉马佐夫兄弟》的广告，被列入"世界文学名著百种"。2017年5月春风文艺出版社出版了耿济之、梁遇春翻译的《罪与罚》，该书除了译文，没有作任何说明，不知所据何来。据2012年第1期《新文学史料》耿济之的外孙陈小胜《耿济之散失近八十年的译作〈罪与罚〉》一文描述，原本以为已毁于"一·二八"战火的耿济之译作《罪与罚》，居然在台湾多次出版。陈小胜此文中没提及此书与梁遇春有何关系。

以上几本书归于梁遇春名下，但因依据不足，也只是聊备一说，具体还有待来者考证。

综上所述，1949年前，梁遇春应该至少出版了23部实书，其中 2 部小品文集，21 部译著。此外还有《哈代评传》《恋爱与婚姻》《草堂随笔》《鲁宾逊漂流记》《罪与罚》《红字》《老太婆们的故事》《无名的朱德》《卡拉马佐夫兄弟》9 部译作，至今未见 1949 年以前出版的实书。

此外，《新月》第 4 卷第 3 期除了发表上述《Giles Lytton Strachey, 1880—1932》的评传式书话文章外，"海外出版界"栏目还发表了他的另一篇书话《亚密厄尔的飞来茵》，亦署名"秋心"。

关于此文，吴宓曾在日记中说及他读后的共鸣之感。

上午甚感寂郁，读《新月》中梁遇春君遗作，论 Amiel 一文。述 Amiel 一生之性情，极与宓类似。其思虑过多，蹉跎自误，未获享受婚姻恋爱之真实幸福，更与宓同，因之引起宓极深之悲感。

（摘录自《吴宓日记》第六册第 169 页）

这两篇文章，《大公报》的《出版界》，有如下评语：

在《新月》新出的四卷三期中，最值得注意最可读的是秋心君（梁遇春）的两篇遗稿，都是书评性质。一篇纪述英国新故的传记作家里顿斯托奇，一篇则在书评栏中，介绍日内瓦老教授亚密厄尔的日记断片飞来茵。在这两篇文字中，著者不但告诉给读者们许多事情，并且有许多好的意思，文章是更写的那样地秀丽有致。……又一个地方说："最美丽的生物是宇宙得到最大的平衡时造出来的"。这也不能说不是，但恐怕很难，恐怕难得尽然。"黄金的中庸之道"固然是理想，但也是常受人反对的,恐怕也有其合受反对的所在。中本就是中(读射中之中,或轻重之重),但恰好的,最美的乃在刚中的那一晃;中了以后也就完了。或说,恰好的在将中未中,是中非中;是动的中,是矛盾的中,而非静的中,这样说也无不可。好的是"是而又非",是活的,只"是"便也没有什么了。秋心也不免间有把话说多了的地方。特如在斯托奇篇末后说:"只有热肠人才会说冷话",这真是好极了,透辟极了,也正合乎才说的"是而又非";但底下那个转语,岂不下的减损了意趣?还有最后说:"还好人生同宇宙都是个大矛盾",这已一语道破了,底下那个承接可作它干么?(但愿读者于此勿以辞害意。)

秋心的两篇东西,实在都有个"相反相成"(或说相反相争相成)在贯串着。讲亚密厄尔篇中把易卜生那句格言"全否则无",认作误尽天下苍生,这也正与"所思"的一个意思相应。所谓"非全宁无"在有的时候不是没有它的作用,但其实却是与科学脾气对蹠的一种态度。

像秋心这样有才学的青年,竟也继英之赖谟塞 F. P. Ramsey,法之何滂 Jacques Herbrand 之后,这样地早死了,如之何不使的〔得〕这个已经贫乏了的中国益加了贫乏!

在《新月》这一期中,公超先生自己也有两篇书评,也同样地告诉了读者们许多东西。讲讽刺处,并且正与秋心所讲相发。……

(摘录自 1932 年 11 月 5 日《大公报》第 8 版《出版界》)

10 月 20 日

《青年界》第 2 卷第 3 号刊末刊登北新书局出版的"英文小丛书"广告,内有梁遇春译注的《草原上》《情歌》《我们的乡村》《老保姆的故事》《三个陌生人》《诗人的手提包》《厄斯忒哀史》《幽会》《一个自由人的信仰》《最后的一本日记》《忠心的爱人》11 本。

11 月 1 日

梁遇春遗稿《又是一年春草绿》发表于《新月》第 4 卷第 4 期,目录页署名"秋心遗稿",正文署名"秋心",后收入《泪与笑》集。

十五日,阅《新月》杂志,中书君(钱锺书)评周作人先生所讲之《中国新文学的源流》,博学而精论,可谓一篇标准之书评文字。秋心之《又是一年春草绿》可谓字字珠玉之美妙散文,闻秋心即梁遇春君,如此才华,诚可佩也。

[摘录自螺君(毕树棠)《日记摘抄》,1944 年 11 月 1 日《艺文杂志》第 2 卷第 11 期第 35—36 页]

不过我读到他后来在《骆驼草》上发表的一些文章,虽则在文字上是比以前精炼的多,而且在思想上也更为邃密些,然而却似乎开始染上了一种阴沉的情调,很少以前那样发扬的爽朗的青春气象了。尤其是最近在《新月》上看到他的一篇遗稿《又是一年春草绿》,我真叹息那不应该是像他那样一个青年人写的，为什么这样凄凉呢！如果我们把他的这篇文章拿来和《春醪集》中的《"春朝"一刻值千金》或《谈"流浪汉"》对读，恐怕这三年的间隔应当抵上三十年罢。难道他的灵魂已经预感到死的阴影了？

(摘录自《泪与笑·石民序三》第 12 页)

梁遇春遗稿《春雨》发表于《新月》第 4 卷第 5 期，目录页署"秋心遗稿"，正文署名"秋心"，后收入《泪与笑》集。奇怪的是，《新月》第 5 期与第 4 期出版的时间居然一模一样，刊末标示的时间均为"民国二十一年十一月一日"。

11 月 9 日

韩侍桁写毕评论文章《最近逝世的梁遇春》。

11 月 15 日

《北平小剧院院刊》第 49 页刊登《新月》第 4 卷第 3、4 期文章目录广告，其中第 3 期有秋心的《Giles Lytton Strachey, 1880—1932》，第 4 期有秋心遗稿《又是一年春草绿》。

12 月 8 日

废名写毕《泪与笑》序。

12 月 20 日

石民《泪与笑》序修改完成。石民先是在 1932 年 6 月 30

《文艺月刊》第 3 卷第 5、6 期合刊发表《亡友梁遇春》一文，以纪念梁遇春。此即对该文稍作修改，后收入《泪与笑》集，作为本书序三。序文最后署明时间为"一九三二年十二月二十日"。

如今这个集子终于快要出版了。在所谓学问文章上，自知不足以论秋心，只好把数月前在某杂志上发表过我所以纪念他的一篇小文略为删改附在这里，聊以表示"挂剑"之意而已。

（摘录自《泪与笑·石民序三》第 12 页）

12 月

《苏中校刊》第 2 卷第 73 期第 32 页"新到图书公告"栏目，刊登了《春醪集》《情歌》《近代论坛》的图书目录。第 33 页"介绍与批评"栏目，则有吕叔湘评介文章《梁遇春君译著》，如下：

梁遇春君译著

小品文是中国新文学运动以来最有收获的田地。周氏兄弟不必说，继起的作家中卓然有以自立的少说也有一打，这里面有一位是梁遇春君。他是北大英文系出身，平时已深受 Lamb、Hazlitt 等人的陶融，以后在《语丝》上发表作品，渐渐养成他的委宛〔婉〕而清丽的风格。可惜今年春间在北京病故。他的作品不多，大部已收入《春醪集》，译品除小说及诗歌外，在散文方面成书的有《近代论坛》及开明、北新两种英文小品文选译。后面这两种本馆已有,《春醪集》及《近代论坛》是本期入藏的。《近代论坛》为英人 G. L. Dickinson 所著,纵谈近世思潮,行文亦极曼妙,译文又能曲曲传出。书由春潮书局印行,坊间亦不易觅得矣。

(摘录自 1932 年《苏中校刊》第 2 卷第 73 期第 33 页)

此文当时并未署名,但在 1933 年 6 月《苏中校刊》第 84、85 期合刊号所载"《苏中校刊》总目录"上,明确标注此文作者为吕叔湘。

本年

沈启无写了怀念梁遇春的诗歌《朝露》,后发表在 1934 年 11 月 5 日《人间世》第 15 期。后又收入 1945 年武汉大楚报社出版的诗集《思念集》中,题为《露》。现根据 2009 年 1 月辽宁人民出版社初版《苦雨斋文丛:沈启无卷》的定稿摘录如下:

露

朝露
有人比做你是人生
我欣悦(戈按:《人间世》作欣羡)你占有这个清新
这也便是你的一生

露水的人生呀

> 然而露的光阴
>
> 原是在它的夜里

后记：

我曾经写过《露水》小诗二章，那时正是秋心（梁遇春）死后，废名以为可作此君悼词。他后来又将秋心遗札装册，要我写跋语，我亦曾提出此意。第一章在《人间世》登载过，后一章没有发表。光阴一句，当时与废兄颇费商酌，欣慨交心。而今良朋星散，诗坛冷寂，如何可言。

以上后记，是写在《水边》集里的，现在把第一首的末句（戈按：呜呼朝露）取消，第二首算是第二节，合并成一首诗。

（摘录自《苦雨斋文丛：沈启无卷》第 188 页）

1933 年（民国二十二年）

1 月 1 日

韩侍桁在《现代》（新年号）1933 年第 2 卷第 3 期发表《最近逝世的梁遇春》。该文后收入上海现代书局 1934 年 4 月出版的韩侍桁《文学评论集》中，并改标题为《梁遇春的散文》。

同期《现代》编辑《社中日记》（十一月十五日至十二月十日）有以下梁遇春相关内容：

十一月十五日：侍桁先生托巴金先生带来记念梁遇春的文章一篇，预备编入三期《现代》。收到张天翼先生新作《梦》。

（十二月）三日：发排张天翼先生的《梦》，侍桁先生的《最近逝世的梁遇春》，写信给侍桁先生请他有便把梁遇春的照片及手迹带来。

（十二月）八日：侍桁先生来访。这是我和他第一次晤见。他底相貌，举止，甚至语音，都和张天翼先生逼肖，我觉得很奇怪。承他以梁遇春照片并致石民先生信一束惠借，使得刊入《现代》画报，甚可感佩。

读梁遇春致石民信，颇多极有风趣者，拟选抄数通，刊入下期《现代》。……

（摘录自《社中日记》，1933年《现代》第2卷第3期第512—514页）

同期《现代》还刊登了"梁遇春遗影及其手迹"插页图片。这幅遗影后编入《泪与笑》集和吴福辉编《梁遇春散文全编》，手迹也编入后者。

需要说明的是，《现代》当时的编辑人为施蛰存。

在《现代》二卷三期中读了侍桁君《最近逝世的梁遇春》一文，忽然引起我的怅触。去年夏间从梁君追悼会中回寓，便想写一篇纪念他的文章，但因人事鞅掌，终于迟迟未能下笔。废名君曾在天津《大公报》文学周刊中撰一短论，对于这位玉楼应召的作家有所批评。关于他，此后顿而寂然，除掉《新月》月刊中，正陆续发表他的"遗著"。

（摘录自《读书与怀人：许君远文存·谈梁遇春》第148页）

许君远的这段话，意味深长，其中涉及梁遇春身后的几段公案，如韩侍桁对梁遇春的大肆攻伐，废名所谓"玉楼应召"作家（指早逝的梁遇春）的批评，以及昔日同窗的许君远对梁遇春的微妙评价等，都是值得做文章的事。

1月25日

叶公超写毕《泪与笑》跋。

叶君又在书末跋上说："他从书本里所感觉到的经验似乎比他实际生活中的经验更来得深刻"；我觉得这话有些不然，我只引他几句自己所写着的话，就可以明白的，如在《泪与笑》一文里的：

"天下最爱哭的人莫过于怀春的少女同情海中翻身的青年，可是他们的生活是最有力，色彩最浓，最不虚过的生活。"（页五）

又如在《天真与经验》一文里的：

"不出闺门的女子只有无知，很难有颠扑不破的天真，同由世故的镕〔熔〕炉里铸炼出来的热情。"（页一〇）

又如在《救火夫》一文里的：

"天下有无数女人捧着极纯净的爱情，送给极卑鄙的男子，可是那雪白的热情不会沾了尘污，永远是我们所歆羡不置的。"（页四九）

像这些话，都不是一个仅仅凭着书本里所感觉到的经验就能贸然写下来的，而且这不过是举几个例，总之，像这样的话，在他的每一篇文字里边，是不止说过一遍的。

［摘录自朱司晨《泪与笑（读书杂感）》，1934年《晨光周刊》第3卷第28期第14页］

2月1日

梁遇春《致石民书六通》发表于《现代》第 2 卷第 4 期，署名"故梁遇春"。

同期《现代》编辑《社中日记》有以下梁遇春相关内容：

民国二十二年一月四日：抄录梁遇春致石民书简六篇，编入本期《现代》。

（摘录自《社中日记》，1933 年《现代》第 2 卷第 4 期第 644 页）

《现代》月刊二卷四期又登载着梁君致石民君书数通，读罢觉其文笔比他旁的作品还老到。

（摘录自《读书与怀人：许君远文存·谈梁遇春》第 150—151 页）

3月1日

废名《秋心遗著序》发表在《现代》杂志第 2 卷第 5 期。此文后改动个别字，收入 1934 年 6 月开明书店初版《泪与笑》集，作为序一。

若从秋心在散文方面的发展来讲，我好像很有话可说。等到话要说时，实在又没有几句。他并没有多大的成绩，他的成绩不大看得见，只有几个相知者知道他酝酿了一个好气势而已。但是，即此一册小书，读者多少也可以接触此君的才华罢。近三年来，我同秋心常常见面，差不多总是我催他作文，我知道他的文思如星珠串天，处处闪眼，然而没有一个线索，稍纵即逝,他不能同一面镜子一样,把什么都收藏得起来。他有所作,也必让我先睹为快,我捧着他的文章,不由得起一种欢欣,我想我们新的散文在我的这位朋友手下将有一树好花开。……我说秋心的散文是我们新文学当中的六朝文,这是一个自然的生长,我们所欣羡不来学不来的,在他写给朋友的书简里,或者更见他的特色,玲珑多态,繁华足媚,其芜杂亦相当,其深厚也正是六朝文章所特有。秋心年龄尚青,所以容易有喜巧之处,幼稚亦自所不免,如今都只是为我们对他的英灵被以光辉。

(摘录自废名《序一》,《泪与笑》第3—4页)

以上仅就梁遇春对于人类和道德的态度,对于光明与黑暗、希望与成功的看法这几点,说明他为什么认为矛盾是宇宙的本质,为什么他看世界上的事物有的是新奇,有的是奇怪。这是他散文的根本精神。废名在他给《泪与笑》写的序里说:"他的文思如星珠串天,处处闪眼,然而没有一个线索,稍纵即逝。"这句话常被梁遇春散文的评论者援引,认为说得中肯,我则认为这句话只形容了梁遇春散文的风格,至于散文中的思想,如前所述,还是有线索可寻的。

(摘录自冯至《谈梁遇春》,《新文学史料》1984年第1期第111页)

3月5日

梁遇春译林德的《王尔德》遗稿发表于《青年界》第3卷第1号。

3 月 31 日

许君远《谈梁遇春》以笔名西夷发表于《北平晨报》第 12 版。

5 月 4 日

是夜,杨同芳(沙汀)写毕《祭梁遇春君(为遇春一周忌辰而作)》诗。

6 月 9 日

唐弢在《申报·自由谈》上发表梁遇春同题文章《人死观》,在文章首尾都写到梁遇春。此文后收入 1936 年 3 月天马书店初版的唐弢散文集《推背集》,有适当修改。

大约二三年前,梁遇春曾提出人死观问题,希望大家加以研讨,但学者们似乎痛恨梁氏忘了他们"拼命争得的真理",因此并没给以响应,弄得如今还是有"人死"而无"观",或者有"观"而并不是为着"人死"。

…………

遇春死了;也许他还在研讨这个问题,但他无从再告诉我们他的心得。

我们都是会死的凡人,如果说"死是生存在活人的记忆上",那末,我也可以已了。

(摘录自 1933 年 6 月 9 日《申报》第 13 版)

6月15日

据胡适日记,胡适这天极忙,从南京到上海,到多处与多人会面,一直"谈到半夜。半夜起整理带来的稿件,三点始睡"。[《胡适日记全编(六)》第222页]为梁遇春遗稿《吉姆爷》一书所作编者附记即于此日写就。

梁遇春先生(笔名"秋心")发愿要译康拉德(Conrad)的小说全集,我极力鼓励他作此事。不幸梁先生去年做了时疫的牺牲者,不但中国失去了一个极有文学兴趣与天才的少年作家,康拉德的小说也就失去了一个忠实而又热心的译者,这是我们最伤心的。梁先生生前交给我的清稿只有十五章。梁先生死后,他的朋友检点遗稿,寻出草稿自第十六章至第二十三章,由他的同学朋友袁家骅先生整理之后,我们请叶公超先生校看过。此下的各章,即由袁先生继续译完。我们现在将全稿整理付印,即作为梁遇春先生的一种纪念。我们希望他的翻译康拉德全集的遗志仍能在他的朋友的手里继续完成。

(摘录自胡适《编者附记》,《吉姆爷》第1页)

叶公超在写给胡适的一封信里,对梁遇春翻译康拉德《吉姆爷》未完稿及继译者袁家骅的情况作了描述,具体如下:

梁遇春的翻译初稿有十二万字之多,想必有未及誊清者。请您查一查他交到何处,最好请把最后几句抄寄给我。假使有已译出而未交来者,我可以负责抄来给你。至于继续这件工作的人,我想举荐北大英文系助教袁家骅君,袁君英文程度还不坏，中文笔下亦还清楚，且对于康拿德（康拉德）原有相当兴趣。我已叫他现译出几千字来给你看看如何。他前天译了一千多字，拿来给我看过一次，我叫他再多译几千字拿来给你看看成不成。此人读书做事都还仔细。

（摘录自秦贤次编《叶公超其人其文其事》第 32 页）

6月
袁家骅在上海写毕《吉姆爷》的译者序言。

秋心的死在我们朋友们的心里留下怎样伤痛的记忆，至今——已经一年多了——我仍觉无以描拟。我只知道我们谈天，散步，甚至作梦，总时常听得见他爽朗轻灵风趣无穷的语音，看得见他活泼潇洒恳挚热烈的情态。他的生涯和事业，好像个航海的舟子，刚离开港口驶入大海不久，便遭了不测：我们正盼望着他能陆续报告我们惊涛险浪无限神秘的可贵经验，不料他已经被残忍的水怪吞没了。说也奇怪，他给我的整个印像，和我读康拉特所得的印像，隐隐中似乎有着一脉相通的情调。

他仿佛时时在提醒我一句西方的箴言：工作，莫悲伤！(Ecce labora et noli Contristari) 他生前是那么勇猛不懈地工作，但他似乎总抑制不下他那内外夹攻的悲伤情怀。他可能的工作才动头，《吉姆爷》才翻了一半便丢下了。受着公超、废名二先生的督促和适之先生的赞许，我于是勉励自己，毅然担当了秋心遗下的这一项未完的工作；翻译时候虽不敢稍有疏忽和怠惰，并且把我所承接的故人的印像作为针鞭，但我明知终难免令师友失望，令读者不满的。

又到了一九三三年的初夏。住在北平感着时局的不安，偷闲来了上海。适之先生把《吉姆爷》全稿带来付印，嘱我写了一篇序文。我除掉追念秋心，自然还得介绍一下康翁的生平和作风，以便读者的了解，可惜关于康翁的书手头一本也没带，所以只能简简单单地说几句，俟将来把他第二部作品翻完时，再作详细的介绍罢。

....

一九三三年六月，上海。

（摘录自袁家骅《译者序言》，《吉姆爷》第3—4页）

此月，梁遇春翻译的《潘新可夫》，被黄源编入上海前锋书店初版的《屠格涅夫代表作》一书，题名为《耶可夫·潘新可夫》。

梁遇春去世后一年余，刘国平的《泪与笑》序大约写于此时。文章最后写道："不料在他死后仅仅一年余，居然也能写出这篇充满理智的文字。"

驭聪的一生过得很平凡，纵使不是这样的短，恐怕也不会有甚么希奇的花样出来，然而，在与驭聪熟悉的人，却始终觉得这个人太奇特了。他有一篇文章题目叫做"观火"，我们觉得他本身就像一团火，虽然如此，但他不能真实的成一团火，只是把这一团火来旁观——他在人生里翻筋斗，出入无定，忽悲忽喜。十年都市的生活，把这位"好孩子"的洁白心灵染上世故人情的颜色，他无法摆脱现实，躲藏这里头又没有片刻的安宁，他旁观自己，旁观他人，他真有所得，他立刻又放下了，他旁皇无已，他没有"入定"一般的见道，他的所得却是比不平凡的人多得多了。

他的情感也是属于平凡的人的，但也没有比这个再亲切的。初次见他的人也许感到有一点冷气，但只要你是知道他，他会慢慢自己点着，烧热来应付你们，我觉得他对人生最有趣味而不敢自己直接冒昧来尝试——这解释了他对朋友的态度。他会忽然鸣金收军，你不要气馁，他迟早总会降服了你，这当中使你感到未曾有过的温情，他的法门极多，却无一不是从内心出来，他的语言是整块成堆的，透明的而不是平面的，真够搅乱了你的胸怀，他走后，这印象留下，延长下去很久。驭聪的朋友们有谁不觉得受他牵引，纠缠你的心曲而无法开交呢？

他耽于书卷比谁都利害一点，他不受任何前辈先生的意见支配，他苦讨冥搜，他自己就是"象罔，"这确是最能得古人精髓的人应有的本色，可惜大多数人都失去了这本色，我们随便拿他一篇文章来看，立刻就能知道学究的话没有进过他的门限，他口上没有提过学问这两个字，这样他得了正法眼藏，但是有的到了这境界的人转到学究那边去了，自己关住了，他能守能攻，无征不克，他的趣味的驳杂配得上称獭祭鱼，所以甚么东西都可在他的脑海里来往自如，一有逗留，一副对联，半章诗句都能引起他无数的感想与傅会，扯到无穷远去，与他亲密的人领会这错中错，原谅他，佩服他，引起的同感非常曲折深邃，这的确不是非深知他的人所能知道的。

说到他的文章，时常有晦涩生硬的地方，正是在这里头包藏了他的深情密意，不，密意是说深入的意思，这是好孩子的话——我们又像见着一个从未见过的生气蓬勃的哲人——他把自己所见所思的，吞吞吐吐地说出，不把他当做他在给你 Confidence 的人，不会看懂，因为他就不曾想过做甚么文章，所以他的文章是朋友们的宝藏，神气十分像他的话匣子开起来的时候，可惜毕竟是文章，终有一个结束，总不如他本人来得生动，来得滔滔不绝，谁能想到滔滔不绝的生命之流会在他身上中断了，这一切停住了，他到另一世界去了，在这边留下一个不可弥补的偌大的空虚，在深夜我想起他的谈笑丰姿，想起他撇下的家庭，这是一件不能令人相信的事，这是一件惨不堪言的事。

驭聪昔日常常说青年时候死去在他人的记忆里永远是年青的，想不到他自己应了这一句话，我们虽然不敢一定要挽留他在这悲苦的世上颓老下去，但在这崎岖的人生道上忽然失去这样的一个同伴，在记忆里的他清新的面孔，不断给我无涯际的痛心，惆怅至于无穷期……

这样的一个人仅仅留下几十篇文章，结集起来算是朋友们对他做的一件事，此外再也没有甚么可以尽力的。我苦于无话可说，不料在他死后仅仅一年余，居然也能写出这篇充满理智的文字，这也是人间世可悲痛的事。

（摘录自刘国平《序二》，《泪与笑》第 5—8 页）

关于刘国平其人，北大是这样介绍的：

刘国平为北京大学 1925 年的预科新生，1931 年 6 月毕业于北京大学国文系。

（摘录自 1925 年 8 月 8 日《北京大学日刊》第 1746 号，1932 年 9 月 17 日《北京大学周刊》第 1 号）

另据秦贤次说道：

刘国平系梁遇春同乡，小遇春一岁，十四年秋以同等学力考进北大预科乙部法文班，二年后，升入本科哲学系，与香港名作家徐訏同班，二十年夏，自北大毕业。

（摘录自秦贤次《梁遇春的文学生涯》第 340 页）

8 月 10 日

现代书局初版《中国文艺年鉴》在其第一部《一九三二年中国文坛鸟瞰》中写道："以文致的飘逸制胜的梁遇春的逝世，更使小品文的前途受到可观的损失。"在其第二部中的散文部分，选录了梁遇春《又是一年春草绿》全文。在其第三部中的作家及出版索引部分，选录了梁遇春（秋心）《又是一年春草绿》和《春雨》的篇名。

10 月 6 日

《北新书目》扉页刊登了《青年界》的广告，列出本刊执笔者名单，此时梁遇春的名字还依然在列。此外，本书目还刊登了梁遇春译注《英国诗歌选》《小品文选》《青春》《红花》《草原上》《我们的乡村》《老保姆的故事》《三个陌生人》《诗人的手提包》《厄斯忒哀史》《幽会》《一个自由人的信仰》《最后的一本日记》《忠心的爱人》系列作品的详细广告。此后 1935 年 2 月 1 日出版的《青年界》第 7 卷第 2 号刊末刊登的广告与此相同。

《北新》刊登《春醪集》的广告，与 1930 年 4 月 16 日的广告大同小异。

11 月 1 日
俞平伯写信给周作人，提及《泪与笑》出版艰难的事情。
秋心集付刊殆仍将碰壁欤？
（秋心集注：指梁遇春著《泪与笑》，上海开明书店 1934 年 6 月出版。此书经周作人、废名、刘国平、俞平伯、叶公超、石民、叶圣陶等人共同努力，才得以出版。）

（摘录自《周作人俞平伯往来通信集》第 219 页）

11 月 20 日
杨同芳在《大夏周报》第 10 卷第 9 期发表《祭梁遇春君（为遇春一周忌辰而作）》诗：

> 我昨夜梦入花丛，
> 听子规在啼泣；
> 我昨夜梦登太空，
> 听群星在叹息。
>
> 朋友，你一忽间逝去了

你的天才；去了，远了，
你再不来，告诉我
现在你在那里安排？

像秋天的雁子，
旋天的飞远；
像西去的太阳，
永远是消沉。

当初你启开生命的
铁门，为宇宙怀无限的
希望，你今走了，
带了什么去，不曾？

我不相信你会死——
你爱黄昏，你爱清晨，
更爱的是那
天上的星辰。

你的脸儿堆着笑
我几次的唤你，希望的
是你的回声，和复见你那
伟大的忠诚。

死是座庄严的宝殿,
此中蕴积上帝的
神明,你今去了,
也许很安宁。

你去了这不可捉摸的
人间,你那蔷微〔薇〕色的圆脸,
只留给我最后一刹那
苍白的面庞。

星是惨淡而无光,
花也失了往日的芬芳;
我从梦里醒来,
犹忆往日的欢情。

朋友,你好好的睡罢!
白鸟从孤坟上飞过,
墓草压着严霜,
你也许还不寂寞!

——五、四、夜,写于大夏大学。

[摘录自杨同芳《祭梁遇春君(为遇春一周忌辰而作)》,1933年11月20日《大夏周报》第10卷第9期第217—218页]

杨同芳,其笔名沙汀,广为人知。

11月

梁遇春《醉中梦话（二）》中的《滑稽和愁闷》一篇，被赵景深作为独立文章，编选入北新书局出版的《现代小品文选》下卷。此书上下卷共收录作者26人，文章70篇。赵景深在1933年7月21日《〈现代小品文选〉序》里说到"受西洋小品影响极深的感伤的梁遇春"。

12月

《中华教育文化基金董事会第八次报告》刊行，提及资助出版梁遇春翻译的《吉姆爷》一书事项。

（二）文史组

文史组包括历史、文学、思想史料三类，已成各书，现择要付印。又本年度陆续译成之书亦有多种，兹分别列举如左：

（甲）译成之书已经付印者：

⋯⋯⋯⋯⋯⋯

（9）康拉特《吉姆爷》（Conrad：*Lord Jim*）：原由梁遇春担任翻译，不幸病故，后由袁家骅继续完成。

（摘录自1933年12月刊行《中华教育文化基金董事会第八次报告》第15页）

本年

梁遇春的《又是一年春草绿》《春雨》两文被罗芳洲编选入

亚细亚书局出版的《现代中国小品散文选》，前文被改标题为《春草》，两篇都署名"秋心"。该书收录作者40余人，文章147篇，到1936年10月已印行至第五版。

同时，以上两文还以相同的篇题与署名，被俊生编选入上海仿古书局1936年4月出版的《现代小品文选》（第二集）。该书收录作者32人，文章59篇。此外，两文又被日本饭河道雄编入1937年6月15日奉天东方印书馆印行初版的《中国现代小品散文集》。该书收录作者26人，文章88篇，是罗芳洲所编上书的节选版，到1939年6月10日已印行至第六版。

1934年（民国二十三年）

1月20日

章克标编的《十日谈》旬刊第17期出版，柴扉在其"文坛画虎录"栏目发表《记两位戏剧家（又一则记故梁遇春）》。

他患腥〔猩〕红热故后，他的至友废名曾为文纪念，说他不但努力于英文学的翻译，成绩极好；而且他的文章，在白话文学各派中是别树一帜的，废名称之为"白话骈体"。这在一方面可说是中国语文固有的特性使然，在另一方面，这与中国旧文学也准有相当关系的。（关于这，可参阅梁著《春醪集》，以及分载《现代》或过去的《奔流》上的他的散文作品。）

［摘录自柴扉《记两位戏剧家（又一则记故梁遇春）》，《十日谈》1934年第17期第9页］

2月1日

毛如升在《图书评论》第2卷第6期发表《梁遇春译注的英文〈小品文选〉》（附编者按语）。

3月

梁遇春、袁家骅合译《吉姆爷》（英国康拉德著）由中华教育文化基金董事会编译委员会编辑，上海商务印书馆初版，总页数366页。版权页标注：中华民国二十三年三月初版，每册定价大洋一元四角。

书前有胡适《编者附记》和袁家骅《译者序言》，具体参见前文1933年6月15日和6月两条。

上一个十年倒是着手实施过两个计划，一是胡适博士主编的《中英文化丛书》，包括重译的托马斯·哈代的《德伯家的苔丝》，张谷若教授译的《还乡》，梁遇春、袁家骅译的约瑟夫·康拉德的小说，卞之琳译的利顿·斯特雷奇的《维多利亚女王》，还有梁实秋教授后因战争而中断翻译的《莎士比亚全集》。二是郑振铎教授主持的欧洲文学选本《世界文库》，第一辑包括托尔斯泰的《安娜·卡列尼娜》、尼采的《查拉图斯特拉如是说》、果戈里的《死魂灵》、陀思妥耶夫斯基的《卡拉马佐夫兄弟》，以及夏洛特·勃朗蒂的《简·爱》。与以前的翻译不同，这次是选择那些不光有热情，还要精通中英两种语言的出色学者来翻译。几乎每本译著前都有长篇序言，书后附有详细的集注。

（摘录自萧乾著、傅文明译《苦难时代的蚀刻——中国现代文学一瞥》，《中国现代文学研究丛刊》第45—46页）

《江苏省立南通中学校刊》第109页刊登梁遇春《罗素文存》"教育零话"的一段译文（同《北新》1929年第3卷第1号第125页）。

4月1日

《中学生》杂志第44号刊登梁遇春翻译的《英国小品文选》广告。

4月12日

温源宁在英文 *The China Critic*（《中国评论周报》）第7卷第15期的"Unedited Biographies"（人物志稿）栏发表"Liang Yu-Ch'un, A Chinese Elia"（英文版）。

这篇文章翻译的版本有蕊珠译《记故散文家梁遇春》（1936年11月1日《青年界》第10卷第4号"北新书局新书月报"栏目）、柳存仁译《徐志摩和梁遇春》（1952年9月香港大公书局初版《人物谭》）、南星译《梁遇春先生》（1988年12月岳麓书社初版《一知半解——人物剪影十七幅》）、江枫译《梁遇春，中国的伊利亚》（2004年1月岳麓书社初版《不够知己》）。黄俊东在介绍温源宁的《不完全了解》（1973年9月香港波文书局初版《书话集》）一文中写道："这十七篇精彩的小文章，如吴宓、胡适、徐志摩、周作人、梁遇春、王文显、杨丙辰等已由倪受民、张自疑等译出,刊在《人间世》、《逸经》等杂志上。"这"等"字却包罗万象,范围太大,找遍《人间世》《逸经》都没找到写梁遇春的那篇译文。台湾秦贤次编的《梁遇春散文集》附录中关于梁遇春的介绍,选录了柳存仁《梁遇春》,其实这篇文章就是翻译自温源宁的"Liang Yu-Ch'un, A Chinese Elia",并非柳存仁原创。

5月7日

《每周评论》第115期"文坛杂俎"栏目登载一篇《梁遇春善打乒乓球》的文章。

梁遇春死去已经快要两年了,这是一位很努力,很有希望的青年作家,不幸是夭死了,这也许是文坛的不幸,因为肯刻苦努力的却死去,那些冒名顶替的臭虫依然活着,文坛的一蹋〔塌〕糊涂,真使人长太息的。

梁遇春是福建人,他在北大念书时,住在东斋,每天课余时便在俱乐部里打乒乓球,球艺很精,几有称霸东斋之势,而且,他也乐此不疲。他是瘦长的一个,白皙的皮肤,娇细的语声,白的牙齿,油光的头发,一个美少年也。

当他做学生时代是默默无闻的,不但校外各期刊,不见他底创作译述,就是校内刊物也不见他曾发表过只字,不过他对于功课是认真的,所以,林语堂很看得起他,他在英文系里算是好学生的。

后来梁遇春毕业北大，到上海来，在暨南教书，林语堂也在上海做卖文生意，梁遇春便在林大师指导下，开始翻译及创作的生涯了。不久，他在母校图书馆里得了一个位置，他放弃教鞭生涯匆匆北上，埋头于图书中，一大部分重要的译作，都是成功于这时分。他真从此慢慢地变成一个书呆了，忘记了他底运动的重要，身体更日渐地清癯起来，死轻轻把他底生命毁了。

这一个努力的青年作家，在二十一年的夏月突然传染了腥〔猩〕红热，寂然地死去了。

（摘录自《梁遇春善打乒乓球》，《每周评论》1934年第115期第13页）

6月

小品文集《泪与笑》由上海开明书店初版发行，扉页印有梁遇春头像照片，照片下面有"梁遇春遗影"五字说明。集中收录梁遇春文章22篇，有废名、刘国平、石民三篇序，叶公超一篇跋，总页数145页。版权页标注：民国廿三年六月初版发行，实价大洋五角。

佛家的出世的精神与耶教的入世的态度在人生观上都是恳挚而严肃的，勇者与智者，调和了这二者的长处，以出世的精神干着入世的事业，使人类史上还有几张悲壮的篇章可读。千千万万的时代的受难者，也许自觉或不自觉地都有着这种精神。世上唯有哲学家与文学家，却永远浮沉于这二者的中间！他们把握人生，他们明净的理智与致密的分析见微了人生的毫发，然而他们却说这儿游离开，行为上处在一个超然的地位，那种态度是畏缩得像一个可笑的小儿，而他们的领悟与理解，什么都明白的气概，却又分明是一个老成的长者。读了本集的《救火夫》，你们会以为这位不幸的早夭的作者最终是会投笔奋起，去做一个"牺牲自己，营救他人"的救火夫了；然而且慢，在观火里，他又请你回到了暖和的书斋里来，原来他们的意思也只是在乎"观观"罢了。

　　读完了这本集子的感想，我觉得到处充满了作者奇警的机智，可爱的幻想；而说要寻出一个成熟的，统一的思想来，却是不会如愿的。这些断片的思想是芜杂的，有时甚至是矛盾的；即在作者，似乎也自觉于这种矛盾，在《一个"心力克"的微笑》里，他说得好："……而且觉得天下只有矛盾的言论是真挚的，是有生气的，简直可以说才算得一贯。"于是他结论地说："矛盾就是一贯，能够欣赏这个矛盾的人们，于天地间一切矛盾就都能彻悟了。"（九三页）

　　虽然多着矛盾的论旨，而在作者的见地上说，去寻出那一贯的根本的态度，却也是很分明的。这态度用简单的话说，是对于人生亲近的态度。这所谓"亲近"不是说对于人生有坚固的"执着"的意思（事实上他是正做着希望能得有一种坚固的执着的努力），而正是因为他对于人生处处发生怀疑，遂有对于这怀疑的思索与解答；而那种怀疑乃起于对人生的深深的挚恋。正如叶公超先生所说："他所要求于自己的只是一个有理解的生存"(《泪与笑·跋》,一四二页),在这本集子里,我们从"黑暗","悲哀"等等的字眼下看出来的并不是"悲观"与"绝望",却是一颗热烈烈的年青的心。

....

没有做过梦的人,他的脑子里常会有最绮丽的梦,没有更多地经验一点人生的人,也最会描画出一个万花筒一般的复杂的人生。在这集子里,我们找到的一些阴暗恐怖,非实际的想像,都只是这年轻的作者少年〈时〉代的一些感伤的梦而已。借他自己的话来说,有很确切的一段:"……有人说道,天下最鬼气森森的诗是血气方旺的青年写出的,这是真话。他们还没有跟生活接触过,那里晓得人生是这么可悲,于是逞一时的勇气,故意刻划出一个血淋淋的人生,以慰自己罗曼的情调。……"(《一个"心力克"的微笑》)

....

近来的小品文,在文体上,抒情文与说理文大半几乎是完全分了开来各自发展的。梁先生的文章的特点则是冶此二者于一炉。写得好的抒情文要有美丽的笔和丰富的情感,而说理文则是以经验与智识随岁月的增加而充实它的内容的。写到此,我不禁想起废名先生的话:遇春是死得太早了。

(摘录自甘永柏《书评:〈泪与笑〉》,《人间世》1934年第13期第64、65、66页)

《泪与笑》,是故梁遇春的一本散文集子。梁君生前是被人称为"口含烟斗的白面教授"的,自然,不待看见他的人或读他的文章，大概他是一个潇洒风流，善惹情爱的青年人，我们免不了会如此猜想。这是不错的，《泪与笑》，顾名思义，这是怎样一本充满着忏情和凄怨情调的小书，那是无疑的了。

....

记得从前，那时我还在中学读书，看到诗人李金发在《小说月报》里发表的一篇《世界如此其小》，觉得人生的遭遇，真是最偶然不过的，及读梁君的这本《泪与笑》散文集，中间反复记述关于这类遭遇的文字，然而梁君只有这样一回，虽是"许多感慨之所系"，可惜他已经不能再"回首"了，奈何！

[摘录自朱司晨《泪与笑（读书杂感）》，1934年《晨光周刊》第3卷第28期第12、14页]

除外，也许我可以说在本年中我曾有过一本嗜读的书，那就是兰姆（C. Lamb）的 *Essays of Eila*。说起这本书也有一点小小的因缘，去年我为《泪与笑》作书评，发现秋心君也是一个兰姆的爱好者，因而引动我的兴趣，无意间从一家旧书店里买了这本书来，遂成为我终日不舍的伴侣。

（摘录自甘永柏《二十四年我所爱读的书》，1936年1月1日《宇宙风》第8期第415页）

废名把他未问世的《泪与笑》带给在上海的石民，希望找个出版机会，寄来寄去，结果还是由废名寄给开明书店，于一九三四年六月出版。全书收散文二十二篇。序三，废名、刘国平、石民作。（戈按：初版有"跋一，叶公超作"）废名说他"文思如星珠串天，处处闪眼，然而没有一个线索，稍纵即逝。"

这句话说得颇有见地。遇春好读书,且又健谈,对西洋文学造诣极深。看的驳杂,写来也便纵横自如。鲁迅先生曾说"五四"以来"散文小品的成功,几乎在小说戏曲和诗歌之上"。就风格而言,有的雍容,有的峭拔,有的明丽。遇春走的却是另一条路,一条快谈、纵谈、放谈的路。他爱思索,爱对自己辩论,有时带着过多感伤的情调,虽说时代使然,却也不能不是他个人的缺点。但他毕竟是严肃的,对生活作过认真的思考。我觉得在进步的道路上,最可怕的是浑浑噩噩,浮浮沉沉,小注即满,油滑自喜。如果是一个认真的人,不管他过去怎样感伤,活到现在,他是会对生活找到应该找到的结论的。不幸遇春早年夭亡,我们只能把他当作一个文体家,而且即使作为文体家,跟着遇春的逝世,这条路不久也荒芜了,很少有人循此作更进一步的尝试。我喜欢遇春的文章,认为文苑里难得有象他那样的才气,象他那样的绝顶聪明,象他那样顾盼多姿的风格。每读《春醪集》和《泪与笑》,不免为这个死去的天才惋惜。但我相信:我们终于将会出现这样的散文,这样的风格,而并不带有梁遇春式感伤的情调。

(摘录自唐弢《晦庵书话·两本散文》第52—53页)

当年,胡乔木在资料室看书的时候,曾对老刘推荐梁遇春的两本散文作品,写得好,非常欣赏。

(摘录自孔海珠《文坛叙旧》,《新一代》第28页)

胡乔木来书店时,谈到梁遇春的两本散文集《春醪集》《泪与笑》写得好,可以重印。

（摘录自俞子林《艰难的历程——出版〈中国现代文学史参考资料〉的回忆》，《出版史料》2009年第1期第6页）

在二〇及三〇年代的我国散文作家中，纯粹走西洋散文（essay）路子，风格最为神似，也最著名的，莫过于梁遇春与钱锺书了。梁遇春系十七年自北大西洋文学系毕业；钱锺书系二十二年自清华外文系毕业，两人均中英文俱优，当年都有"才子"之誉。

（摘录自秦贤次《才气纵横学贯中西的钱锺书》，《现代文坛缤纷录》第93页）

10月

甘永柏在《人间世》杂志第13期发表《书评：〈泪与笑〉》。

11月1日

《青年界》第6卷第4号刊末"北新书局分类书目"中，刊登了梁遇春翻译小说《潘新可夫》《荡妇自传》的广告，这两则广告也同样见于1933年10月6日印刷的《北新书目》里。

12月1日

梁遇春的遗作《查理斯·兰姆评传》发表于《文艺月刊》第6卷第5、6期合刊，署名"故梁遇春"。文末有编者附记如下：

梁驭聪先生，青年力学，译著等身。尝发愿译兰姆全集，所业未竟,猝尔长逝。国人研习兰姆,泊今未闻有能出梁君之右者。兹篇乃由《春醪集》转载,(十九年北新印行,今已绝版。)不惟用以追怀兰姆,亦即所以纪念梁君也。

(摘录自 1934 年《文艺月刊》第 6 卷第 5、6 期合刊第 68 页)

12 月 16 日

朱司晨的书评《泪与笑(读书杂感)》发表于《晨光周刊》1934 年第 3 卷第 28 期。

1935 年(民国二十四年)

1 月 1 日

《青年界》第 7 卷第 1 号刊首"北新书局一九三四年重版书"目录中,收录梁遇春《小品文选》(四版)。刊末"北新书局分类书目"中,刊登《春醪集》的广告,与 1930 年 4 月 16 日的广告大同小异。以上广告信息同样见于 1933 年 10 月 6 日印刷的《北新书目》里。

1 月

《小品文续选》,北新书局于此月付排。

温源宁在 The China Critic (《中国评论周报》)的专栏文章,结集出版为 Imperfect Understanding,英文原版,由上海 Kelly & Walsh Ltd. 即别发洋行刊行。其中收录有关梁遇春等 17 人的 17 篇文章,写梁遇春的一篇,即 "Liang Yu-Ch'un, A

Chinese Elia"。

梁遇春的《"失掉了悲哀"的悲哀》《破晓》《苦笑》三篇文章,被孙席珍编选入此月北平人文书店出版的《现代中国散文选》下卷。此书由俞平伯题写书名,为"现代散文选"。在此书附录《论现代中国散文》中,孙席珍写道:

> 受西洋尤其是英国小品影响最深的是已经作古的梁遇春和徐志摩两位,他们的作品都带着感伤的调子,但志摩的感伤是轻飘飘的,且常被他的秾艳的文笔所遮掩,不像前者那样地富于实感。

(摘录自孙席珍编选《现代中国散文选》下卷第689—690页)

2月1日

《青年界》第7卷第2号刊末"北新书局分类书目"中,刊登了梁遇春《英国诗歌选》《小品文选》等15本翻译作品系列的详细广告,与1933年10月6日印刷的《北新书目》广告一样。其中《三个陌生人》《厄斯忒哀史》《一个自由人的信仰》的广告与1930年《北新》的广告大同小异。

3月1日

《青年界》第7卷第3号刊首"中学生补充读物"书目中,收录了梁遇春的《春醪集》《英国诗歌选》《小品文选》《青春》《红花》《厄斯忒哀史》《忠心的爱人》《三个陌生人》《诗人的手提包》《草原上》《幽会》《一个自由人的信仰》《我们的乡村》

《最后一本日记》《老保姆的故事》《情歌》系列目录。此外，还首次刊登了《小品文续选》的详细广告，其中有一段按语。

梁遇春是一位极有希望的小品文作家，不幸夭折，是我国文坛的一大损失。他的遗著有《春醪集》，由敝局出版。生前尝有全译伊里亚随笔之志，温源宁教授也说他的小品文近似兰姆（Charles Lamb）。他的《小品文选》是偏于情调的，本册则偏于思想，但思想里仍通过了情感，把枯燥的道理说得极有兴味。计选十家，各篇均英汉对照，附加详细注释，如兰姆、萨考莱、休姆、路加斯等家之作品均已网罗入内，确是一部极精采〔彩〕的小品文集，各大中学选为教本或补充课本，尤为适宜。

（摘录自 1935 年 3 月 1 日《青年界》第 7 卷第 3 号广告）

4 月 1 日

《青年界》第 7 卷第 4 号刊首"中学生补充读物"书目中，收录了《春醪集》《英国诗歌选》《小品文选》《青春》《红花》《厄斯忒哀史》《忠心的爱人》《三个陌生人》《诗人的手提包》《草原上》《幽会》《一个自由人的信仰》《我们的乡村》《最后一本日记》《老保姆的故事》《情歌》系列目录，内容基本与上一期相同。

5 月 14 日

梁遇春翻译的《荡妇自传》，被认为是浪漫主义小说代表，由于"很少读者提及",有人为此打抱不平,在文章中替它专门登广告。

不妨再来谈谈浪漫主义的作品:……关于小说一方面,是卜赫服的《情与罚》了,又一译名《漫郎摄氏戈》;有人说那是浪漫主义小说之鼻祖,也不为过誉吧?……另一部可以与此书抗衡的是故梁遇春翻译的《荡妇自传》;在《荡妇自传》里又说明了社会之内层盗偷等情,情节之陆离怪状,是为近代之罕见。只可惜这两部著作译成中文后,很少读者提及。也不知因为什么。从前在我的日记中提到过,刊载于《绥远民国日报》;但这件工作,似乎那一点还没作终;姑且在这儿再给它登上广告;不过得预先声明的就是译者并不是我的朋友,或有师生之关系。那就幸无瓜李之嫌。(此类工作,甚觉无趣,收束至此。)

[摘录自刘达博《读书札记·(四)》,1935 年 5 月 14 日《西京日报》第 5 版]

6 月 5 日

中书君(钱锺书)在《人间世》第 29 期发表了对温源宁《不够知己》的书评,文中写道:

又如梁遇春先生的小品文,我们看来,老觉得他在掉书袋,够不上空灵的书卷气;温先生此地只说他人像兰姆。

(摘录自中书君《不够知己》,1935 年 6 月 5 日《人间世》第 29 期第 41 页)

而梁遇春在评他人著作时,也写到"掉书袋",与上文对照互参，让人不禁莞尔。

Ben Jonson 博学广览，做戏曲时常常掉书袋，很以他自己的学问自雄，而他对人生的了解是绝比不上莎士比亚。

(摘录自《春醪集·文学与人生》第 129—130 页)

有人或者会觉得这样句子有掉书袋的毛病，但是牛津大学出版的书总是这个派头，一个人老住在那样古色斑烂〔斓〕的环境里，难怪他会写出这么典丽丰满的文字。可是我总以为这种的文字比美国的乱跳乱叫的批评家文字要高明得多，因为他们说的话常常能有回甘的妙处，值得我们的低徊吟味，这绝非只求炫目的福特先生的同乡们所办得到的了。

(摘录自梁遇春《雪莱，威志威士及其他》，1929 年 9 月 10 日《新月》第 2 卷第 6、7 号合刊第 6 页)

他博览群书，他受影响较多的，大体看来有下边的三个方面：他从英国的散文学习到如何观察人生，从中国的诗、尤其是从宋人的诗词学习到如何吟味人生，从俄罗斯的小说学习到如何挖掘人生。这当然不能包括他读过的所有书籍。不管这三个范畴以内或以外，许多书中的隽语警句他在文章里经常引用，它们有的与他原来的思想相契合，有的象一把钥匙打开了他的思路，但也有时引用过多，给文章添了些不必要的累赘。

(摘录自冯至《谈梁遇春》，《新文学史料》1984 年第 1 期第 111—112 页)

6 月

《小品文续选》由上海北新书局初版，收录序文 1 篇，译文

10篇。为"自修英文丛刊"之一,序文写"于北平"。版权页标注:民国二十四年一月付排,民国二十四年六月初版,实价一元二角。

二年前我所编的那部《小品文选》多半是偏于情调方面,现在这部续选却是思想成分居多。国人因为厌恶策论文章,做小品文时常是偏于情调,以为谈思想总免不了俨然;其实自Montaigne一直到当代思想在小品文里面一向是占很重要的位置,未可忽视的。能够把容易说得枯索的东西讲得津津有味,能够将我们所不可须臾离开的东西——思想——美化,因此使人生也盎然有趣,这岂不是个值得一干的盛举吗?

(摘录自《小品文续选·序》第1页)

1933年的《北新书局目录》,1934年、1935年的《北新书局图书目录》,以及无出版时间的《上海北新书局图书目录》都出现"《世界散文选》 梁遇春译注 印刷中"与"《草堂随笔》梁遇春译注 印刷中"的广告。奇怪的是,这两部书都不在梁遇春已出版的著作之列。根据时间年份推测,前者应是《小品文续选》书名之误。而《草堂随笔》,梁遇春生前提到过三次,曾被《新月》编者计入梁遇春24种已出版的译品遗著(见《新月》1932年第4卷第3期),实际并未出版面世。

8月24日

周作人写毕其编辑的《中国新文学大系·散文一集》导言,该书8月由上海良友图书印刷公司初版。周作人在《导言》中写道：

> 我与郁达夫先生分编这两本散文集，我可以说明我的是那么不讲历史，不管主义党派，只凭主观偏见而编的。这一册里共计有十七人，七十一篇。这里除了我与郁先生约定互相编选之外，其余的许多人大都是由我胡抓瞎扯的。关于这些人有几件事应得说明，今列记于下：
>
> 一，有四位已故的人，即徐志摩，刘半农，刘大白，梁遇春，都列在卷首。所选的文章不以民国十五年为限，这可以算是一个例外，但是却也不能说是没有理由的。
>
> ……………

（摘录自周作人《导言》，《中国新文学大系·散文一集》第12页）

这段文字说明，周作人亦编选了已故梁遇春的文章，不想遗珠，一是"不以民国十五年为限"，是一个例外；二是将梁遇春等四位已故文人一起列在卷首；三是后文对梁实秋、沈从文、谢六逸、章克标、赵景深等其他人的文章则又以民国十五年为限，甚至对废名，"今从《桥》中选取六则，《枣》中也有可取的文章，因为著作年月稍后，所以只好割爱了"。在此部文学大系之散文集中，周作人选入了梁遇春《人死观》《谈"流浪汉"》《"春朝"一刻值千金》三篇文章。

8月30日

郁达夫编《中国新文学大系·散文二集》由上海良友图书

印刷公司初版。他在 4 月写毕的《导言》中写道：

像已故的散文作家梁遇春先生等，且已有人称之为中国的爱利亚了，即此一端，也可以想见得英国散文对我们的影响之大且深。

（摘录自郁达夫《导言》，《中国新文学大系·散文二集》第 11 页）

9 月 1 日
《青年界》第 8 卷第 2 号刊末刊登了《小品文续选》的广告，广告内容同前。

1936 年（民国二十五年）

1 月 1 日
《青年界》第 9 卷第 1 号刊末刊登了梁遇春《小品文续选》的广告。

2 月 15 日
《中国新文学大系》由阿英编写《作家小传》，其中梁遇春的小传如下：

散文作者。福建人。著有《春醪集》，译有《近代论坛》。作品散见于《语丝》者甚多。

（摘录自《中国新文学大系·史料索引》第 217 页）

4月1日

《申报》第22版刊登开明书店出版书籍的广告,其中有梁遇春的《泪与笑》。

5月1日

石民于《西北风》创刊号发表梁遇春致石民的五封信(均为摘录),结集名为《秋心小札》,署名"梁遇春"。文前有一段按语如下:

秋心去世后,我于悼念之余曾经有意搜求他与各友人的信札,打算连同我自己所保存的一些编印出来,因为他的信是那么明白生动地表现出他这个人,但到现在为止还只是那么个意思而已。兹承天行兄之嘱,特为摘抄数首发表于后。

——沈海

(摘录自梁遇春《秋心小札》,《西北风》1936年第1期第17页)

沈海即石民,天行即史天行,后者为《西北风》主编。

柳存仁在《人物谭》里翻译了温源宁关于徐志摩和梁遇春的两篇文章,但他没写明是翻译而来,而是把两篇文章合而为一,取名为《徐志摩和梁遇春》。结果不明真相的人还以为是他所写,秦贤次在《梁遇春散文集》里就把柳存仁撰《梁遇春》作为附录。在柳存仁文章的最后,还有一段按语如下:

按:遇春先生去世十余年,在一九四〇年《西洋文学》月刊创刊时,曾公开征求收集他的作品,惜应征寥寥。诗人的寂寡盖可知矣。

（摘录自柳存仁《徐志摩和梁遇春》，《人物谭》第 57 页；秦贤次《梁遇春散文集》第 323 页）

另，《西洋文学》月刊上查不到公开征求梁遇春作品的相关文字，有可能是柳存仁误记。

5 月

梁遇春的《人死观》《谈流浪汉》《春朝一刻值千金》三篇文章，由钱公侠和施瑛编选入上海启明书店出版的"中国新文学丛刊"之《小品文》（二）。编者在其小引里写道：

梁遇春，福建人，已故。中国小品文作者，最受西洋 Essay 影响的，要算梁氏了。他深具英国小品文的风格，再加上他感伤的思想，渊博的知识，流丽的文笔，真可说是"异军特起"，可惜天不永年，否则这位作家的成绩，当不止此。但是单就他遗存在世的寥寥几篇而言，也可以说是珍品了。本编选了他的散文三篇。

［摘录自《小引》，《小品文》（二）第 4－5 页］

该书封面刊登了十位作家姓名，梁遇春也在列，具体如下：林语堂、吴稚晖、陈西滢、鲁迅、顾颉刚、梁遇春、周作人、朱自清、郭沫若、郁达夫。

9 月

钱天起编《学生国文学类书》由文学书房出版，其中《中国现代文学作家事略》中有梁遇春简介，内容几与《中国新文学大系》阿英所撰小传相同。

10月5日

废名在北平《世界日报·明珠》发表《三竿两竿》的文章，认为梁遇春的文章是现代新散文里的"六朝文"，"此君殆六朝才也"。具体如下：

中国文章，以六朝人文章最不可及。我尝同朋友们戏言，如果要我打赌的话，乃所愿学则学六朝文。我知道这种文章是学不了的，只是表示我爱好六朝文，我确信不疑六朝文的好处。六朝文不可学，六朝文的生命还是不断的生长着，诗有晚唐，词至南宋，俱系六朝文的命脉也。在我们现代的新散文里，还有"六朝文"。我以前只爱好六朝文，在亡友秋心居士笔下，我才知道人各有其限制，"你不能做我的诗，正如我不能做你的梦"，此君殆六朝才也。秋心写文章写得非常之快，他的辞藻玲珑透澈，纷至沓来，借他自己《又是一年芳〔春〕草绿》文里形容春草的话，是"泼地草绿"。我当时曾指了这四个字给他看，说他的泼字用得多么好，并笑道，"这个字我大约苦思也可以得着，而你却是泼地草绿。"

（摘录自《废名集》第1354—1355页）

10月8日

废名在北平《世界日报·明珠》发表《水浒第十三回》一

文,提及梁遇春最讨厌武松,理由是"武松杀丫环"。

……《水浒》所写的是英雄好汉,但中国的绿林同文人士大夫也还是一个传统,故秋心君曾向我发泄其愤怒,他说他最讨厌武松,理由是"武松杀丫环!"此君大约是熟读欧洲中世纪骑士的故事,其愤怒我可以同情也。……

(摘录自《废名集》第1356—1357页)

另《世界日报》1936年10月17日所刊智堂(周作人)《水浒里的杀人》一文也引用了这段话。

11月1日

蕊珠译《记故散文家梁遇春》(翻译自 *The China Critic* 中温源宁的英文稿"Liang Yu-Ch'un, A Chinese Elia")发表在《青年界》第10卷第4号刊末"北新书局新书月报"栏目第15期。其目录标题为《已故散文家梁遇春》,略有不同。翻译者蕊珠,在1936年10月1日出版的《青年界》第10卷第3号刊末的"北新书局新书月报"有一篇《论〈湖南的风〉》,作者署"黄蕊珠",《湖南的风》是谢冰莹女士所著散文集。作家贺玉波夫人名为黄蕊珠,以上蕊珠和黄蕊珠应该都是贺玉波借用的笔名。

此文是目前找到的温源宁一文最早的译文,也是评述梁遇春的重要文章。全文如下:

记故散文家梁遇春

最近我还记得:我和梁遇春在我的书斋里,闲谈过米尔顿

(Milton)的事情。但是,三天以后,他便死去了。他恰恰活了二十六岁。又过了一些日子,他的小女儿也死去了。他只留下了一个寡妻和一个孤儿。

他的一生多么短促啊,多么令人纪念啊!一个人只要想起了梁遇春生前的姿态,他那静穆的神情、装束和言语,就会在脑海里现出了一个深刻的印象来;他这印象当然要比那许多无臭无闻的人深刻得多了。他们为人没有一点虚伪的地方。他的性格是极沉静的。譬如说:他在一群人中,好像是把他自己隐藏起来,不作什么声息,只含着一丝微笑。他在两个伴侣中,也不求人家来注意他。碰到和人家有所争论的时候,他宁愿沉默,不用否认的话来表明自己的意见。他没有激烈的性情,这不是由于他所受的教养,而是由于他的天性。他对待人谦卑而有礼貌,而且表现得很自然。有些人的礼貌,却表现得太过火了:他们的礼貌是故意装做出来的,显然一种很牵强而痛苦的痕迹。但是,说到遇春呢,他的礼貌却表现得恰到好处:这就是他的最大的魔力。一个人见了他那种礼貌,不会对他有所非难,并且感到特别的舒适。这种情景,当一个人和他谈话时,便可以在那静默中间领略出来。一个人要是和别的人谈话,在谈话间断的时候,就会觉得十分身心不安的样子;他要是和遇春谈话,那末,就会觉得两样,那种谈话间断的静默正是表示着休息的意思,以便继续去谈后面那许多更有意味的话。所以,一个人在和他长谈之后,从来不感到疲倦。在谈过一件事情之后,两人中间并不显出什么抑制和争胜的样子,也不显出什么夸示的地方，——这种安闲和静默，正好像人们拱着手去看那生命的日历一天天过去的情景一样。

遇春是不戴假面具的。他正表现着他自己。他所表现的"自己"是一个极其平凡的自己，有着这种特点：就是宁愿平凡，不愿把自己变得高超，一般人的习性是：用尽了心力，惟恐自己变得平凡。但是，遇春呢，和一般人不同，是不害怕自己变得平凡的：这就是他卓越的地方。

遇春的样子看起来并没有什么特殊的地方，正和天天拥挤在街头的人群一样的平凡。他的姿态也没有什么特出的地方，不过，在他听人家谈话的时候，他的面部也许有一种错乱的表情。这种错乱的表情，在谈话的人看来，以为是听者难懂他的话才会有的，正可以藉此表示他谈吐的高深。但是，老实说来，遇春对人家所谈的样样事情，都能即刻懂得。所以，他那面部的错乱的表情，却是假的，这很值得人家去称赞他。

除了上述的特性之外，遇春还有另一种特点，值得人家可爱，——就是在他说话的时候，他稍微有点口吃。一般说来，人们的缺点总是可怕的，或可笑的。现在，举出一个例子来讲吧。如：西哈诺（Cyrano de Bergerac）的鼻子，是可笑的；克郎威尔（Cromwell）的疣肿，是可怕的。可是，不论是西哈诺的大鼻子，或是克郎威尔的丑疣肿，却反能表示其主人的可爱之点。遇春的口吃是生理上的小缺点，这正足以表现他的可爱。查理士兰姆（Charles Lamb）在〈现〉实生活里所表现的、可爱的才能，难说不是因为他有一点口吃吧？实在，兰姆所写的

《依〔伊〕利亚散文》(*Essays of Elia*) 含有许多可爱之点，难说这不是因为他在散文里爱用插句的缘故吧？所谓插句，不是别的，就是文学家的口吃，能说不是吗？

一个人从《伊利亚散文》里，可以看出查理士兰姆和遇春相类似的地方来。遇春是最赞美兰姆的人，这是为人所熟知的事实。中国人很少有人懂得兰姆的《伊利亚散文》，遇春便是这少数人中的一个，他算是真能领略兰姆的文章。他这样的爱好兰姆，便可以表示他们中间的类似的地方。再者，遇春像兰姆一样，可说是一个伟大的读书家，但是不是盲目的乱读各种书籍：他仅仅读所选择的一类书籍，——如：在哲学家中，读倍克勒（Berkeley）的书；在小说家中，读笛福（Defoe）的作品；在传记作家中，读尼顿斯特莱采（Lytton Strachey）的作品；在散文家中，读兰姆、赫兹尼特（Hazlitt）和蒙泰尼（Montaigne）的作品。一个人能从兰姆的散文里面，领略到布顿（Burton）、布郎（Browne）和莎士比亚等文章的优美，那就很好了；遇春便是这样的人，他能把他们文章的优点，统统仿用在他的文章里面，关于他所仿用的并不是很多的引用文句，而是奇异的想像和幽默，以及一种精美的表现力。

遇春不曾写过很多的作品，他一生所写的作品，只有一本叫做《春醪集》的散文（北新书局版），和几本外国文学作品的翻译。不过，他的文字以精细见长；在近代中国的散文家中，他的作品算是上乘的，曾留给了读者不少的影响。

（摘录自1936年《青年界》第10卷第4号刊末"北新书局

新书月报"栏目第 15 期第 1—2 页）

11 月 6 日

此年 10 月 19 日鲁迅去世，于是有人发文感叹很多文学家包括梁遇春在内的早逝。《西北文化日报》第 8 版刊登王法一《鲁迅先生死后的论定及观感》，提及梁遇春。具体如下：

在中国这样不毛的瘠地里，要想培养出来一个文学家，是非常不容易的事。然而死神并不宽容，无情地伸出他的黑手，年来攫去的作家的确已很不少了！而这次鲁迅先生的死，更是其文坛上巨大的损失。……近四五年来，韦素园、方玮德、梁遇春……哦！太多了！

（摘录自王法一《鲁迅先生死后的论定及观感》，1936 年 11 月 6 日《西北文化日报》第 8 版）

1937 年（民国二十六年）

3 月

重庆开明书店编印《开明书店分类书目》，其中第 90 页有梁遇春《英国小品文选》的书目及广告。

5 月

收录梁遇春译《潘新可夫》的《屠格涅夫代表作》（黄源编）一书，在真理书店再版。

7月1日

冯至在《文学杂志》第1卷第3期发表《给几个死去的朋友》四首诗歌，以纪念梁遇春等友人。后收入《十四行集》。1942年初版时改题为《给秋心（四首）》，1949年《十四行集》第二版删去。后来将第一首和第三首改题为《给亡友梁遇春（二首）》，收入《冯至诗选》《冯至选集》。《冯至全集》第一卷据《冯至选集》编入此二首，诗句历次出版均修改极多，兹不赘述。此录原诗如下：

给几个死去的朋友

（一）

我如今知道，死和老年人
并没有什么密切的关连；
在冬天，我们不必区分
昼夜：昼夜都是一般疏淡。
反而是那些黑发朱唇
时时潜伏着死的预感；
你们像是一个灿烂的春
沉在夜里，宁静而阴暗。

（二）

我们当初从远方聚集
到一座城中，好像只有

一个祖母,同一祖父的
血液在我们身内周流。
现在无论在任何一地
我们的聚集都不会再有,
我只觉得在我的血里
还流着我们共同的血球。

(三)
我曾经草草认识许多人,
我时时想一一地寻找:
有的是偶然在一座树林
同路走过僻静的小道,
有的同车谈过一次心,
有的同席间问过名号……
你们可是也混入了他们
生疏的队中:让我寻找?

(四)
我从一个生疏的死者
的面上,收拾起一个死亡:
像在他乡的村庄,风雨初过,
我来到时,只剩下一片月光——
月光颤动着在那儿叙说
过去风雨里一切的景像。
你们的死却是这般静默

静默得像我远方的故乡。

　　(摘录自冯至《给几个死去的朋友》，1937年《文学杂志》第1卷第3期第39—41页)

　　1937年，我在上海写了《给秋心》四首诗，在一个文学杂志上发表，1942年我出版《十四行集》，曾把这四首诗作为杂诗附印在十四行的后边，1949年《十四行集》重版，我觉得这四首诗对于亡友的怀念表达得很不够，又把它们删去了。过了三十年，我从中选出两首，编入1980年出版的《冯至诗选》里，诗的题目改为《给亡友梁遇春》。我在第一首里说，有些老年人好象跟死断绝了关联，反而在青年身上却潜伏着死的预感。诗的最后两行是：

　　你象是一个灿烂的春

　　沉在夜里，宁静而黑暗。

第二首大意是，我曾意外地遇见过素不相识的人，我和他们有的在树林里共同走过一段小路，有的在车中谈过一次心，有的在筵席间问过名姓，可是一转眼便各自东西，想再见也难以找到。这首诗是这样收尾的：

　　你可是也参入他们

　　生疏的队伍，让我寻找？

可是我不能再找到他了，我把他安排在一个春夜里、一个生疏的队伍里，是幻想着他仍然存在。

　　(摘录自冯至《谈梁遇春》，《新文学史料》1984年第1期第114页)

1940 年代初

冯至在昆明拜访梁遇春的叔父,还见到梁遇春女儿的照片。

四十年代初,我在昆明却有一次遇见梁遇春在德国学过医的叔父。抗日战争时期,大批文化教育工作者、自由职业者退入内地。我偶然听说他的叔父在昆明行医,便去拜访他,谈到他侄子的早逝,他不胜惋惜。他身边有一幅遇春的女儿的照片,他拿出来给我看,是一个十岁左右的活泼的女孩。我端详许久,舍不得放下,我当时竟那样神不守舍,连她的名字叫什么都忘记了问一问。她如果健在,现在应该是五十多岁了,她三岁丧父,但愿父亲在一个婴儿的头脑里还留下一个亲爱的影像。

(摘录自冯至《谈梁遇春》,《新文学史料》1984 年第 1 期第 114 页)

1941 年(民国三十年)

9 月

江上风《惊蛰集》("作家丛书")由南京中国作家联谊会初版。该书分"惊蛰集""冰块""樽边小忆"三部分,收 25 篇散文。其中"冰块"部分的 7 篇,分别为介绍李石岑、王尘无、汪馥炎、梁遇春、朱湘、章太炎和王独清 7 位现代学者作家小传一类的文章,其中有《春醪梦醒的梁遇春》一文。

1942 年(民国三十一年)

1 月

朱肇洛编的《近代散文选》出版,梁遇春《"春朝"一刻值千金》《又是一年春草绿》二文入选其下卷。

10 月 10 日

《青年文艺》(桂林)1942 年第 1 卷第 1 期上发表艾芜选释《〈草原上〉(高尔基著,梁遇春译)》。

1943 年(民国三十二年)

11 月

世界书局初版李一鸣编著的《中国新文学史讲话》第七章散文部分,其中有论及梁遇春。

这一派西洋 Essay 式散文成功者,我们不得不推最早的梁遇春,他的散文,在一九三〇年以前,就著誉于文坛呢。梁遇春,字秋心,福建人,已故。他的散文,深具英国 Essays 的风格,处处可以表示他对于英国文学的熟谙,而他渊博的知识,语语典雅,真足惊人,再加上他感伤的思想,流丽的文笔,真可说是"异军特起"呢。可惜天不永年,否则这位作家的成绩,当不止此。他的散文除散见各刊物外,有《春醪集》;量虽不多,而可说篇篇珍品。下面的一节,是从他的《谈流浪汉》中节录的,原文极长,只得选录一段:……

（摘录自李一鸣编著《中国新文学史讲话》第164—165页）

上文介绍梁遇春的文字，应参考了1936年钱公侠和施瑛编、上海启明书店出版的《小品文》（二）中《小引》的内容。

1946年（民国三十五年）

6月24日

《华北日报》第4版"文坛杂话"栏目刊登文之徒的《梁遇春赞颂懒惰》的文章，说其像幽默大师林语堂。具体如下：

说也奇怪，梁遇春的散文，做得清新而隽永，极富于风趣，真像林语堂，我们读他的《春醪集》，就如喝一杯美丽香甜的葡萄酒似的有味。在他的"懒惰汉的懒惰想头之一"的《"春朝"一刻值千金》篇里，他赞美迟起的乐趣，文字宛如幽默大师，若是不信，请看下文：

"十年来，求师访友，足迹走遍天涯，回想起〈来〉给我最大益处的却是'迟起'，因为我现在脑子里所有些聪明的想头，灵活的意思多半是早上懒洋洋地赖在床上想出来的……我天天总是在可能范围之内，尽量地滞在床上——那是我们的神庙，看看射在被上的日光，暗笑四围人们无谓的匆忙，回味前夜的痴梦，那是比做梦还有意思的事，细想迟起的好处，唯我独尊地躺着，东倒西倾的小房立刻变做一座快乐的皇官。"

"迟起给我最大的好处是我没有一天不是很快乐地开头的。我天天起来总是心满意足的，觉得我们住的世界无日不是春天，无处不是乐园。当我神怡气舒地躺着时候，我常常记起勃浪宁的诗：'上帝在上，万物各得其所。'（鱼游水里，鸟栖树枝，我卧床上。）人生是短促的，可是若使我们有过光荣的青春，我们的一生就不能算是虚度，我们的残年很可以傍着火炉，晒着太阳在回忆里过日子。同样地一天的光阴是很短促的，可是若是〔使〕我们有过光荣的早上，（一半时间花在床上的早晨！）我们这一天就不能〈说〉是白丢了，我们其余时间，可以用在追忆清早的幸福……迟起不单是使我天天快活地开头，还叫我〈们〉每夜高兴地结束这个日子；我们夜夜去睡时候，心里就预料到明早迟起的快乐——预料中的快乐是比当时的享受之味还长得多，这样子我们一天的始终都是给生机活泼的快乐空气围住，这个可爱的升平景像却是迟起一手做成的。"

这样〈的〉文字若是放在《论语》里不署名的话，大家也许会猜是出于林先生的手笔的。天下事多是无独有偶，文章亦复如是；而且这些成双捉对的作品也原是自然的现像，并非由于抄袭模仿而来。若是冒牌的东西，就貌合神离，到底不是味儿了。

（摘录自文之徒《梁遇春赞颂懒惰》，1946年6月24日《华北日报》第4版）

12月

梁遇春翻译的《草原上》和《可汗同他的儿子》两篇文章，被编入长春国民书局出版的《草原故事及其他》一书。

1948年（民国三十七年）

2月16日

废名在《天津民国日报·文艺》第115期发表《谈用典故》中认为，梁遇春是"白话文学里头的庾信"，并举梁遇春写信的例子，说明他写文章不假思索，趣味横生。具体如下：

我顶喜欢庾信这两句写景的文章："龟言此地之寒，鹤讶今年之雪。"大约没有典故他不会写这样的美景，典故是为诗人天造地设的了。"草无忘忧之意，花无长乐之心"，"非夏日而可畏，异秋天而可悲"，都是以典故为辞藻，于辞藻见性情。是的，中国有一派诗人，辞藻是他的山川日月了。庾信的《象戏赋》有这样两句话，"昭日月之光景，乘风云之性灵"，正是他自己的文章。我最佩服这种文章，因为我自己的文章恰短于此，故我佩服他。我大约同陶渊明杜甫是属于白描一派。人说"文章是自己的好"，我确是懂得别人的好。说至此，我常常觉得我的幸运，我是于今人而见古人的。亡友秋心君是白话文学里头的庾信，只可惜死得太早了，我看他写文章总是乱写，并不加思索，我想庾信写文章也一定如此。他们用典故并不是抄书的，他们写文章比我们快得多。有一回我同秋心两人在东安市场定做皮鞋，一人一双，那时我住在西山，后来鞋子他替我取来了，写信告诉我，"鞋子已拿来，专等足下来穿到足上去。"他写文章有趣，他的有趣便在于快。庾信的《枯树赋》有这两句："秦则大夫受职，汉则将军坐焉。"我想他的将军坐焉同秋心的足下足上是一样写得好玩的,此他的文章所以生动之故。

(摘录自《废名集》第 1461—1462 页)

3月1日

废名在《天津民国日报·文艺》第 117 期发表《再谈用典故》,再次提及梁遇春,举出梁遇春的例子为证。文章如下:

今天我再来谈用典故罢。

上回我说庾信写文章写得非常之快,他用典故并不是翻书的,他是乱写,正同花一样乱开,萤火虫一样乱飞。而且我举出我的朋友秋心为证。我这话当然说得很切实,但反对者如反对我,"你究竟是乱说!人家的事情你怎么能知道呢?"那我只能学庄子诡辩,子非我,安知我不能知道呢?话不要游戏,我还是引杜甫的话,"文章千古事,得失寸心知,"是可以知道的。今天我再来说用典故比庾信稍为慢一点儿的,至少慢五分钟。且听我慢慢道来。

(摘录自《废名集》第 1463 页)

10月

梁遇春翻译的《草原上》,入选上海合众书店出版的《高尔基杰作集》一书。书中除此篇之外,还有鲁迅译《俄罗斯的童话》、巴金译《马加尔周达》、黄源译《高尔基自传》和茅盾《高尔基》、古尔士杰夫《高尔基底生涯和事业》、沈端先《高尔基年谱》。

1949年（民国三十八年）

8月5日

唐弢在上海出版的《文艺复兴》杂志"中国文学研究号"下册发表《新文艺的脚印——关于几位先行者的书话》，其中有一篇小标题是《梁遇春》，是关于梁遇春著作的书话，后改题为《两本散文》。

主要参考文献

一、梁遇春著作、译作(1949年以前出版)

1. [俄]屠介涅夫著,梁遇春、顾绶昌译:《浮士德》,《潘新可夫》,上海:北新书局,1928年3月初版。

2. [英]狄更生著,梁遇春译注:《近代论坛》,上海:春潮书店,1929年4月30日初版。

3. 梁遇春:《春醪集》,上海:北新书局,1930年3月初版。

4. 梁遇春译注:《小品文选》,上海:北新书局,1930年8月初版。

5. 梁遇春译注:《英国诗歌选》,上海:北新书局,1930年8月初版。

6. [英]高尔斯华绥著,梁遇春译注:《幽会》,上海:北新书局,1930年10月初版。

7. [俄]迦尔洵著,梁遇春译注:《红花》,上海:北新书局,1930年10月初版。

8. [英]W. H. 怀特著,梁遇春译注:《厄斯忒哀史》,上海:北新书局,1930年12月初版。

9. [英]罗素著,梁遇春译注:《一个自由人的信仰》,上海:北新书局,1931年1月初版。

10. [英]吉辛著,梁遇春译注:《诗人的手提包》,上海:北新书局,1931年3月初版。

11. [英]盖斯凯尔夫人著,梁遇春译注:《老保姆的故事》,上海:北新书局,1931年5月初版。

12. [英]米特福特著,梁遇春译注:《我们的乡村》,上海:北新书局,1931年5月初版。

13. [英]巴比利恩著,梁遇春译注:《最后的一本日记》,上海:北新书局,1931年5月初版。

14. [英]哈代著,梁遇春译注:《三个陌生人》,上海:北新书局,1931年5月初版。

15. [英]哈金著,梁遇春译注:《忠心的爱人》,上海:北新书局,1931年5月初版。

16. [俄]高尔基著,梁遇春译注:《草原上》,上海:北新书局,1931年6月初版。

17. [英]狄福著,梁遇春译:《荡妇自传》,上海:北新书局,1931年7月初版。

18. ［英］康拉德著，梁遇春译：《青春》，上海：北新书局，1931年7月初版。

19. 梁遇春译注：《情歌》，上海：北新书局，1931年11月初版。

20. 梁遇春译注：《英国小品文选》，上海：开明书店，1932年5月初版。

21. ［英］康拉德著，梁遇春、袁家骅译：《吉姆爷》，上海：商务印书馆，1934年3月初版。

22. 梁遇春：《泪与笑》，上海：开明书店，1934年6月初版。

23. 梁遇春译注：《小品文续选》，上海：北新书局，1935年6月初版。

二、梁遇春文章（1949年前发表）

1. 梁遇春：《论麻雀及扑克》，《语丝》（北京）第121期，1927年3月5日。

2. 梁遇春译：《雪莱的故事》（英国 T. J. Hogg 霍格著），《摸索》（北京）第1卷第2期，1928年3月20日。

3. 驭聪（梁遇春）译：《开茨的一封信》，《摸索》（北京）第1卷第4期，1928年5月20日。

4. 梁遇春：《高鲁斯密斯的二百周年纪念》《茄力克的日记》，《新月》（上海）第1卷第9号，1928年11月10日。

5. 梁遇春：《再论五位当代的诗人》（英国库鲁逊柯拉罕著），《新月》（上海）第1卷第10号，1928年12月10日。

6. 梁遇春：《金室诗集》（英国吉卜生著），《新月》（上海）第1卷第11号，1929年1月10日。

7. 梁遇春译：《论新诗》（英国利奥那·武尔夫著），《罗素的自叙》（英国罗素著），《北新》（上海）第3卷第1号，1929年2月1日。

8. 梁遇春：《斯宾罗沙的往来书札》（吴鲁夫译注），《新月》（上海）第1卷第12号，1929年2月10日。

9. 梁遇春译：《巴特纳的杂录》（Samuel Butler 巴特纳著），《北新》（上海）第3卷第4号，1929年2月16日。

10. 梁遇春：《东方诗选》（美国提真斯编），《新月》（上海）第2卷第1号，1929年3月10日。

11. 梁遇春：《人生艺术（蔼力斯作品的精华）》（英国赫伯特夫人编），《变态心理学大纲》（伽尼墨费编），《新月》（上海）第2卷第2号，1929年4月10日。

12. 梁遇春：《新传记文学谭》《新发现的拿坡仑的小说》，《新月》（上海）第2卷第3号，1929年5月10日。

13. 梁遇春译：《论雪莱》（Robert Lynd 林德著），《北新》（上海）第3卷第11号，1929年6月16日；《论雪莱》（续）（Robert Lynd 林德著），《北新》（上海）第3卷第14号，1929年8月1日。

14. 梁遇春：《亚俪司·美纳尔传》（英国外奥拉·美纳尔

著),《蒙旦的旅行日记》(特勒舒门译),《雪莱, 威志威士及其他》(蔡普门著),《从孔子到门肯》(英国普力查编),《新月》(上海) 月刊第 2 卷第 6、7 号合刊, 1929 年 9 月 10 日。

15. 梁遇春:《奥布伦摩夫》(俄国根察洛夫著, 达丁顿译),《俄国短篇小说杰作集》(史梯芬·格累安编),《新月》(上海) 第 2 卷第 8 号, 1929 年 10 月 10 日。

16. 梁遇春译:《东西》(俄国 Valentine Kataev 瓦伦丁·卡塔耶夫著),《青年界》(上海) 第 1 卷第 1 号, 1931 年 3 月 10 日。

17. 梁遇春译:《小泉八云》(英国 Edmund Gosse 戈斯著),《青年界》(上海) 第 2 卷第 1 号, 1932 年 3 月 20 日。

18. 梁遇春:《亚密厄尔的飞来茵》,《新月》(上海) 第 4 卷第 3 号, 1932 年 10 月 1 日。

19. 梁遇春:《致石民书六通》,《现代》(上海) 第 2 卷第 4 期, 1933 年 2 月 1 日。

20. 梁遇春译:《王尔德》(Robert Lynd 林德著),《青年界》(上海) 第 3 卷第 1 号, 1933 年 3 月 5 日。

21. 梁遇春:《秋心小札》,《西北风》(汉口) 第 1 期, 1936 年 5 月 1 日。

三、其他著作

1. 孙席珍编选:《现代中国散文选》, 北平: 人文书店,

1935年1月初版。

2. 孔另境编：《现代作家书简》，上海：生活书店，1936年5月初版。

3. 江上风：《惊蛰集》，南京：中国作家联谊会，1941年9月初版。

4. 李一鸣编著：《中国新文学史讲话》，上海：世界书局，1943年11月初版。

5. 董作宾等：《方言调查研究》，台北：文海出版社，1973年版。

6. 秦贤次编：《梁遇春散文集》，台北：洪范书店，1979年4月初版。

7. 秦贤次编：《叶公超散文集》，台北：洪范书店，1979年9月初版。

8. 唐弢：《晦庵书话·两本散文》，北京：生活·读书·新知三联书店，1980年9月版。

9. 秦贤次编：《叶公超其人其文其事》，台北：传记文学出版社，1983年6月15日初版。

10. 鲍霁编：《梁遇春散文选集》，天津：百花文艺出版社，1983年12月初版。

11. 苏雪林：《中国二三十年代作家》，台北：纯文学出版社，1986年6月第2版。

12. 刘炳善译：《伊利亚随笔选》，北京：生活·读书·新知三联书店，1987年11月初版。

13. 任伟光：《现代闽籍作家散论》，厦门：厦门大学出版社，1989年7月初版。

14. 吴福辉编：《梁遇春散文全编》，杭州：浙江文艺出版社，1992年9月初版。

15. 吴晞编著：《北京大学图书馆九十年记略》，北京：北京大学出版社，1992年11月初版。

16. 周作人著，黄开发编：《知堂书信》，北京：华夏出版社，1994年9月初版。

17. 耿云志主编：《胡适遗稿及秘藏书信》（第29册），合肥：黄山书社，1994年12月初版。

18. 鲁迅博物馆藏：《周作人日记》（影印本），郑州：大象出版社，1996年12月初版。

19. 卫建民编：《冯亦代散文选集》，天津：百花文艺出版社，1997年2月初版。

20. 吴学昭编：《吴宓日记：1925－1927》，北京：生活·读书·新知三联书店，1998年3月初版。

21. 王学珍、王效挺、黄文一、郭建荣主编：《北京大学纪事》，北京：北京大学出版社，1998年4月初版。

22. 萧乾著，傅文明译：《苦难时代的蚀刻——中国现代文学一瞥》，《中国现代文学研究丛刊》1998年第3期，北京：作家出版社，1998年8月初版。

23. 浦江清：《清华园日记 西行日记》，北京：生活·读书·新知三联书店，1999年11月第2版。

24. 北京大学校史研究室编：《北京大学史料》，北京：北京大学出版社，2000年12月初版。

25. 孙玉蓉编纂：《俞平伯年谱》，天津：天津人民出版社，2001年1月初版。

26. 孙宜学：《泰戈尔与中国》，石家庄：河北人民出版社，2001年1月初版。

27. 曹伯言整理：《胡适日记全编》，合肥：安徽教育出版社，2001年10月初版。

28. 程侃声：《鹤西文集》，昆明：云南美术出版社，2002年12月初版。

29. 陈建军编著：《废名年谱》，武汉：华中师范大学出版社，2003年12月初版。

30. 单中惠、王凤玉编：《杜威在华教育讲演》，北京：北京教育科学出版社，2007年1月初版。

31. 秦贤次：《现代文坛缤纷录》，台北：秀威资讯科技股份有限公司，2008年1月版。

32. 季羡林：《红·清华园日记》，北京：华艺出版社，2008年5月初版。

33. 王风编：《废名集》，北京：北京大学出版社，2009年1月初版。

34. 北京鲁迅博物馆编：《苦雨斋文丛：沈启无卷》，沈阳：辽宁人民出版社，2009年1月初版。

35. 眉睫、许乃玲编：《读书与怀人：许君远文存》，北京：

中国长安出版社，2010 年 7 月初版。

36. 施蛰存著，刘凌、刘效礼编：《北山散文集》，上海：华东师范大学出版社，2011 年 9 月初版。

37. 孙玉蓉编注：《周作人俞平伯往来通信集》，上海：上海译文出版社，2013 年 1 月初版。

38. 眉睫：《文学史上的失踪者》，北京：金城出版社，2013 年 1 月初版。

39. 李文海主编，夏明方、黄兴涛副主编：《民国时期社会调查丛编（二编）·文教事业卷（一）》，福州：福建教育出版社，2014 年 7 月初版。

四、其他文章

1. Y、鲁迅：《通信》，《语丝》第 4 卷第 17 期，1928 年 4 月 23 日。

2. 狄克：《一九三〇年中国文艺杂志之回顾》，《当代文艺》第 1 卷创刊号，上海：神州国光社，1931 年 1 月 15 日。

3. 褚问鹃：《评梁遇春著〈春醪集〉》，《新学生》（上海）月刊第 1 卷第 4 期，1931 年 4 月。

4. 徐睡麟：《近代论坛》书评，分三次刊于《申报》（上海）本埠增刊第 3 版、第 5 版、第 5 版"书报介绍"栏目，1931 年 11 月 26 日、28 日、29 日。

5. 石民：《亡友梁遇春》，《文艺月刊》（南京）第 3 卷 5、6

合期,1932年6月30日。

6. 佚名:《追悼梁遇春君》,《大公报》(天津)第5版,1932年7月7日。

7. 《凄风苦雨吊文豪》,《北平晨报》第6版,1932年7月10日。

8. 废名:《悼秋心(梁遇春君)》,《大公报·文学副刊》(天津)第8版,1932年7月11日。

9. 棠臣(叶公超):《评论李素伯〈小品文研究〉》,《新月》(上海)第4卷第3期,1932年10月1日。

10. 佚名:《本院会员职员及董事一览》,《北平小剧院院刊》(北平)第6期,1932年11月15日。

11. 吕叔湘:《梁遇春君译著》,《苏中校刊》(苏州)第2卷第73期,1932年12月。

12. (韩)侍桁:《最近逝世的梁遇春》,《现代》(上海)第2卷第3期,1933年1月1日。

13. 废名:《秋心遗著序》,《现代》(上海)第2卷第5期,1933年3月1日。

14. 曹聚仁:《暨南大学》,《涛声》(上海)第2卷第24期,1933年6月24日。

15. 杨同芳(沙汀):《祭梁遇春君(为遇春一周忌辰而作)》,《大夏周报》(上海)第10卷第9期,1933年11月20日。

16. 柴扉:《记两位戏剧家(又一则记故梁遇春)》,《十日谈》(上海)第 17 期,1934 年 1 月 20 日。

17. 毛如升:《梁遇春译注的英文〈小品文选〉》,《图书评论》(南京)第 2 卷第 6 期,1934 年 2 月 1 日。

18. 温源宁:"Liang Yu-Ch'un, A Chinese Elia"(《梁遇春,中国的伊利亚》),*The China Critic*(《中国评论周报》,上海)第 7 卷第 15 期,1934 年 4 月 12 日。

19.《梁遇春善打乒乓球》,《每周评论》(汉口)第 115 期,1934 年 5 月 7 日。

20. 刘达博:《读书札记·(四)》,《西京日报》(西安)第 5 版,1934 年 5 月 14 日。

21. 甘永柏:《书评:〈泪与笑〉》,《人间世》(上海)第 13 期,1934 年 10 月。

22. 朱司晨:《泪与笑(读书杂感)》,《晨光周刊》(杭州)第 3 卷第 28 期,1934 年 12 月 16 日。

23. 中书君(钱锺书):《不够知己》,《人间世》(上海)第 29 期,1935 年 6 月 5 日。

24. 毛如升:《梁遇春译注的〈英国诗歌选〉》,《大公报》(天津)第 11 版"图书副刊",1935 年 6 月 6 日。

25. 周作人:《中国新文学大系·散文一集·导言》,上海:良友图书印刷公司,1935 年 8 月初版。

26. 郁达夫:《中国新文学大系·散文二集·导言》:上海:良友图书印刷公司,1935 年 8 月初版。

27. 甘永柏:《二十四年我所爱读的书》,《宇宙风》(上海)

第 8 期，1936 年 1 月 1 日。

28. 阿英编选：《中国新文学大系·史料索引》，上海：良友图书印刷公司，1936 年 5 月 15 日初版。

29. 钱公侠、施瑛：《小引》，《小品文》（二），上海：启明书店，1936 年 5 月初版。

30. 智堂（周作人）：《水浒里的杀人》，《世界日报》（北平），1936 年 10 月 17 日。

31. 蕊珠译：《记故散文家梁遇春》，《青年界》（上海）第 10 卷第 4 号，1936 年 11 月 1 日。

32. 冯至：《给几个死去的朋友》，《文学杂志》（上海）第 1 卷第 3 期，1937 年 7 月 1 日。

33. 支援：《读书小记》，《华文大阪每日》（日本大阪）第 9 卷第 4 期第 92 号"评与感"专栏，1942 年 8 月 15 日。

34. 螺君（毕树棠）：《日记摘抄》，《艺文杂志》（北平）第 2 卷第 11 期，1944 年 11 月 1 日。

35. 文之徒：《梁遇春赞颂懒惰》，《华北日报》（北平）第 4 版，1946 年 6 月 24 日。

36. 朱光潜：《现代中国文学》，《文学杂志》（上海）第 2 卷第 8 期，1948 年 1 月。

37. 屠岸：《译诗杂谈》，《大公报》（天津）第 4 版，1948 年 2 月 14 日。

38. 唐弢：《新文艺的脚印——关于几位先行者的书话》，《文艺复兴》（上海）"中国文学研究号"（下册），1949 年 8 月

5日。

39. 柳存仁（译）：《徐志摩和梁遇春》，《人物谭》，香港：大公书局，1952年9月初版。

40. 黄俊东：《不完全了解》，《书话集》，香港：波文书局，1973年9月初版。

41. 冯至：《谈梁遇春》，《新文学史料》（北京）1984年第1期，1984年2月22日。

42. 冯至：《〈骆驼草〉影印本序》，《骆驼草》周刊，上海：上海书店，1985年9月初版。

43. 周珏良：《却顾所来径，苍苍横翠微——学习英语五十年》，李良佑、刘犁主编：《外语教育往事谈——教授们的回忆》，上海：上海外语教育出版社，1988年8月初版。

44. 温源宁著，南星译：《梁遇春先生》，《一知半解——人物剪影十七幅》，长沙：岳麓书社，1988年12月初版。

45. 金克木：《代沟的底层——读温源宁〈一知半解〉》，《读书》（北京）1989年第4期，1989年4月10日。

46. 林奇：《梁遇春与英国Essay》，《福建师范大学学报》（哲学社会科学版）1989年第2期，1989年4月。

47. 冯亦代：《荒漠中的摸索》，《外国文学评论》（北京）1989年第3期，1989年8月15日。

48. 宋清如整理：《朱生豪书信选》，《新文学史料》（北京）1990年第3期，1990年8月22日。

49. 吴方：《一个凡人和一本薄书》，《文学自由谈》（天津）

1990 年第 4 期，1990 年 10 月 27 日。

50. 卞之琳：《纪念叶公超先生》，《回忆叶公超》，上海：学林出版社，1993 年 8 月初版。

51. 傅振伦：《二三十年代在北京大学》，《史学理论研究》（北京）1995 年第 3 期，1995 年 9 月 1 日。

52. 李冰封整理，唐荫荪译校：《梁遇春致石民信四十一封》，《新文学史料》（北京）1995 年第 4 期，1995 年 11 月 22 日。

53. 翟俊千：《暨南大学创办初期点滴回忆》，上海市政协文史资料委员会编：《上海文史资料存稿汇编（科教文卫）》（第 9 册），上海：上海古籍出版社，2001 年 1 月初版。

54. 刘炳善：《英语学习：回忆与感想》，《外国语》（上海外国语大学学报）2003 年第 5 期，2003 年 10 月 20 日。

55. 温源宁著，江枫译：《梁遇春，中国的伊利亚》，《不够知己》，长沙：岳麓书社，2004 年 1 月初版。

56. 孔海珠：《文坛叙旧》，《新一代》（兰州）2007 年第 6 期，2007 年 6 月。

57. 季轩：《新月派：暨南园里的另类一族》，《科学时报》（北京）B4 版，2011 年 6 月 28 日。

58. 何联奎：《追思胡适、林语堂两博士》，梁实秋、许倬云等：《再见大师》，长沙：岳麓书社，2015 年 6 月初版。

59. 秦贤次：《民国时期文人出国回国的日期考（续三）》，《新文学史料》（北京）2016 年第 4 期，2016 年 11 月 22 日。

60. 陈建军：《梁遇春致胡适信》，《中华读书报》（北京）第 14 版，2021 年 5 月 26 日。

梁遇春研究资料索引

郑枕戈 编

编辑说明

梁遇春研究，可以分三个阶段。一是1949年以前，为纪念与评论阶段。在其生前身后，对其人其作进行品评，既有其师友胡适、叶公超、温源宁、周作人、废名、石民、冯至、许君远等人的回忆纪念文章，也有对其文章著作进行评论的文章，如唐弢、郁达夫、钱锺书等人的点评就非常到位。二是1950—1979年，为研究空白缺失期。大陆基本没人提及梁遇春，香港、台湾两地及海外如温梓川、秦贤次等倒有几篇评论回忆文章。三是1980—2023年，为已温未火阶段。查阅中国知网，以主题来搜索梁遇春，共有170条结果，其中有1篇博士论文和12篇硕士论文；以全文来搜索梁遇春，共有2572条结果。除了冯至、李冰封、秦贤次等人提供有力史料外，鲍霁、吴福辉等编辑出版其著作，学人不仅研究其小品文，还研究其翻译、书评、序跋及其文学源流、文学传承等方面。

本编汇总以上各期研究资料，择其最具价值之近百篇文章的目录，大致按时间先后编列如下，以供学人索引参考。

1.《图书部登录课布告：本馆兹承梁遇春先生惠赠〈易解醒豁〉》，《北京大学日刊》，1924年第1559期。

2. 狄克：《一九三〇年中国文艺杂志之回顾》，《当代文艺》第1卷创刊号，上海：神州国光社，1931年1月15日。

3. 褚问鹃：《评梁遇春著〈春醪集〉》，《新学生》（上海）第1卷第4期，1931年4月。

4. 徐睡麟：《近代论坛》（书评），分三次刊于《申报》（上海）本埠增刊第3版、第5版、第5版"书报介绍"栏目，1931年11月26日、28日、29日。

5. 石民：《亡友梁遇春》，《文艺月刊》（南京）第3卷5、6合期，1932年6月30日、1932年12月20日。后将其修改后作为《泪与笑·序三》，收入1934年6月上海开明书店初版的《泪与笑》。

6.《追悼梁遇春君》，《大公报》（天津）第5版，1932年7月7日。

7.《凄风苦雨吊文豪》，《北平晨报》（北平）第6版，1932年7月10日。

8. 废名：《悼秋心（梁遇春君）》，《大公报·文学副刊》（天津）第8版，1932年7月11日。

9.《出版界消息：梁遇春君逝世》，《现代出版界》（上海），1932年第3期。

10. 棠臣（叶公超）：《小品文研究》，《新月》（上海）第4卷第3期"书报春秋"栏目，1932年10月1日。

11. 吕叔湘：《介绍与批评：梁遇春君译著》，《苏中校刊》（苏州）第 2 卷第 73 期 "书报介绍"，1932 年 12 月。

12. （韩）侍桁：《最近逝世的梁遇春》，《现代》（上海）第 2 卷第 3 期，1933 年 1 月 1 日。

13. 编者：《社中日记》（十一月十五日至十二月十日），《现代》（上海）第 2 卷第 3 期，1933 年 1 月 1 日。

14. 《梁遇春遗影及其手迹》，《现代》（上海）第 2 卷第 3 期，1933 年 1 月 1 日。

15. 废名：《秋心遗著序》，《现代》（上海）第 2 卷第 5 期，1933 年 3 月 1 日。后收入 1934 年 6 月上海开明书店初版《泪与笑·序一》。

16. 许君远：《谈梁遇春》，《北平晨报》（北平），1933 年 3 月 31 日。后收入眉睫、许乃玲编《读书与怀人：许君远文存》，北京：中国长安出版社，2010 年 7 月初版。

17. 唐弢：《人死观》，《申报》（上海）21607 号，1933 年 6 月 9 日。后收入唐弢《推背集》，上海：天马书店，1936 年 3 月初版。

18. 杨同芳（沙汀）：《祭梁遇春君（为遇春一周忌辰而作）》，《大夏周报》（上海）第 10 卷第 9 期，1933 年 11 月 20 日。

19. 柴扉：《记两位戏剧家（又一则记故梁遇春）》，《十日谈》（上海）第 17 期 "文坛画虎录" 栏目，1934 年 1 月 20 日。

20. 毛如升：《梁遇春译注的英文〈小品文选〉》（附编者

按语),《图书评论》(南京)第 2 卷第 6 期,1934 年 2 月 1 日。

21. 胡适:《吉姆爷》编者附记,《吉姆爷》,上海:商务印书馆,1934 年 3 月初版。

22. 袁家骅:《吉姆爷》译者序言,《吉姆爷》,上海:商务印书馆,1934 年 3 月初版。

23. 温源宁:"Liang Yu-Ch'un, A Chinese Elia",*The China Critic*(《中国评论周报》,上海)第 7 卷第 15 期,1934 年 4 月 12 日。后收入 *Imperfect Understanding*,上海 Kelly & Walsh Ltd. 别发洋行刊行,1935 年 1 月。

24.《梁遇春善打乒乓球》,《每周评论》(汉口)第 115 期,1934 年 5 月 7 日。

25. 刘国平:《泪与笑·序二》,《泪与笑》,上海:开明书店,1934 年 6 月初版。

26. 叶公超:《泪与笑·跋》,《泪与笑》,上海:开明书店,1934 年 6 月初版。

27. 甘永柏:《书评:〈泪与笑〉》,《人间世》(上海)第 13 期"书评"栏目,1934 年 10 月。

28. 沈启无:《朝露》,《人间世》(上海)第 15 期,1934 年 11 月 5 日。

29. 朱司晨:《泪与笑(读书杂感)》,《晨光周刊》(杭州)第 3 卷第 28 期,1934 年 12 月 16 日。

30. 中书君(钱锺书):《不够知己》,《人间世》(上海)第 29 期,1935 年 6 月 5 日。

31. 毛如升：《梁遇春译注的〈英国诗歌选〉》，《大公报》（天津）第 11 版"图书副刊"，1935 年 6 月 6 日。

32. 周作人：《中国新文学大系·散文一集·导言》，上海良友图书印刷公司，1935 年 8 月 30 日初版。

33. 郁达夫：《中国新文学大系·散文二集·导言》，上海良友图书印刷公司，1935 年 8 月 30 日初版。

34. 甘永柏：《二十四年我所爱读的书》，《宇宙风》（上海）第 8 期，1936 年 1 月 1 日。

35. 废名：《三竿两竿》，《世界日报·明珠》（北平），1936 年 10 月 5 日。

36. 蕊珠译：《记故散文家梁遇春》（翻译自 *The China Critic* 温源宁"Liang Yu-Ch'un, A Chinese Elia"英文稿），《青年界》（上海）第 10 卷第 4 号，1936 年 11 月 1 日。

37. 冯至：《给几个死去的朋友》，《文学杂志》（上海）第 1 卷第 3 期，1937 年 7 月 1 日。后收入 1942 年初版《十四行集》，改题为《给秋心（四首）》。

38. 江上风：《春醪梦醒的梁遇春》，《惊蛰集》，南京：中国作家联谊会，1941 年 9 月初版。

39. 艾芜选释：《〈草原上〉（高尔基著，梁遇春译）》，《青年文艺》（桂林）第 1 卷第 1 期，1942 年 10 月 10 日。

40. 螺君（毕树棠）：《日记摘抄》，《艺文杂志》（北平）第 2 卷第 11 期，1944 年 11 月 1 日。

41. 文之徒：《梁遇春赞颂懒惰》，《华北日报》（北平）第 4

版"文坛杂话"栏目，1946年6月24日。

42. 屠岸：《译诗杂谈》，《大公报》（天津）第41版"文艺"专栏，1948年2月14日。

43. 废名：《谈用典故》，《天津民国日报》第115期"文艺"专栏，1948年2月16日。

44. 废名：《再谈用典故》，《天津民国日报》第117期"文艺"专栏，1948年3月1日。

45. 唐弢：《新文艺的脚印——关于几位先行者的书话·梁遇春》，《文艺复兴》杂志"中国文学研究号"（下册），1949年8月5日。后收入文集时文章标题改为《两本散文》。

46. 柳存仁（译）：《徐志摩和梁遇春》，《人物谭》，香港：大公书局，1952年9月初版。

47. 温梓川：《梁遇春与散文》，《文人的另一面》，新加坡：世界书局有限公司，1960年初版；桂林：广西师范大学出版社，2004年1月初版。

48. 黄俊东：《不完全了解》，《书话集》，香港：波文书局，1973年9月初版。

49. 林玉堂：《方言标音实例》，董作宾等：《方言调查研究》，台北：文海出版社，1973年。

50. 秦贤次：《梁遇春的文学生涯》，《梁遇春散文集》，台北：洪范书店，1979年4月初版。

51. 唐弢：《晦庵书话·两本散文》，北京：生活·读书·新知三联书店，1980年9月版。

52. 鲍霁：《论梁遇春散文——现代散文史上风格特异的一家》，《昆明师范学院学报》（哲学社会科学版），1983年8月29日。收入鲍霁编《梁遇春散文选集·序言》，天津：百花文艺出版社，1983年12月初版。

53. 冯至：《谈梁遇春》，《新文学史料》（北京），1984年第1期。

54. 鲍霁、刘开朝：《执着于人生的〈摸索〉——〈梁遇春研究资料〉编纂拾遗》，《北京师院学报》（社会科学版），1984年4月30日。

55. 冯至：《〈骆驼草〉影印本序》，《骆驼草》周刊，上海：上海书店，1985年9月初版。

56. 刘炳善：《兰姆和他的随笔——〈伊利亚随笔选〉译序》，《河南大学学报》（哲学社会科学版），1986年10月28日。后以《兰姆及其伊利亚随笔（译序）》为名收入查尔斯·兰姆著、刘炳善译《伊利亚随笔选》，北京：生活·读书·新知三联书店，1987年11月初版。

57. 温源宁著，南星译：《梁遇春先生》，《一知半解——人物剪影十七幅》，长沙：岳麓书社，1988年12月初版。

58. 林奇：《梁遇春与英国Essay》，《福建师范大学学报》（哲学社会科学版），1989年第2期。

59. 任伟光：《纵谈知识、议论人生哲理的梁遇春散文》，《现代闽籍作家散论》，厦门：厦门大学出版社，1989年7月初版。

60. 吴方：《一个凡人和一本薄书》，《文学自由谈》（天津），1990年第4期。

61. 吴福辉：《梁遇春："酝酿了一个好气势"》，《读书》（北京），1992年第3期。其后增订为《梁遇春散文全编·前言》，杭州：浙江文艺出版社，1992年9月初版。

62. 李庆西：《梁遇春：摆脱旧话语的一种途径》，《中国现代文学研究丛刊》1993年第1期，北京：作家出版社，1993年2月初版。

63. 赵健雄：《偷饮春醪》，《读书》（北京），1993年第3期。

64. 李冰封：《发现、整理经过与思考线索——有关梁遇春致石民四十一封信札的两件事》，《新文学史料》（北京），1995年第4期。

65. 张修智：《"白浪滔天"解》，《读书》（北京），1997年第9期。

66. 韩素梅：《"急景流年"饮"春醪"——关于梁遇春"伊利亚"体散文》，《广西师范大学学报》（哲学社会科学版），1998年第2期。

67. 萧乾著，傅文明译：《苦难时代的蚀刻——中国现代文学一瞥》（1942年英国 George Allen & Unwin Ltd. 出版 *Etching of A Tormented Age*），《中国现代文学研究丛刊》，1998年第3期，北京：作家出版社，1998年8月初版。

68. 马晓声：《梁遇春书评的风格》，《中国图书评论》（北京），1999年第12期。

69. 黎荔：《六朝文风的遗响——梁遇春散文艺术探论》，《运城高等专科学校学报》，2001年第5期。

70. 李双洁：《直译加注释——评梁遇春的翻译风格》，《黔东南民族师范高等专科学校学报》，2003年第5期。

71. 温源宁著，江枫译：《梁遇春，中国的伊利亚》，《不够知己》，长沙：岳麓书社，2004年1月初版。

72. 杜啸尘：《一种全新散文体式的创造——梁遇春与钱钟书散文合论》，青岛大学硕士研究生学位论文，2004年4月。

73. 毕磊：《梁遇春小品文的外来影响》，福建师范大学硕士研究生学位论文，2004年4月。

74. 眉睫：《叶公超及其弟子》，《中华读书报》（北京）第15版，2006年5月24日。后又以《叶公超、废名及其他》为题收录于眉睫《文学史上的失踪者》，北京：金城出版社，2013年1月初版。

75. 林伟：《春醪中的泪与笑》，福建师范大学硕士研究生学位论文，2006年9月。

76. 王明丽：《乐园、夸父与火——梁遇春散文的生态视境》，《甘肃社会科学》（兰州），2008年第1期。

77. 季羡林：《红·清华园日记》，北京：华艺出版社，2008年5月初版。

78. 废名：《斗方夜谭（十）》，王风编：《废名集》，北京：北京大学出版社，2009年1月初版。

79. 于婷婷：《梁遇春研究综述》，《安徽文学》（下半月）（合肥），2009年第1期。

80. 荆素蓉：《梁遇春译作序跋研究》，《民族论坛》（长沙），2009年第1期。

81. 荆素蓉：《〈梁遇春散文全编〉注释辨证》，《兰台世界》（沈阳），2009年第4期。

82. 荆素蓉：《梁遇春翻译研究》，华东师范大学博士研究生学位论文，2009年4月。

83. 荆素蓉：《"原作"还是"译作"——从署名柳存仁的一篇文章谈起》，《学术界》（合肥），2010年第3期。

84. 王国栋：《梁遇春：来自三坊七巷的散文家、翻译家》，《闽江学院学报》，2011年第3期。

85. 卢玮玮：《梁遇春、钱钟书散文比较论》，山东师范大学硕士研究生学位论文，2012年5月。

86. 唐仲远：《"骆驼草"三才子》，《档案春秋》（上海），2014年第3期。

87. 茱萸：《北新书局与"自修英文丛刊"》，《出版广角》（南宁），2014年Z2期。

88. 秦贤次：《民国时期文人出国回国日期考（续三）》，《新文学史料》（北京），2016年第4期。

89. 谈茜桐：《梁遇春研究综述》，《文教资料》（南京），2016年第35期。

90. 郑枕戈：《回眸转首便遇春》，《书屋》（长沙），2017年第 2 期。

91. 李依宸：《正文以外的声音——梁遇春小品文翻译副文本研究》，安徽师范大学硕士研究生学位论文，2017 年 5 月。

92. 郑枕戈：《世上已无梁遇春》，《书屋》（长沙），2018 年第 2 期。

93. 林跖蓝：《"糟糠之友"：废名与梁遇春》，《中华读书报》（北京）第 11 版，2019 年 7 月 10 日。

94. 陈建军：《梁遇春致胡适信》，《中华读书报》（北京）第 14 版，2021 年 5 月 26 日。

95. 胡雪婷：《论梁遇春散文中的怀疑主义思想内涵》，《文学教育》（上半月）（武汉），2022 年第 1 期。

后　记

历经几年的等待，10卷本的《梁遇春著译全集》终于问世了。在付梓印刷之际，作为主编之一，有几句话需要交代一下。

这套全集，应该是目前梁遇春的著作和译作搜集最全面、权威的一套。这首先得益于此前各类文集、选集的选编出版，以及散篇文献资料类文章的发表，为我们的选编奠定了良好的基础。其次得益于李力夫兄与郑枕戈兄检索和辨析资料的强大能力，很多查缺补漏的工作令人望而生畏，尤其是一些书名广告与实际写作、翻译和出版之间的"误会"得到辨析，了却了研究者苦寻资料而不得的烦恼。还有梅杰兄的谏言与推荐，实在是为全集的"锦"上添了"花"。当然，学术界和出版界一直存在一个无法规避的惯例现象，就是任何出版的"全集"皆不全。我们不能保证这套全集是否能打破这个惯例，真正做到"全"，但我们有强大的信心和谦卑开放的心态，欢迎学术界和读者给我们提出更苛刻的意见。

这套全集，集合了很多学界同行的宝贵意见，两位主编也与出版社多次协商，因此确立了目前这种全集总目和编排方式，即包括著作卷（1卷）、译文卷（8卷）和附卷（1卷），其中译文卷中的多数部分，遵照了梁遇春生前出版时的体例，即英汉对照。这种体例，虽然在编排上给出版社制造了不小的麻烦，但是对于读者，尤其是喜欢英汉对照阅读的读者来说，却是一个意外之喜。附卷中，包含梁遇春信札、梁遇春年谱和梁遇春研究资料索引三部分。这个结构安排，也算是这套全集的学术贡献和出版特色。

这套全集，最初是资深编辑徐建新兄与李力夫兄的合力策划，不才不期然忝列主编之一，分工上负责学术层面。但事实上所负的学术责任并不是很多，多数情况和更大意义上属于赋闲挂名。而且遗憾的是，这个"名"还是不见于学术圈和文学圈"经传"的"无名之徒"。尤其是在出版社进入后期编排阶段时，因为情境变迁，更加力所不逮，因此在提笔撰写"后记"之际，更加惶惶然，生怕辱没了主编的名头。但既然是已经挂名，所有的学术责任自然不能推卸，任何的学术批评也要承担。

最后要说的是，这套全集能够出版，福建教育出版社的眼光和视野，可以说是居功至伟；各位编辑，尤其是主要责任编辑凌风，更是体现出了专业精神，耐心应对和协调，实属难得，也终于促成这个学术工程完美收官。在此，我谨代表另一主编力夫兄向出版社及各位同仁表示由衷的感谢。

商昌宝

2024年5月20日